中國文學史研究

梁容若 著

東大圖書公司

國家圖書館出版品預行編目資料

中國文學史研究 / 梁容若著. －－五版二刷. －－
臺北市：東大，2006
面；　公分

ISBN 957-19-2776-7　(平裝)

1. 中國文學－歷史－研究方法

820.9031　　　　93011117

© 中國文學史研究

著作人　梁容若
發行人　劉仲文
著作財產權人　東大圖書股份有限公司
臺北市復興北路386號
發行所　東大圖書股份有限公司
地址 / 臺北市復興北路386號
電話 / (02)25006600
郵撥 / 0107175-0
印刷所　東大圖書股份有限公司
門市部　復北店 / 臺北市復興北路386號
重南店 / 臺北市重慶南路一段61號
初版一刷　1967年7月
四版一刷　1990年2月
五版一刷　2004年7月
五版二刷　2006年5月
編　號　E 820370
基本定價　肆元陸角
行政院新聞局登記證局版臺業字第〇一九七號

ISBN　957-19-2776-7　(平裝)

再版說明

今日為學，門戶之見不可存；而門徑之辨，則不可不審。

——高步瀛

本書初版於民國五十六年，是梁容若先生為有志中國文學史研究者撰集的入門書。書中平實而全面地介紹如何研究中國文學史，並以自己研究的成果為例，告訴讀者怎樣從各種切面進行文學史研究。

這些文字在當時能產生指導門徑、引領風潮的影響，對於今日有志研究中國文學史者，仍有極大的幫助。這樣內容充實而有價值的書籍，歷年來因為不斷再版，原本的鉛字版型已漸漫漶，今值再版之際，特別重新排校，冀能嘉惠更多愛好文學的朋友。

三民書局編輯部　謹識

成序

吾友容若教授，冀野絕塵，梁溪繩武。十年樹木，已中棟梁；萬里浮家，不遺鉛槧。東海稱釣鰲之手，南山鬱隱豹之姿。載惠子之五車，敦其夙好；禿李侯之千管，富以多文。頃將撰述之有關文學史者，薈為一編，顏曰中國文學史研究。塍貽華札，屬綴俚辭。既慚倚馬之未能，且懼續貂之無當。觀其漁獵萬卷，斧藻群言，正郢書燕說之訛，袪膠柱刻舟之見。思如泉湧，語罕雷同。蓋於下列二義，尤汲汲焉。楚豔漢侈，本風格之互異；顛閎說麗，殆運會所使然。由魏晉以還，迄明清之季，逐加月旦，詳繫年時。尚論平生，則辦香斯在；別裁偽體，而真賞獨存。是曰時代性之剖析。河朔操翰，重在貞剛；江左摛詞，貴乎清綺。馳爭驥足，畫豈鴻溝；遞變相資，靡遠弗屆。上稽拓拔，早濡南暨之風；旁數扶桑，亦粲東漸之跡。中區遐覽，來軌攸同，是曰地域性之觀察。至若玉軸窮搜，金針巧度，譬區七略，明子駿之源流；或捄一偏，啟公羊於墨守。弘前修之矩矱，示多士以津梁。卓爾瑤篇，光茲藝苑。嗟夫！膏焚永夜，知非心力之唐捐；緒衍名山，諒共江河之不廢。

中華民國五十六年五月下澣弟成惕軒敬撰

自序

近十年來，我因為在東海大學教中國文學史，適應學生需要，動於研究興趣，寫了些關於中國文學史的文章，分別發表於校內校外的雜誌刊物。有些專門性的雜誌印數有限，流傳不廣，有的絕版已久了。刊載時刪節印錯的也不少。蒐集一個全份，校正整理頗不容易。承蒙三民書局的好意，撇開市場經濟算盤，為我輯印成一本書，既便於學生們參考，又可以請教於友朋高明，真是最可感謝的事了。

第一篇是研究中國文學史的入門文章。業師高閬仙先生曾說過：「今日為學，門戶之見不可存；而門徑之辨，則不可不審。」我想盡力說得平實而常識化，讓大家看得全一點遠一點。古人說，不偏之謂中，不易之謂庸，中庸其至矣乎，民鮮能久矣！人生上的中庸，學術上的中庸，都是難能可貴的，和史學上真善美的追求，像是一脈相通的。弄通史的人，樹立一個四通八達，中正妥帖的看法，避免過早的偏見成見，我以為最關重要，也最為有益。

第二篇從偽作擬作看對文學史的影響，第三篇從地理方面看文學發展，第四篇論南北朝的文化交流，所用方法是鳥瞰的總合的。儘多的蒐集羅列事實，結論產生於史實的當然和必然。其中第四篇一九六四年五月曾在日本東京舉行的東方學會宣讀過。

第五、六篇介紹批評了十二部流行的中國文學史，詳略不等，主要目的是在蒐集關係資料，表現原書和作者的時代真面目。後十一部批評文字寫的極短，只算一個綱領。讀一種書要知道他是怎樣寫的，更要知道他為什麼這樣寫。這只有看他本人或朋友的序跋和全書的例言了。批評的文字，因為觀點不同，意見可以相去很遠，例如陳受頤先生的書，把林語堂博士的序文和赫克斯的書評對照看，是很有趣味，也可以開啟聰明的。鄭西諦氏評翟理斯書文，和赫克斯評陳受頤書文，時間相去很遠，問題也全不相干，會心人自然能看出他們的蛛絲馬跡，隱微的民族矜持的某種關連。在學術上這不是必要的，卻是平常的人難以避免的。

第七篇介紹中國文學重要選本，是為青年朋友們寫的入門文章，和第一篇性質類似。雖不一定能夠提要鉤玄，銖兩悉稱，也許可以表示一種門戶洞開的風範。像煞有介事地介紹最通俗的兔園冊子，會為大雅君子們所笑吧，可是這種作法，也是基於我的文學觀的自然產物。第八篇可以表現我正在寫的一部書的大概體例。這種傳記的編輯，也是我的文學史研究悠久工作的一部分。

早年我曾經有志於中國和日本比較文學史的研討，耗費過不少精力。後來因為環境限制，所蒐集的資料大部分遺失，來臺灣以後，放棄這種工作已久。關於日本作家的漢學書，還是很注意。偶然看見他們所寫闡明中日文學關係的紮實有內容的文章，常常情不自禁地抄譯下來。前年寫杜甫、白居易傳，也抄譯了一部分日本關係資料。《百家傳》裡既無法容納，附錄在這裡兩篇，以供有興味的人參考。最近還寫了一篇〈現代日本漢學研究概觀〉，登在《東海學報》。我所編的〈中國文學史書目〉，收了六十多種日本書。這一方面的文章，將另輯成一部書。

承友人成惕軒教授百忙中為寫序文，過情的揄揚，自然不敢當。博雅如惕軒，肯詳細看我的蕪雜文字，就是一種鼓勵了。友人莊慕陵先生為鄭重題簽，盛誼隆情，謹在此誌感！東海大學同學葉懿芝、楊玖、林滿意、劉馨、王素瑛、蔡星村、梁一成諸君，都曾經為我細心校對過一部分印樣，使本書減少一些錯字，一併記作紀念。《東海學報》、《圖書館學報》、《出版月刊》、《書和人》半月刊、《新時代》、《文壇》等刊物的主持人，許我重印這些文章，一起在此道謝。

民國五十六年六月梁容若

中國文學史研究　目次

如何研究中國文學史

中國文學史，是大學文學院中國文學系的一門必修科目，照現行教育部所定的大學科目表，分兩年教，八個學分。高中國文教員的檢定考試，有中國文學史；留學考試，中文系的學生專修科目是文學史；所以文學史在研究中國文學的人，是一門最主要的科目，研究中國文學和其他國家文學比較的，也不能不特別注意。以吸收關於文學常識為目的，研究中國文學史的人，當然更多了。

一　文學史的性質和作用

中國文學史的性質，是記述說明中國文學發展演進的大勢，研討歷代重要作家的成就，分析過去重要作品的內容，從民族混合上，地理發展上，乃至從政治演進，經濟變化，語言文字，風俗習慣種種方面，探求文學演變的背景，特質的來源，影響的範圍，分析各種價值判斷，印象批評的是非得失，探求將來文學思想上形式上發展的啟示。中國文學史是中國文化史的一種，是世界文學史的一部分，既要把握大勢，總合全局，也要分析條理，在人、時、地的差別上作考究作探索。研究的對象，是過去已有的事實和作品；研究的目的是從經驗得到啟示，從陳跡找出新路。所以過去和未來，是要連起來觀察的，大勢和逆流，主流和潛流，萌芽成長和結實，是要高級的大乘的智慧體認的。廣範圍客觀的蒐羅事實，是第一步，科學的細密的鑑別排比資料，是第二步，哲學的批判形勢，文學的描繪結論是第三步。唐朝的大史學家劉知幾講史才，標榜「才」「學」「識」缺一不可。「學」是淵博見聞的事，指資料獲得的多少，「才」指資料的安排運用，「識」指資料的鑑別去取論定，和全書所取的近人所謂「史觀」。文學史是藝術史的一種，也是學術史的一種，研究文學史自然要才學識並重。批判一種文學史書的價值，也看他合不合文學史所要求的性質，能不能發揮文學史所應有的作用，所負擔的使命來決定。文學史按作者的態度和方法，主觀成分的多少，可以成為歷史的文學批評，如胡適先生的《白話文學史》上卷（民國十七年新月書店版，四十六年臺北啟明書局版），錢基博先生的《現代中國文學史》（一九三二年上海世界書局版，一九六五年香港龍門書店影印本）都是。他們的觀點自然全不相同。前書是蒐羅歷史事實以提倡白話文學；後書是摭拾現存的文學事實以宣揚古文，所以都近於以歷史為根據的文學論。文學史的正規，是作成文學跟文學批評的客觀歷史，包羅性越大，越近乎真實，啟發性和作用就越大了。

二　文學的意義和範圍

文學史作家所取的文學定義，常常可以影響他的取材範圍。有些人從本國古書裡，找文學的定義，而古書又是隨時代隨人而不同的，於是廣義狹義折中義都出現了。大約周秦所謂文學，是泛指學術。《論語・先進》篇記孔門分四科，「文學子游子夏。」「文學」和「德行」、「政事」、「言語」並列。梁皇侃《論語疏》以為指「博學古文」，唐人《正義》以為指「文章博學」，邢昺疏引范寧說，以為「善先王典文。」《韓非子・五蠹》篇說：「工文學者非所用，用之則亂法。」這所謂文學，幾乎包括了所有研究古典的文人。《墨子・非命》篇，《荀子・大略篇》，《韓非子・六反》篇所說的文學，大體是類似的意思。《易・繫辭》上：「參伍以變，錯綜其數，通其變，遂成天下之文。」《易・文言》：「君子進德修業，忠信所以進德也，修辭立其誠，所以居業也。」《左傳》襄公二十五年引仲尼曰：「志有之，言以足志，文以足言。不言誰知其志，言之無文，行而不遠。晉為伯，鄭入陳，非文辭不為功，慎詞也。」這所標榜的「修辭立其誠」，「言之有文」，也都是指廣義的應用的語言文字。從漢魏到南北朝隋唐，「文學」是個官名，或掌校訂典籍，侍奉文章，或掌以五經教生徒，也是極廣義的用法。

三國時劉劭作《人物志・流業》篇說：「人之流業，有十二焉。」「有文章；有儒學」，「能屬文著述，是謂文章，司馬遷、班固是也。能傳聖人之業，而不能幹事施政，是謂儒學，毛公、貫公是也。」這裡把文學儒學分成了兩種人。《後漢書》把「儒林」、「文苑」分成兩種傳，經生和文士算分開了。以後正史裡，或稱為「文苑傳」，或稱為「文學傳」，或稱為「文藝傳」，內容是純記文學家。宋文帝立四學，「文學」和「儒學」「玄學」「史學」對立。劉義慶作《世說新語・文學》篇所述，限於詩人文士。文學的範圍，縮小多了。梁《昭明文選》所收，限於「事出於沉思，義歸乎翰藻。」徐陵《玉臺新詠》所選，全取宮體言情作品。狹義純文學的看法，在南朝已經近乎成立。但是占中國大部分的北朝，似乎並不接受這種觀念。從隋唐統一，到宋元明清，正統傳統的文學觀念，始終沒有失掉權威。最大的作家，才可以修史，最大的手筆，才可以作館閣文字。曾鞏很少作詩，陸游以作詞為慚悔的事，小說劇本更看作不登大雅之堂。清人修《四庫提要》，根本不收白話通俗小說和劇本，存目裡也不要，意思是全不值得批評。到了清末，章炳麟作《文學總略》才說：「文學者以有文字著於竹帛，故為之文，論其法式，謂之文學。」好多人以為太炎是主張最廣義文學的，其實真就他所下的界說詮釋，他所謂文學，應當是指文法學、修辭學，和傳統的詩格、詩式、修辭鑑衡一流書，可以說是最狹義的用法了。

民國七、八年以後，歐美日本的新文藝理論，大量輸入。外國人所編的各國文學史書，乃至於外國人所編的中國文學史先後流行。受了這些影響，一般人所指的文學疇範，大為更變。有些文學史作者，就以講詩歌小說戲劇為主體，標榜純文學史，指斥舊有的說法為泛濫無歸。或更抄取外人文學概論的結論，先立下一個定義，譬如說：

> 文學為以真實而美妙的語言，或文詞，表現人生者；為記述人類的精神思想希望情緒，為人類靈魂的歷史。它的特色在於是藝術的，暗示的，永久的。要素有二，就是普遍的興味，和個人的風格。[1]

這樣很理想，相當具體的定義，還可以有種種不同說法，然而無論如何說，很難適用於一切歷史上的作品。例如司馬相如、枚乘的賦，不一定有普遍的興味，《花間集》時代的詞，也不一定全具備個人的風格。有些膾炙人口的作品，也不一定可以說代表人類靈魂。現代人所理想的文學，和歷史上所已經有的文學是兩回事。文學的定義，可以隨了學術分科，越來越細，而變更範圍。從現代的純文學，沿溯到古代的雜文學，以至最原始的歌謠神話。時代越古，保存下來的材料越少。《史記》是歷史，也是文學。《山海經》是地理書宗教書，也有小說性質。煉丹的故事，可以有科學史文學史兩種性質。基於看法的不同，《莊子》、《孟子》是哲學史的重要資料，也是文學史的寶貴素材。《新唐書》、《新五代史》是史學史的對象，講文學史也還是不能完全撇開。所以不是先確定了文學的定義和範圍再治文學史，是把文學意義範圍的演變，作為文學史的研究問題之一。

三　論文學史觀

偉大的文學作家，是人類的先知先覺。偉大的文學作品，是為大多數人的最大利益而存在。真正的不朽作品，表現了人性的莊嚴，人情的聖潔，溝通一切人與人間的隔膜，所以是超時代，超區域，超種族，超性別，超年齡的存在。我國從三十年代起，上海灘一帶有所謂「普羅文學」的叫囂，到現在大陸上一部分妄人，有所謂無產階級文化大革命。前幾年已經出現些集體編造的文學史書，標榜大眾的農民的革命的文藝。例如立專章講太平天國的文學，沒有資料，就蒐羅編造些那時候的口號歌謠諺語，填充篇幅。把多年來膾炙人口的流行作品，一筆抹殺。連講漢魏六朝唐宋元明的文學，也以民間的通俗文藝為主體。事實上我國過去最大多數的農工，都是沒有受教育的文盲，文盲是創造不出多少有價值的作品的。就是從民間文藝脫胎的〈木蘭辭〉、〈孔雀東南飛〉之類，也不知經過多少次貴族文人潤色充實。漢末的張角、張寶，唐末的黃巢、尚讓，明末的李自成、張獻忠等暴動流竄集團，都沒有留下什麼文藝作品。敦煌發現的變文，大家以為是平民文學系統，特別矜重，試看王重民、周一良所輯的《敦煌變文集》❷，七十八篇裡，還不是以半通不通的文字占最大多數。這些作品所以淪亡，正因為沒有讀者，才歸於淘汰。我們可以把它看作古董，用作史料，究明文學史上某種演變歷程，卻沒法使這種原始的拙劣作品，產生新的活躍生命。從另一方面看，為民眾，為工農奴隸的利益呼號鬥爭的，卻不一定出於無產階級。白居易、元結、柳宗元、鄭燮等都作了不少為民眾的文藝，但是他們本身並不出於寒苦無告。周公、尹吉甫、屈原都是貴族，他們的作品，也不是單純為了少數貴族的利益。班昭寫《女誡》，不全為女子著想。李汝珍寫《鏡花緣》的女兒國，更不是為男人著想。《紅樓夢》的作者曹雪芹，出身旗下世臣，《金瓶梅》的作者也並非寒門下士，他們所暴露的，所詛咒的，所憧憬的，決不和他們當前的小我範圍的利益是非相吻合，甚至相反對。所以用階級觀念來去取文學史資料，用貴族平民的作者來批判文學價值，是全無是處的。這種觀念發揮到極點，採燕石而全遺美玉，察毫末而不見泰山，是勢所必至的。文學史而至於顛倒是非，混亂黑白，也就不成為史了。

歷史上文學的作者，絕少出於第四階級。文學是為大眾的，大眾的欣賞力逐漸提高，欣賞範圍逐漸擴大，作者數量逐漸加多，卻是事實。這原於人類文化，隨時代逐漸普及，經濟狀況逐漸改善，政治社會制度逐漸向合理發展所造成。在大原則上，「眾人是聖人」的正確性，越到後代越增加。群眾趣味，群眾選擇淘汰，大體是合理的。凡是失傳消滅的作品，總是本質上不行的居多。宋玉〈對楚襄王問〉（見《昭明文選》卷四十五）裡，有一段故事說，客人有在郢都唱〈下里〉、〈巴人〉曲的，隨聲和唱的有幾千人；接著唱〈陽阿〉、〈薤露〉，和唱的只有幾百人，接著唱〈陽春〉、〈白雪〉，和唱的只有幾十人。等到「引商刻羽，雜以流徵」，能和唱的只有幾個人，結論說：「其曲彌高，其和彌寡。」這故事常被曲解，引作藝術貴族性艱深性的辯護。其實和唱和欣賞還是兩回事，能不能和唱，不等於感不感懂不懂。一時的部分的事情，也不能構成通例。就整個的文學史發展形勢看，大眾化平民化是隨時代而進步。文學作家的對群眾服務感，也是隨時代而加強。用人間性、普遍性、感動力、影響力作為衡量歷史作品價值的條件，還不失為客觀標準。

人類發明文字，本來是為了寫語言的。語言複雜曲折，文字幼稚拙笨，寫不出語言的全部。古代的文章，如《論語》，如《老子》，如《易經》，像箴銘格言，像今日的電報，求簡鍊，求順口，記要點，記骨幹，不能說是言文合一。後來文字形體變簡，詞彙數量增加，書寫工具進步，戰國時代文章大為放長，如《墨子》，如縱橫家策士的文章，言文比較接近了。東漢紙的發明，使文章更放長。到唐末雕板印刷術發明，宋人充分利用，抄書的力量，大為節省，白話文學勃興，言文的接近，算邁進了一大步。到現代錄音器廣播機等工具發明，言文的絕對合一，才有可能，才有必要。古文的產生，一是受字形繁難的限制，不能不求簡要，一是避方言的隱晦，不能不求雅馴，歷史上實在有其客觀需要。普通話（國語）逐漸形成，文字逐漸簡化，古文逐漸口語化，自然成為文學史上的大趨勢。嚴格地劃分古文作家，白話文作家，肯定說古文是死的，白話文是活的，是不合事實的。張平子的〈二京賦〉近古雅，〈四愁詩〉就較通俗，王子淵的〈洞簫賦〉多典據，〈僮約〉就多俗語。黃庭堅作詩用雅言，作詞則用俗語，蒲松齡作《聊齋》用古文，作俚曲戲文則用山東土話。一個大作家，常有兩種不同文體的作品。元明的長短篇小說，多經過許多次修改，有的人改文就白，有的人改白就文，文白混雜的作品，如《三國演義》，也有許多種文白混雜程度不同的本子，我們很難說，凡接近口語的地方，都勝於改文的本子。毛聲山、宗岡父子的改本《三國演義》，比羅貫中的原本流行得多，也許因為文字水準較高。談到文學的死活，更有種種因素。看寫作的目的，對象，時間與地方，看思想內容和文字技巧，不全關係文體。普通說死活，以有多數讀者，能感動人有影響力為活，相反的才是死的。從這種標準說，左思的〈三都賦〉，曾經紙貴洛陽，陸贄的興元詔制，使驕兵悍將，讀了感動流涕，劉琨的〈勸進表〉，堅定東晉建國抗胡人的信心，他們所用卻是相當雕琢駢儷的文體，並不是無讀者無作用。唐初和尚王梵志的詩，在中國亡了，傳到日本也亡了。（藤原佐世編《日本國現在書目》，時在唐僖宗乾符二年，即西元八七五年，載有《王梵志詩集》，是平安時代書已東渡，以後亡佚。日本是佛國，這種佛教諷刺詩不能傳，殊不可解。）現在雖在敦煌再發現，正所謂「微末之生存，不啻已死」。文學史上的死生是客觀的，不是少數人的好惡感情所能左右的。韓昌黎可以使樊紹述成名為作家，卻不能使他的作品傳於後世。明成祖不能禁絕方孝孺的書，清高宗不能消滅錢謙益的書。群眾的選擇，時代的淘汰，似無形而實有力。政治的權威，壇坫的月旦，有影響力而不具有絕對決定性。文學史的評論，所要把握的是有形的權威，和無形的權威合一的地方，到了兩不相容的時候，就只有「吾從眾」了。

人類文化是進步的，文學作品也是進步的。從《山海經》、《穆天子傳》等片段記事，到《搜神記》、《世說新語》等簡單故事，到唐人有波瀾有個性的傳奇，到《水滸傳》、《紅樓夢》那種長篇小說，在作意上，在結構上，在描寫技巧上，在篇幅長短上，是步步在成長。從唐人的參軍戲，到宋大曲，諸宮調，到元人雜劇，到明清幾十齣的長篇傳奇，也可以看出戲曲後期跳躍的發展。單從韻文的聲音美說，五言詩勝過四言詩，調平仄的近體詩勝過古詩，詞比近體詩更叶美，散曲的音律，講求更細，更為婉轉自然。從一個故事說，由唐無名氏的〈白蛇記〉，變為《西湖佳話》中的〈雷峰塔怪蹟跡〉，更變為無名氏傳奇《雷峰塔》，再演變為陳遇乾的彈詞《義妖記》，也是越來越生動有趣。如果把唐變文和清人八十回的《再生緣》（陳端生作），三十多卷的《天雨花》（陶貞懷作）相比，那真如茅茨土階之比雕梁畫棟。拿《文心雕龍》、《史通》來比晉宋以前的零散文論，也顯然是後來居上。如果就作者的人數，作品的量上說，清代的主要文學不是詞，可是「《清詞鈔》之選，已逾四千餘家。」（據黃孝紓〈清名家詞序〉），南北宋詞，現在所有的不過二百五十家左右。唐朝是詩歌的黃金時代，《全唐詩》現存九百卷，收二千三百多作家，四萬八千多首詩，唐三百年的作品，數倍於漢魏到六朝八百年的作品（丁福保所輯《全漢三國晉南北朝詩》共五十四卷，收六百二十九人）。秦火以前的作品量，無法估計。文運隨時代而演進，無論從哪一方面看，都是顯著的事實了。

我國傳統流行著一種藝術的退化史觀，以為越古的作品越好，越後來越不行。這種思想，形成很早，先秦諸子，都喜歡託古改制，把古代的文化狀態理想化美化。後人擬古的偽作品，更把古代文學的真相弄混亂。我在〈中國文學史上的偽作擬作與其影響〉一文裡，有所說明。「徵聖」「宗經」的觀念，漢人業已流行。《文心雕龍》以專篇發揮，經書成為文章的極則。隋唐以後，這種想法，歷久大體不變。陳師道《後山詩話》說：

> 余以古文為三等，周為上，七國次之，漢為下。周之文雅，七國之文壯偉，其失騁，漢之文華贍，其失緩，東漢而下無取焉。

韓愈、歐陽脩標榜文章的復古，陳子昂、高啟標榜詩的復古。明朝弘治七子嘉靖七子主張「文必秦漢，詩必盛唐」是倣古，歸有光、唐順之等學唐宋八家文，也是倣古，不過古的程度不同罷了。清朝人有作唐詩的，有作宋詩的，有作文選體詩的。顧炎武至於說：「真書不足為字，律詩不足為詩。」這種思想，萎縮文學的創造力革新力，也全不合於歷史事實。我們不能以經過多少年淘汰僅存的傑作，和後人的假古董較短長，也不必以性質全不相同的作者排流品。文學的體製是複雜的，有萌芽，有成長，有全盛，有衰落。甲一方面衰落，也許正促成乙一方面的勃興。在廣土眾民的國家，分裂統一，變化很多。區域的特徵，主流旁流並存，新舊文化交錯，累積的多元的文學現象存在是當然的，也是必然的。鳥瞰全局，和抽樣分析，都是需要的。

四　舊有的文學史資料

排比文學作品的名目，加以概括的說明分類，始於西漢劉歆《七略》的〈詩賦略〉。《漢書・藝文志》的〈詩賦略〉繼承它的作風，把西漢以前的詩賦一百零六家，一千三百十八篇作品，分成五大類。屈原到王褒的賦算第一類，陸賈到朱宇的賦算第二類，孫卿到路恭的賦算第三類，〈客主賦〉到〈成相〉、〈隱書〉等雜賦算第四類，〈高祖歌詩〉到〈南郡歌詩〉等算第五類。各小類大體按時代地域排列，附以總合說明。讀了可以明瞭我國古代純文學作品的概略，實在具有一部分文學史的性質。以後晉朝摯虞有《文章流別集》四十一卷，《文章流別論》兩卷。前一書大概是作品選本，後一書應當是附帶的傳記批評。此外有不少優良的詩詞文章選本，如《昭明文選》、《玉臺新詠》、《樂府詩集》、《花菴詞選》、《絕妙好詞》、《古詩源》、《古文辭類纂》等書，選精華，分門類，排時代，以至於附作者傳記，加批評。這些書和現代體例的文學史的區別，不過一個以傳記說明批評為主，作品例證為輔，一個以作品例證為主，傳記說明批評為輔罷了。所以歷代總集中優良的選本，沒有文學史的名稱，實在有一部分文學史的性質和作用。

《三國志》的〈王粲傳〉，附記建安時代的許多文人，事實上開正史文苑傳的先河。《後漢書》首創〈文苑傳〉，在東漢一代，選記二十二個作家的事跡，條件以「文雅知名當世，未裨世用者」入之。以後《晉書》、《魏書》、《北齊書》、《北史》、《舊唐書》、《宋史》、《新元史》、《明史》、《清史稿》都有〈文苑傳〉；《南齊書》、《梁書》、《陳書》、《南史》、《隋書》、《遼史》均有〈文學傳〉；《新唐書》、《金史》另標為〈文藝傳〉。這些專記文人事跡的傳記，也是以作風分類，依時代排列，加以總序或結論。把這些傳單行，就可以構成一代文學的略史。只可惜文學家在政治上軍事上有其他重要貢獻的，就不入文苑傳。例如張華、郭璞不入《晉書・文苑傳》；歐陽脩、蘇軾不入《宋史・文苑傳》；又如陶潛、林逋在〈隱逸傳〉，朱熹在〈道學傳〉，楊萬里在〈儒林傳〉，郭憲在〈方伎傳〉，班昭、蔡琰在〈列女傳〉，酈道元在〈酷吏傳〉，因而文苑傳所記，常只是一部分文人。著作又散記在〈藝文志〉或〈經籍志〉。《新唐書》又把劉長卿、包融等，附記在〈藝文志〉，閱讀更不方便了。

正史以外，雜史、別史、地方志，也常有文苑傳，補正史的不足。此外如張騭的《文士傳》，辛文房的《唐才子傳》[3]，計有功的《唐詩紀事》[4]，胡震亨的《唐音癸籤》[5]，厲鶚、陸心源的《宋詩紀事》[6]，陳衍的《遼詩紀事》[7]、《金詩紀事》、《元詩紀事》，張維屏的《國朝詩人徵略》[8]，鍾嗣成的《錄鬼簿》，賈仲明的《錄鬼簿續編》[9]一流書，都是以蒐羅文學家事跡和作品掌故為中心，也是文學史的重要資料。專記一個宗派的書，有《江西詩社宗派圖錄》[10]，《桐城文學淵源考》[11]等。專收一個地域文學資料的有《全閩詩話》，《全浙詩話》[12]，《江西詩徵》，《江蘇詩徵》[13]，《沅湘耆舊集》[14]等，專記一個民族作品的有《八旗著述考》[15]之類。所以我國過去雖無文學史之名（《新唐書・藝文志》總集中附有「文史」一小類，收李充《翰林論》、劉勰《文心雕龍》以下二十六種書，都是批評文學歷史的作品，在四庫書目中稱為詩文評，和現代的文學史性質不同。）而具備一部分文學史性質的書，實在門類繁多，舉不勝舉。

五　現有的文學史書

大學開始設中國文學史科目，始於清末京師大學堂優級師範。現在可以看到最早的講義，是林傳甲編的《中國文學史》，題《京師大學堂講義》，清宣統二年，日本東京弘文堂發行。光緒三十年編，共十六篇，二八八章，自稱倣日本笹川種郎著《支那文學史》作。以後各家陸續編著。到現在六十年中，貫串古今，具通史性質的已出版書，約有八十種，斷代史約五十多種，專體史約有一百數十種。我輯有〈中國文學史書目〉，收中外人撰著二百六十二種，民國四十九年，在東海大學《圖書館學報》第二期發表初稿，六年來續行收集，最近寫定〈重訂中國文學史書目〉，已另行刊布，以供治此學者參考⑯。關於目錄中一部分書的批評，輯為〈中國文學史提要〉，刊布於《圖書館學報》第四期（五十一年八月刊），我曾經略評半世紀來的文學史研究說：「總覽中國文學史研究之歷程，五十年來進步之跡顯然。以範圍言，則由泛濫龐雜之學術史，進而至純正文學史。以史料言，則由真偽不分，篤信傳說，進而至明辨時代，探求真相。以史觀言，則由退化論，變為進化論，由主觀之印象批評，進而至客觀之事實闡釋，精深正確，極有意義。然新趨勢亦有可議者：求珍異於殘篇斷簡，忽家弦戶誦之書；誇新奇於截搭飣餖，棄年經事緯之規。雖聳觀聽，難成定論。亦或自負三長，宏篇立就。心不細而膽大，理不直而氣壯。蓋有文采斐然，莫知所裁者。」

總目錄所列的書，大多數在臺灣找不到書。就臺灣流行的書新出的書介紹，可舉以下各種：

中國文學發達史　臺北中華書局版，有不少大學中文系用作課本。我寫過兩篇書評，這裡不再細說。

中國文學史大綱　楊蔭深編　民國二十七年六月初版，臺北商務印書館重版。

中國大文學史　謝无量著　民國七年十月上海中華書局初版，五十六年臺北重版。

中國文學史　易君左編　香港自由出版社民國四十八年一月初版，五十三年五月臺北海燕出版社重版。

易家鉞字君左，湖南龍陽人。

中國文學史（上下卷）　葉慶炳編　民國五十四年十一月廣文書局印上冊，五十五年十一月出下冊。

葉慶炳先生浙江人，曾任臺灣大學中文系教授，本書曾用為淡江、輔仁講義。

中國文學史論　華仲麐編　民國五十四年十二月臺北開明書店初版。

華仲麐先生貴州人，曾任考試院委員，本書曾用為私立東吳大學講義。

分體史新出書較可注意的是孟瑤（揚宗珍）教授所著的《中國戲曲史》（全四冊，民國五十四年四月臺北文星書局版）、《中國小說史》（四冊，五十五年三月文星版）兩書。呂訴上先生所編《臺灣電影戲劇史》（民國五十年九月臺北銀華出版部印），可以知道本省戲劇的過去概況。郭衣洞先生主編的民國五十五年《中國文藝年鑑》（臺北平原出版社出版），收集近二十年來臺灣文藝界的社團出版資料頗多。

六　研究文學史的問題

(一)通史與專題研究

通史研究的目的在總攬全局，鳥瞰大勢，如坐飛機旅行，如看地理模型，高山大川必能看見，而細流幽谷可以看不分明。一個作家，一種作品，一個流派，在通史裡所占的地位詳略，要和客觀情勢相符合，不能過分有主觀的好惡取捨。上下古今，縱橫全局，重在整理已有的知識。專題研究重在發明發現，詳人所略，闡明蒙昧的史跡，提出新問題，在文學史研究已有的智慧量上有所增加。專題研究的一本書的結論，可以補充修正通史裡的一句話，已經是了不起的成就了。大膽的假設，小心的求證，只適用於專題研究。作通史的要淵博要矜慎，不能見樹而不見林，不能用不周延的歸納。通史是基本訓練，常識問題，不能包括太多不正確的說法。現在有不少人，以專題研究的態度方法來治通史，讀通史的學生也常常忽略一般性的無問題的常識吸收，而自己找新問題試行解決，其結果當知道的不能知道，要解決的或早已解決，或根本不成為問題。現在大學科目表所開的中國文學史是通史性質，專題研究應當是研究所的課題。初步研究文學史的青年，對於人名書名宗派名，應當像治植物分類學的對於許多植物名稱一樣，像治地理學的對於山川城市的名字一樣，普遍注意。不能說「我不喜歡漢賦」，「我不喜歡西崑派」，而自定取捨。沒有堅實的廣大基礎，專門研究是談不到的。

(二)古今與詳略

研究過去歷史的目的，在明瞭現狀之所以由來。離現在越近的時代，自然和現在關係越密切。所以通史的研究，越到近代越詳細是當然的。我國文學有三千年以上的歷史，是日本文學史、英國文學史的三倍，美國文學史的十倍（英國文學史約一千二百年。新大陸發現在一四九二，當明孝宗弘治五年，美國獨立在一七七七，當清乾隆四十二年。日本最古的典籍《古事記》，《萬葉集》，均出現於八世紀初，當唐睿宗時），因歷史太長，資料太多，限於時間和精力，編講通史的人常常詳於古代，略於近代。近代的作家作品又特別多，就更顯得疏略了。我國的傳統，新朝代成立，馬上修前朝的歷史，把二十五史總合看，也是後來加詳。可見重古輕今，貴遠賤近的思想，並不曾影響到歷史的編研。文學進化的觀念既明，元明雜劇傳奇，明清長短篇小說地位，大大提高。蒙昧的史跡，也逐漸闡明。清代通俗文學、婦女文學、邊疆文學都有長足的進步，和現代文學，極有關係。文學史的研究重心，實在應當顛倒過來，由近代推衍到古代，至少也要糾正過分詳古略今的半世紀傾向。

㈢選讀何種作品

讀文學史而不讀作品，等於看食譜而不吃菜。作品如何讀起呢？《萇楚齋書目》⑰專收清人著作，就有七千六百多種。北平圖書館編《清人文集篇目索引》，收別集八百三十六種。單說詩，《晚晴簃詩匯》⑱還有二百卷之多。就一個朝代說，《全唐詩》有九百卷，《全唐文》有一千卷，都可以說浩如煙海。所以必須選精華，找體要。最大作家們正史本傳所選錄的，最重要的選本所收的，一般文學史所引用的篇目應當儘先讀。大作家記大作家，如韓愈的〈柳宗元墓誌銘〉，元稹的〈杜甫墓志銘〉；大作家論大作家，如沈約的〈謝靈運傳論〉，蘇軾的〈歐陽脩文集序〉；大作家的相互討論，如白居易與元稹書，袁枚與沈德潛論詩書；最流行而有特徵的選本序，如蕭統的〈文選序〉、徐陵的〈玉臺新詠序〉、歐陽炯的〈花間集序〉等是。先讀人間最常見的作品，再看到二三流作家的書，再尋到人間未見書，這是研究文學史的普通歷程。關於選本，我有〈中國文學重要選本目錄〉一文（東海大學《圖書館學報》第三期，五十年七月刊），略作提要介紹，可供參考。關於文學史上最需要參考引用的作品，我以十年的努力，大部分加以注音詳解，並翻為白話了，可參看〈古今文選正續編總目錄〉⑲。

㈣目錄學與辨偽

書誌學目錄學是研究文學史的基本準備。這些學問可以告訴我們一個朝代有多少作品，存亡的情形，流傳的狀況。各個作家作品的版本，注解評論的情形。近人的著作，更有重要作用。看了饒宗頤的《楚辭書錄》⑳，關於《楚辭》有些什麼本子，歷代注解評論，擬作的東西，都可以一目瞭然。看了洪業的〈杜詩引得序〉㉑，關於杜甫詩的重要版本，流傳注釋，可以得到詳審知識。孫楷第的《中國通俗小說書目》㉒，對於從來沒人著錄過的白話章回小說，作了結帳式的調查說明。偽書的考辨，使我們知道一種作品的真正時代，才可以講演進大勢，談各種作品的相互關係影響。例如《燕丹子》，楊家駱先生以為先秦的小說，明宋濂以為秦漢間人作，胡應麟以為東漢末作，《日本國現在書目》以為晉裴啟作，李慈銘以為出於宋齊以前，張心澂《偽書通考》以為隋牛弘購書時有人偽造。現在還沒有定論，可是如果承認它是東漢以前的書，小說演進的規跡就很難講了。所以辨偽的成就，可以促進歷史的真實；通史的常識，也可以幫助對偽書的鑑別。

㈤年代與地理

我國是編年史、年代記很發達的國家，但是古人所謂大事表、年表，只記達官貴人，外交軍事等事項。文學家文學作品的年代，是史官所忽略的。可是講文學史，正確年代極為重要。沒有時間觀念的文學史，不能給人以明確印象。敖士英編的《中國文學年表》[23]，是這方面一部總合著作，可惜太粗疏而只作到唐初。大作家常有後人為作年譜，總合這些年譜，也可以構成通史的文學年表，李士濤編的《中國歷代名人年譜目錄》(民國三十年四月商務版)，王寶先先生編的《歷代名人年譜總目錄》(民國五十四年一月東海大學圖書館出版)，可以使我們知道，哪些作家已經有了些什麼年譜。錢大昕的《疑年錄》，余嘉錫的《疑年錄稽疑》，考訂了一部分作家的年代[24]，姜亮夫的《歷代名人年里碑傳總表》，也很有用[25]。日本的漢學者，也很注意編年表，不過大部分是中國已有年表的翻譯簡化。

文學的地理研究，可以看出我國文學發展的程序，區域文學的特徵，地理環境對於作家的影響。從作家的分布，印書業書商的地域變遷，可以畫出文學地圖。初步的工作，是弄清楚古今地名的變遷，不可以把宋代的南京(歸德)，當作清代的金陵，湖北的興國(陽新)混亂於江西興國。祖籍郡望和實際生長地的不同，南朝僑置郡縣和原籍所在的差異。老子、莊子的真正生地弄不明白，而高談老莊代表南方文學，李東陽、李夢陽的寄籍不加注意，也難於解釋他們的突然領袖文壇。人時地是構成歷史的三種主要條件。文學史是歷史的一種，其研究方法也無異於軍事政治史了。

好的文學史，除了是正確的歷史以外，本身還應當是文學作品，正如偉大的文學批評也一定是文學書。〈文賦〉、《文心雕龍》、《史通》都是明證。不是作家，就不能理解作家，更無從批評作家，記述也就難於得體。歷代正史的文苑傳，雖不一定理想，也都是一代的大手筆寫的。有志研究文學史的人，努力把文章寫好，更是最基本的訓練了。「美斯愛，愛斯傳」，「言之無文，行而不遠」。這種古訓，無論在任何時候，任何地方，任何作品，都是適用的。

❶ 參看日本早稻田大學教授本間久雄著《新文學概論》第一章，商務印書館版，係據民國六年本，章錫琛譯出，開明書店本《文學概論》，係據民國十五年本譯出。改稿《文學概論》，昭和三十二年八月二十二版，東京堂出版。

❷ 《敦煌變文集》，一九五七年王重民周一良輯，民國五十年二月臺北世界書局影印本。

❸ 晉張隲著《文士傳》五十卷，見《隋書・經籍志》，載文人始楚屈原，終魏阮瑀，書已亡。元辛文房著《唐才子傳》八卷，有日本佚存叢書本，粵雅堂叢書本，指海本，臺北世界書局排印本，共收三九七人。

❹ 宋計有功撰《唐詩紀事》八十一卷，商務四部叢刊景明嘉靖間刊本，民國二年四川存古書局刊本。

❺ 明海鹽人胡震亨著《唐音癸籤》三十三卷，明崇禎間雙與堂刊本，民國四十九年十一月臺北世界書局排印本。

❻ 清厲鶚著《宋詩紀事》一百卷，乾隆十一年錢塘厲氏刊本，陸心源撰《宋詩紀事補遺》一百卷，《小傳補正》四卷，有光緒癸巳家刊本。

❼ 閩侯陳衍撰《遼詩紀事》十二卷，《金詩紀事》十六卷，均有民國二十五年上海商務印書館排印本。

《元詩紀事》二十四卷，有民國間石遺室排印本。

❽ 清張維屏撰《國朝詩人徵略》初編六十卷，二編六十四卷，道光間番禺張氏刊本。

❾ 元鍾嗣成著《錄鬼簿》兩卷，成於元文宗至順元年（一三三〇），記雜劇作家八十餘人，作品共四百五十八本。有曹楝亭刊本、王國維校注本。後有賈仲明補撰弔曲，又有無名氏《續編錄鬼簿》，僅見於天一閣舊藏藍格抄本，有一九五七年上海古典文學社印本，增加著錄元和明初劇作家七十一人，作品八十本，另附諸公傳奇失載名氏作品七十八本。有馬廉校注本，一九五七年六月北平印本。

❿ 清張泰來撰《江西詩社宗派圖錄》一卷，有昭代叢書戊集續編本，知不足齋叢書第十集本，清詩話本。

⓫ 《桐城文學淵源考》十三卷，《桐城文學撰述考補遺》四卷，廬江劉聲木（體信）輯，收百數十年千數百人，民國間直介堂叢刻鉛印本，民國五十一年十月臺北世界書局影印本。

⓬ 《全閩詩話》十二卷，清建安鄭方坤輯，收六朝至明閩人詩話，及詩之有關於閩者，見《四庫全書總目》卷一九六。《全浙詩話》五十四卷，清陶元藻輯，嘉慶元年怡雲閣刊本。

⓭ 清曾燠輯《江西詩徵》九十四卷，嘉慶九年南城曾氏賞雨茅屋刊本。清王豫輯《江蘇詩徵》一百八十三卷，道光元年焦山海西庵詩徵閣刊本。

⓮ 《沅湘耆舊集》二百卷，清新化鄧顯鶴（湘皋）輯，有清長沙刻本。

⓯ 《八旗著述考》，震鈞（即唐晏）編，有清人說薈本。此類書鐵保輯有《熙朝雅頌集》，嘉慶九年刊本，盛昱楊鍾羲輯有《八旗文經》六十卷，光緒二十七年武昌刊本。

⓰ 〈重訂中國文學史書目〉，梁容若、黃得時合編，見《幼獅學誌》六卷一期（五十六年五月刊）。

17 《萇楚齋書目》二十二卷，劉聲木撰，民國十八年廬江劉氏直介堂刊本。

18 《晚晴簃詩匯》，徐世昌輯，江陰夏孫桐主編，民國十八年退耕堂原刊本，五十年五月臺北世界書局影印本，收清人詩二七六六九首，作者六一六八人。

19 〈古今文選正續編總目錄〉，一九六七年五月臺北國語日報社出版。參看本書二二二頁。

20 饒宗頤編《楚辭書錄》，為選堂叢書之一，民國四十五年（一九五六）正月香港印本。

21 《杜詩引得》三冊，編者為洪業（煨蓮）、聶崇岐等，北平燕京大學圖書館引得編纂處民國二十九年（一九四〇）九月出版，為哈佛燕京社特刊第十四。民國五十六年臺北重印本。

22 《中國通俗小說書目》，國立北平圖書館民國二十二年初版。

23 《中國文學年表》線裝四冊，清江敖士英（識因）輯，民國二十四年十月北平立達書局出版。

24 錢大昕《疑年錄》四卷，吳修《續疑年錄》四卷，錢椒《補疑年錄》四卷，張鳴珂《疑年賡錄》二卷，陸心源《三續疑年錄》十卷，閔爾昌《五續疑年錄》五卷，均為同性質書。張驤有《疑年錄彙編》，民國十四年武進張氏小雙寂庵刊本。余嘉錫文見《余嘉錫論學雜著》，中華書局版。

25 《歷代名人年里碑傳總表》，姜亮夫撰，陶秋英校，民國二十六年上海商務印書館初版。五十四年四月臺北商務增訂版。一九六一年七月香港版。臺北世界書局翻印本，改名《歷代人物年里通譜附索引》。我和鄒多悅小姐合編有一部《中國文學史年表》正在修訂中。

中國文學史上的偽作擬作與其影響

一　偽書概觀

我國從古到現在，有多少偽書，是很難答覆的。偽書因為偽作者的能力技巧和機緣不同，命運也不大相同。有的一出來就被人識破，例如漢成帝時候，東萊人張霸，偽造百二篇《尚書》獻上，經當時的學者們，和中央的藏書，一加勘對，立刻發現，張霸幾乎以大不敬治了死罪[1]。他的偽書自然也就無人注意。又如隋文帝時候，景城人劉炫，偽造連山《易》，魯《史記》等書一百多卷，送上政府，領到賞金。很快被人揭穿，劉炫被拘捕，經赦免死，除名歸於家。偽造的書也連帶消滅[2]。有的偽書因為技巧高，機會好，越來越流行，成為家弦戶誦的書。例如王肅的偽古文《尚書》，在晉朝是因為政治關係（王肅是晉武帝的外祖父），沒有人敢揭穿。南朝因為流傳已久，習焉不察。唐人列於學官，直到現在印十三經注疏的，還是和二十八篇真書印在一起。雖然閻若璩、惠棟、丁晏等已經辨證到鐵案如山，盲信偽書的，還有其人。偽書跟隨時代的演進加多，辨偽的書和文章也加多。唐朝顏師古、劉知幾、司馬貞、啖助、趙匡、柳宗元等已經注意到不少偽書。南宋大儒朱熹，考定過的偽書尤其多，審辨的方法很周密，眼光也非常銳敏。最近有人輯錄朱熹的辨偽書語為一卷書，所論在五十種書以上。元末宋濂作《諸子辨》，成書於至正十八年（一三五八），共辨子部書四十種。明胡應麟著《四部正譌》三卷，是辨偽的第一部專書，廣泛涉及經史子集，末講辨偽方法，應用工具，經過歷程，並歸納出辨偽書的重要原理原則，首尾完備，條理整齊，所以梁任公先生推許為「有辨偽學以來的第一部著作」❸。我們也可以說，辨偽學到了此時，才成為一種學問。清代考訂學發達，偽古文《尚書》的定案，使疑古的風氣廣泛展開，《四庫全書總目提要》就指出了許多偽書。姚際恆作《古今偽書考》，共考書九十二種❹。最近張心澂著《偽書通考》，共考書一〇五九部，內容為一總論，二分論；經七十三部，史九十三部，子三百十七部，集一百二十九部，道藏三十一部，佛藏四百十六部。蒐羅古今中外辨偽書的文字，以時代為次排列，是極便檢查的一部書❺。

分析偽書的性質，可以歸納為以下各種：

1. 本無其書，書名作者時代內容，均由偽作者杜撰。如齊梁人作《西京雜記》，託之漢劉歆[6]；梁蕭繹作《洞冥記》，託之漢郭憲[7]；宋王銍作《雲仙雜錄》，託之唐馮贄；明楊慎作《雜事祕辛》，託之漢人是[8]。

2. 古有其書，佚亡已久，由後人偽作，詐稱原書發現。如魏王肅偽造古文《尚書》、《孔子家語》、《孔叢子》；晉張湛偽造《列子》；明姚士粦偽造《孟子外書》、《於陵子》；豐坊偽造《申培詩說》是。此種偽書常將各書引用原作的殘文斷章，鎔鑄聯綴，泯滅痕跡，所以比較易於矇混。

3. 原著佚亡一部或大部，後人將其同派類似模擬作品附加編錄，仍題原著者名。如《管子》、《莊子》、任昉《文章緣起》、漢騎都尉李陵集、唐《李太白集》等是。

4. 原作本有主名，後人無知，妄改著者。或書賈為便於銷行，改署著者。如孫臏作《孫子》十三篇，今本改署為孫武子；廖瑩中為賈似道作《全唐詩話》，今本改署為尤袤作；元進士張伯成作《杜律注》，今本誤署為虞集著；明張萱作《疑耀》，流傳本誤題為李卓吾著是。

5. 創作時無意作偽，作品成無人注意，因而假託有名作家，以譁世取寵。此種情實，極易為人發現。如漢慶虬之作〈清思賦〉，時人不之貴，乃託之司馬相如，遂大見重於世[9]；魏曹冏作〈六代論〉，因陳思王名重，遂託其名以流傳，晉武帝問曹植子志，核對曹植著作目錄，始正其名[10]；晉陸喜作〈西州清論〉，借稱諸葛孔明以行其書[11]；北齊劉晝作《劉子》（一名

《新論》，不為魏收、溫子昇等所重，乃改署劉勰，傳於江南，遂知名於世⑫；宋王銍作《龍城錄》，託之於唐柳宗元，也屬於此類。

6. 雕版印刷術流行後，書籍商品化，賈人抄撮割裂前人著作，妄署名人，或倩人代撰叢殘小書，託之名家。雖不足以欺識者，而亦常可以流行一時。如《金針詩格》、《文苑詩格》署白居易；《二南密旨》署賈島；《續金針詩格》署梅堯臣；《詩法家數》署楊載；《諸子彙函》、《文章指南》署歸有光；《評註八代文選》署袁黃；《明詩歸》、《名媛詩歸》署鍾惺；《三蘇文範》、《詞林萬選》署楊慎；〈讀升菴集〉署李卓吾都是。《新刊增補古今名家韻學淵海》一書，至於署李攀龍撰，唐順之校，使作風主張全不相同的人，合著一書，更是可笑了⑬。《兒女英雄傳續篇》，上海石印本《聊齋詩集》也是這種性質的書⑭。

7. 由於同情或好事，自動或被動為古人或同時人撰著文字，如原委不明，亦成為名實不符的作品。例如漢武帝時柏梁臺七言聯句詩，出於《三秦記》，官名人名時間都不對，顯然出於後人的擬作⑮。李陵〈答蘇武書〉，諸葛亮的〈後出師表〉，虞美人答項王〈垓下歌〉，唐婉和陸游〈釵頭鳳〉，都出於好事者之手⑯。此外文臣代皇帝作詩文：如司馬相如代漢武帝答淮南王書，柳䛒代隋煬帝作詩文，沈德潛代清乾隆帝作詩。門客幕僚代主官家主：如陳琳代袁紹，阮瑀代曹操，丘遲代陳伯之，吳汝綸代李鴻章作文，都是有名的事。陳琳代曹洪與魏文帝書（見《文選》卷四十二）明言「琳頃多事，故自竭老夫之思」，其實正是陳的代筆。《龔自珍集》有代阮元作〈涿州盧公神道碑〉，《歸震川文集》後附王錫爵作墓志，見於《唐叔達集》，知為唐代作[17]。歸莊〈簡堂集序〉謂「余觀《簡堂集》，代名公卿作者，十居六七。」可見馬元調的作品，已散在許多人名下。袁枚晚年的文字，有一部分由他的外甥陸應宿（筱雲）代筆，見於汪世泰的〈筱雲詩集序〉和袁通的〈陸筱雲傳〉[18]。這種例子，舉不勝舉。有時代筆的和被代的都諱言其事，就不易弄明白了。

8. 誣陷栽贓，以謗毀為目的作書署他人名，如唐韋瓘為李德裕門客，作《周秦行紀》，詐稱牛僧孺作，欲使以謗辱君主獲罪，結果為文宗識破[19]。宋魏泰作《碧雲騢》，歷詆名賢，誣之梅堯臣，以激反感，其技倆亦不久為人識破[20]。五代和凝作《香奩集》，語多側豔，恐被人譏為猥褻，乃嫁名為韓偓著[21]。明人作《幸存錄》，指責東林黨，而託名於夏允彝。黃宗羲以為決非夏作，殆接近閹黨者之偽裝攻詰書[22]。

偽書雖有種種起源與方式，其中最易於混淆耳目者，為飽學文士摹擬改編之作。

二　摹擬古人與同時名家之作

先秦諸子喜歡託古改制，儒家託於堯舜，墨家託於大禹，道家託於黃帝，農家託於神農，因而把洪荒原始的古代美化理想化。梁任公先生說：

> 我們看，《漢書・藝文志》，所載那許多偽書，大半由於引古人以自重的動機而出。書之著成，亦多半在戰國時代。因為戰國末年，社會變動很大，思想極其自由，有人借寓言發表，有人借神話發表。開宗大師，都引一個古人作護身符，才足以使人動聽。他們的學生，變本加厲，於是大造偽書。學術所以隆盛在此，偽書所以充斥亦在此。始皇焚書以前，春秋戰國間的偽書，大概都只有這一個動機。[23]

這種風氣，流衍為倣古擬古的傾向，越古越好，越古越引人注意。古雅、古奧、古茂、古勁、古香古色，古風古調，都成為極好的評語。《昭明文選》不選《詩經》的詩，卻選了晉束皙〈補亡詩〉六首；雜擬上下所收有陸機、張載、陶潛、謝靈運、袁淑、劉鑠、王僧達、鮑照、范彥龍、江淹等十個人的作品。劉向編《楚辭》，把漢朝人摹倣《楚辭》的賈誼、淮南小山、東方朔、嚴忌、王褒等人的作品，都蒐羅在內。朱熹作《楚辭集注》，更附《楚辭》後語，下收到張橫渠、呂大臨的倣作。近人饒宗頤作《楚辭書錄》，擬騷一目收漢揚雄、班彪，到清洪亮吉、王詒壽等共四十六人的作品。單是倣〈九章〉之作，就有宋玉的〈九辯〉，漢王褒的〈九懷〉，劉向的〈九歎〉，王逸的〈九思〉，服虔的〈九憤〉，蔡邕的〈九惟〉，三國曹植的〈九詠〉，晉陸雲的〈九愍〉，唐皮日休的〈九諷〉，金趙秉文的〈九昭〉，明劉基的〈九歎〉，王褘的〈九誦〉，夏完淳的〈九哀〉，清王夫之的〈九昭〉，王詒壽的〈九昭〉等作[24]。李白集中有〈擬恨賦〉，蘇軾集中有〈擬侯公說項羽辭〉、〈擬孫權答曹操書〉。連這些最有創作力的大家，都不能不努力於此。《明史・楊慎傳》記載他十二歲就學作擬〈弔古戰場文〉，擬〈過秦論〉。楊慎以名宰相之子，狀元及第，記誦之博，著作之富，推明人第一。喜歡作偽書欺人，如完整石鼓文，稱出於蘇軾，《雜事祕辛》，託之漢人，〈修文殿御覽李陵詩〉，〈王建宮詞佚文〉七首，都出於大膽擬作。

古人的作品，既可以擬作亂真，則當代名人的詩文當然更可擬作。蘇東坡〈答劉沔都曹書〉說：

> 然世之蓄軾詩文者多矣，率真偽相半。又多為俗子所改竄，讀之使人不平。然亦不足怪，識真者少，蓋從古所病。[25]

《隨園詩話》卷九：

> 陶貞白云：「仙人九障，名居一焉。」余不幸負虛名。丁丑（一七五七）過書肆，見有作〈金陵懷古〉詩者，姓王名顛客，假余序文。詩既不佳，序亦相稱，余一笑置之。後三年再過書肆，見《清溪唱酬集》一本，載上海彭金度、碭山汪元琛、太倉畢瀧等共三十餘人，前駢體序亦假我姓名。詩序俱佳，不能無訝，因買歸示程魚門。程笑曰：

「名之累人如此。」雖然，如魚門之名，求其一假尚未可得。後十年，集中王陸禔、曹錫辰、徐德諒、范雲鵬四人都來相見，而諸君子則終未謀面。

蘇軾袁枚都是負大名於天下的人，在生前文章已經為人所亂造，至於無法申辨。《隨園詩話補遺》卷七記：

郭頻伽（名麐，吳江貢生，著有《靈芬館集》）秀才，寄小照求詩。憐余衰老，代作二詩來，教余書之，余欣然從命，並札謝云：「使老人握管，必不能如此之佳。」渠又以此例求姚姬傳先生，姚怒其無禮，擲還其圖，移書嗔責……

假使沒有這段文字，後人只見袁枚親自書寫簽名的題詩，絕不會懷疑有人代作。名家的集子經當時人後人一再擬作附益，真偽雜糅，遂至於不可究詰。《蘇東坡集》卷六李赤詩條說：

過姑熟堂下，讀李白〈十詠〉，疑其語淺陋，不類太白。孫邈云，聞之王安國，此李赤詩。祕閣下有李赤集，此詩在焉，白集中無此。赤見子厚集，自比李白，故名赤，卒為廁鬼所惑而死。今觀此詩，止如此而以比太白，則其人必心疾已久，非廁鬼之罪也。

李赤為江湖浪人，精神病患者，陷廁中以死。柳宗元曾為作傳（見《柳先生集》卷十七），去太白時代不遠，專事偽造太白作品。自謂善為歌詩類李白，而太白集又無自定或子弟門人所編定本，遂與偽作者以有利機緣。龔自珍《定盦文集補編》卷二〈最錄李白集〉說：

> 李白集十之五六偽也。有唐人偽者，有五代十國人偽者，有宋人偽者。李陽冰曰：「當時著述，十喪其九。今所存者，得之他人焉。」陽冰已為此言矣。韓愈曰：「惜哉傳於今，泰山一毫芒。」愈已為此言矣。劉全白云：「李君文集家有之而無定卷。」全白貞元時人，又為此言矣。蘇軾、黃庭堅、蕭士贇皆非無目之士。蘇黃皆嘗指某篇為偽作。蕭所指有七篇。善乎三君子之發之耑也。宋人各出其家藏，愈出愈多，補綴成今本。宋人皆自言之。委巷童子不窺見白之真，以白詩為易效。是故效杜甫、韓愈者少，效白者多。予以道光戊子（一八二八）夏，費再旬日之力，用朱墨別真偽，定李白真詩百二十二篇。於是最錄其指意曰，莊屈實二，不可以并，并之以為心自白始。儒仙俠實三，不可以合，合之以為氣，又自白始也。其斯以為白之真原也已。次第依明許自昌本。

龔定庵所鑑別的是否全得真相，本自難說，所以他的本子並不流行。流行的還是劉全白、蕭士贇等所編的舊本。至於他認為少為後人所效法的杜甫集，也不是沒有偽作。金王若虛《滹南遺老集》卷三十八詩話上云：

> 世所傳《千家註杜詩》，其間有曰新添者四十餘篇。吾舅周君德卿嘗辨之云，唯〈瞿唐懷古〉、〈呀鶻行〉、〈送劉僕射〉、〈惜別行〉，為杜無疑。其餘皆非真本，蓋後人依倣而

> 作，欲竊盜以欺世者。或又妄撰其所從得，誣引名士以為助，皆不足信也。東坡嘗謂太白集中，往往雜入他人詩。蓋其雄放不擇，故得容偽，於少陵則決不能。豈意小人無忌憚如此。其詩大抵鄙俗狂瞽，殊不可讀。蓋學步邯鄲，失其故態，求居中下且不得，而欲以為少陵，真可憫笑。《王直方詩話》，既有所取，而鮑文虎、杜時可間為注說，徐居仁復加編次，甚矣世之識真者少也。其中一二雖稍平易，亦不免蹉跌。至於〈逃難〉、〈解憂〉、〈送崔都水〉、〈聞惠子過東溪〉、〈巴西觀漲〉、及〈呈竇使君〉等，尤為無狀。洎餘篇大似出於一手，其不可亂真也，如糞丸之在隨珠，不待選擇而後知，然猶不能辨焉。世間似是而相奪者，又何可勝數哉。予所以發憤而極論者，不獨為此詩也。吾舅自幼為詩，便祖工部，其教人亦必先此。嘗與予語及新添之詩，則嚬蹙曰：人才之不同，如其面焉。耳目鼻口相去亦無幾矣，然諦視之，未有不差殊者。詩至少陵，他人豈得而亂之哉。公之持論如此，其中必有所深得者，顧我輩未之見耳。表而出之，以俟明眼君子云。

蘇東坡死時，弟轍，子邁、過等均健在。蘇過尤其能讀父書。偽作雖多，應當不容易流傳。朱熹〈跋章國華所集注杜詩〉（《文集》卷八十四）說：

> 章國華過予山間，出所集注杜詩示予。其用力勤矣。然其所引東坡事實者，非蘇公作。

> 聞之長老，乃閩中鄭昂（尚明）偽為之。所引事，皆無根據，反用杜詩成句增減為文，而傳其前人名字，託為其語，至有時世先後顛倒失次者。舊嘗考之，知其決非蘇公書也。況杜詩佳處，有在用事造語之外者，唯其虛心諷詠，乃能見之，國華更以予言求之，雖以讀三百篇可也。

陳善《捫蝨新話》說：

> 〈葉嘉傳〉乃其邑人陳元規作；和賀方回〈青玉案〉詞，乃華亭姚晉作。集中如〈睡鄉〉、〈醉鄉記〉，鄙俚淺近，決非坡作。今書肆往往增添改換，以求速售，而官不之禁。

明焦竑序《東坡外集》說：

> 世傳東坡集，多亂以他人之作。如〈老蘇水官九日上魏公送僧智能〉三詩，〈叔黨颶風〉、〈思子臺〉二賦，人知其謬。……〈虛飄飄〉三首，公與黃秦唱和，見少游集；〈睡鄉記〉擬〈無功醉鄉記〉而作，今並屬子瞻。代滕甫辨謗，王銍謂為其父作，四六話備載其文。大率紀次無倫，真贋相雜。

《四庫書目提要》卷一五四（查慎行）《補注東坡編年詩》云：

> 至於所補諸篇，如〈怪石〉詩，指為遭憂時作，不知《朱子語類》謂二蘇居喪無詩文。〈鼠鬚筆〉詩，本軾子過作，而乃不信《宋文鑑》……〈雙井白龍〉詩，《冷齋夜話》

明言非東坡作，乃反云據以補入。甚至李白〈山中日夕忽然有懷詩〉，亦成為軾作，尤失於檢校。如斯之類，皆不免炫博貪多……。

看以上所說，有意無意嫁名於東坡的作品，還是不少。

擬作倣作的詩文，隨時可以去掉擬倣字樣，和原著混在一起。漢騎都尉李陵集裡，除了見於《漢書》的別歌以外，幾乎全是代筆。今傳諸葛亮集，〈後出師表〉為陳壽所未見；〈黃陵廟記〉為陸游、袁說友等南宋人所未見。曹子建集，《三國志》本傳稱所著賦頌詩銘雜論凡百餘篇，〈隋志〉著錄三十卷，〈唐志〉作二十卷，今本殘缺不全，僅有十卷，篇目乃反增至二百一十篇（賦四十四，詩七十四，雜文九十二），可見有許多擬作代筆在內。

蘇軾的〈擬侯公說項羽釋太公（劉邦父）辭〉，如果編入《史記》，和蒯通、陸賈等的作品很接近。〈擬孫權答曹操書〉，和《文選》所載阮瑀〈代曹公作書與孫權〉，針鋒相對，文體接近。吳汝綸的〈擬陳伯之答丘遲書〉，如果印入《文選》，過一時期以後，也會有人認為是南朝的名作。

三　前人作品的改竄增刪

國家的公文書，為了慎密，春秋時代就有草創、討論、修飾、潤色的程序。文臣為帝王代作或改文章，祕書為主官代作或改文章是常有的事。修正潤色，得了本人的同意，不屬於偽作性質。以個人私意，假託古本，竄亂成書，任意增刪，使原作面目全非，就接近偽作的性質了。

康有為、崔適等均以為《左傳》、《國語》曾經劉歆、杜預等有計畫竄亂改編，不過竄亂的方式和程度，還待論定。王肅竄亂《尚書》，割裂篇目，改編《孔子家語》，以為自己的學說張目，已為學術界公認的事實[26]。今本《涑水記聞》不是司馬光的原書，書中醜詆王安石的話大部由於元祐黨人的增附，所以司馬光的曾孫伋就曾否認過，上章乞毀版，可是改竄本還是流傳至今。

小說和民間文藝，作者常常不署名，傳抄印刷的人，遂可以放膽增刪，修正改編。《漢書．藝文志》、《隋書．經籍志》所著錄的小說短書，大部分不存在的原因，常常因為後出同性質的書，吞併了以前的書。名義上存在的書，也常經後人自由附益，如張華《博物志》、干寶《搜神記》、殷芸《小說》、任昉《述異記》、吳均《續齊諧記》之類都是。宋以後的講史公案煙粉白話小說，更成為集體編改的局面。大小說家羅貫中編有《三國志演義》、《隋唐演義》、《五代演義》、《三遂平妖傳》、《水滸傳》等書。書全存在，也全不存在，因為沒有一種保持原來面目。他所根據的底本，也不能明確指出。明代的短篇小說集成三言兩拍《喻世名言》、《警世通言》、《醒世恆言》,《拍案驚奇》初二刻),共收平話約二百篇,實在是宋以後陸續寫成,卻都經過許多次修改,考證每篇的作者和時代,非常困難。

民間文學自由流傳修改的例,可以舉〈孔雀東南飛〉。〈孔雀東南飛〉說是建安時代或稍後(三世紀中葉)的作品。經三百多年之久,到梁徐陵編《玉臺新詠》,才有固定的文字。可是「賤妾留空房,相見常日稀」兩句,是明刻本添入的。《藝文類聚》卷三十二,《樂府詩集》卷七十三,宋本《玉臺新詠》都沒有。「新婦初來時,小姑始扶床,今日被驅遣,小姑如我長。」這是唐顧況的〈棄婦詞〉,蘭雪堂活字本《玉臺新詠》才加入。宋本《玉臺新詠》也沒有㉗,這是隨意增加的例。明楊慎的選本,以為太絮叨,以己意節去了二百多字(全詩三五三句,一七八五字)。清李元度編《小學弦歌》,就採取了楊升菴的刪節本,可見這首詩直到明清,還在由文人自由增刪。

純粹從文章觀點,竄改古人的作品,如《文心雕龍》的〈指瑕〉、《史通》的〈點繁〉,可以開啟聰明,供給參考。金王若虛的改《史記》,清方苞的改蘇洵、柳宗元文,屈復的改杜詩、《楚辭》,存心與古人爭勝,所見又不一定卓越,聊備一說,很少人過問。有名的選本,如《昭明文選》、《玉臺新詠》、《唐文粹》等選文時略有點定,其影響卻可以取原文而代之。《文選》所選《史記》、《漢書》、《後漢書》、《三國志》、《後漢書》中的文章,字句常有不同,可以推想為當時所根據的本子不同，也可以想像為蕭統和高齋十學士等有所潤色。姚鼐編《古文辭類纂》，《史》、《漢》等古書所有的文章，常常取《史》、《漢》原文而不取《文選》，這固然是有意立異，也原於古文家和駢文家的欣賞觀點不同。《東坡志林》曰：「近世人輕以意改書。鄙淺之人，好惡多同，故從而和之者眾。遂使古書日就訛舛，深可忿疾。」明人善造偽書。校印古書，尤喜擅改，故有印書而書亡之誚。晚明選家，尤多誕妄竄亂之習。《日知錄》卷二十改書條說：

> 萬曆間人，多好改竄古書。人心之邪，風氣之變，自此而始。且如駱賓王〈為徐敬業討武氏檄〉，本出《舊唐書》。其曰偽臨朝武氏者，敬業起兵在光宅元年九月，武氏但臨朝而未革命也。近刻古文改作偽周武氏，不察檄中所云包藏禍心，睥睨神器，乃是未篡之時，故有是言（越六年天授元年九月，始改國號曰周）。其時廢中宗為廬陵王，而立相王為皇帝。故曰君之愛子，幽之於別宮也。不知其人，不論其世，而輒改其文，繆種流傳，至今未已。又近日盛行《詩歸》（鍾惺、譚友夏評選）一書，尤為妄誕。魏文帝〈短歌行〉，長吟永嘆，思我聖考。聖考謂其父武帝也，改為聖老。評之曰，聖老字奇。《舊唐書》李泌對肅宗言，天后有四子，長曰太子弘，監國神明孝悌。天后方圖稱制，乃鴆殺之，以雍王賢為太子，賢自知不免，與二弟日侍於父母之側，不敢明言，乃作〈黃臺瓜辭〉，會樂工歌之，冀天后悟而哀愍。其辭曰：「種瓜黃臺下，瓜熟子離離，

> 一摘使瓜好，再摘使瓜稀。三摘猶尚可，四摘抱蔓歸。」而太子賢終為天后所逐，死於黔中。其言四摘者，以況四子也。以為非四之所能盡，而改為摘絕。此皆不考古而肆臆之說，豈非小人而無忌憚哉？

鍾惺是萬曆進士，著有《隱秀軒集》。譚元春是天啟解元，著有《嶽歸堂集》。他們的文章，以幽深孤峭，纖仄詭僻知名，稱為竟陵派。無論如何，總還是以作家改作家的文章。更荒唐的是歸有光的兒子，改其父文。錢謙益《列朝詩集小傳》丁集中震川先生歸有光條說：

> 熙甫歿，其子子寧輯其遺文，妄加改竄。賈人童氏夢熙甫趣之曰：亟成之，少稽緩，塗乙盡矣。刻既成，賈人為文祭熙甫，具言所夢，今載集後。季子子慕，字季思，以鄉舉追贈待詔。冢孫昌世，字文休，與余共定熙甫全集者也。

熙甫曾孫歸莊〈書先太僕全集後〉說：

> 先太僕府君文集，先伯祖某，刻於崑山。其人不知文而自用，擅自去取，止刻三百五十餘篇，而又妄加刪改。府君示夢於梓人，梓人以為言，乃止。故今書序二體中，往往有與藏本異者。

這種竄改，幸而遇到梓人的譎諫停止，更幸而有錢謙益、歸莊及早揭穿，不然《歸震川集》的面目會全非。一般無鑑賞力的人，也許奉歸子寧的改本為震川晚年定稿了。

最近改竄古今人文章的風氣，變本加厲。我在〈談改文章〉一文裡說過：

> 第一是排字先生改，大改小，長改短，將無作有，變二成三，遷就字架，變化莫測。其次是編輯先生改，改題目，改結論，刪幾段，加幾句，配合版式，絕對自由（許多雜誌的徵文辦法標明編者有自由刪改權）。更偉大的是選文章的先生改，寃親平等，古今一如，筆則筆，削則削，藐爾作者，其奈我何哉！㉘

我見過一個國文選本，把朱自清的〈背影〉短文，改了八處，弄到遍體創傷，啼笑皆非。

四　偽作擬作改作的影響

(一)文學史演進規跡不明，形成退化觀念

從託古的風氣，把古代文學實際狀況理想化美化。不認為文學是由許多天才創作累積改良成的，認為「道沿聖以垂文，聖因文而明道」（《文心雕龍・原道》中語），先聖取則自然以為文，所以「義既極乎性情，辭亦匠於文理」（《文心雕龍・宗經》），所以經是文學的最高峰，學文章應當「稟經以製式，酌雅以富言」（《文心・宗經》），「鎔式經誥，方規儒門」（《文心・體性》）。從漢代的作家起，「子政（劉向）論文，必徵於聖；稚圭（匡衡）勸學，必宗於經」（《文心・徵聖》）。揚雄以「大文」「鴻文」形容聖人之詞。晉摯虞《文章流別》說：「雅言之韻，四言為

正，其餘雖備曲折之體，而非言之正也。」這等於說，《詩經》以外，都不是正體詩。劉勰〈辨騷〉說：「《楚辭》者……乃雅頌之博徒，而詞賦之英傑也。」這是說《楚辭》比《詩經》次一等。唐司空圖《詩品》說：「詩之品有九，曰高曰古。」宋嚴羽《滄浪詩話》說：「以漢魏晉盛唐為師，不作開元天寶以下人物。」「工夫須從上做下，不可從下做上。先須熟讀《楚辭》，朝夕諷誦，以為之本。」嚴羽的下手，當然倒退了不少，工夫從上做下，卻是傳統的定論。這種越古越好的看法，從自然淘汰的形勢看，是大有道理的。一種作品，經了幾千年，還有大量讀者，燒也燒不完，禁也禁不住，如《詩經》自然有他的真美在。就是經了五百年一千年而仍膾炙人口的作品，也一定有他的相當價值。偽作的加入，助長了這種看法和理論。虞舜的時候，出現了〈卿雲歌〉、〈南風歌〉，夏朝的時候，出現了〈五子之歌〉，「聖人之雅麗，固銜華而佩實」，更可以得到證明了。王肅梅賾的偽古文《尚書》和真本二十八篇混在一起讀，《尚書》時代的文體，就沒有一定面目。《雜事祕辛》要出現在漢朝，六朝志怪小說、唐人傳奇都黯然無色了。從另外一方面看，王肅楊慎等造假古董的人，都是極博學有個性，有創作天才的人，在宗經徵聖的大空氣下，沒法跳出古人的圈套，取得社會一般人喝采，就出於詭譎的技倆，玩弄讀書文化界，跳到經聖乃至歷代大作家以前，以滿足個人的優越感創造慾。有人這樣作成了功，於是效之者蜂起，大偽小偽種種方式的偽書都出現，辨不勝辨了。王若虛、屈復、方苞等修改古名家的作品，和作偽書的人心理一樣。作了〈五子之歌〉，就爬到《詩經》以上，能改杜甫、柳宗元的詩文，也就超過了他們，為社會刮目相視了。能擬作〈弔古戰場文〉，也可以一躍而與李華齊名，這種偽書不澄清，就不能產生正確可信有啟示性的文學史。

(二)擬古風氣對於文學創作的影響

擬古倣古阻遏破壞了文人的創作力、想像力、發展力。顧亭林論之最明快。《日知錄》卷廿一文人摹倣之病說：

> 近代文章之病，全在摹倣。即使逼肖古人，已非極詣。況遺其神理，而得其皮毛者乎？且古人作文，時有利鈍。梁簡文〈與湘東王書〉云，今人有效謝康樂、裴鴻臚文者。學謝則不屆其精華，但得其冗長；學裴則蔑棄其所長，惟得其所短。宋蘇子瞻云，今人學杜甫詩，得其粗俗而已。金元裕之詩云，「少陵自有連城璧，爭奈微之識碔砆。」文章一道，猶儒者之末事，乃欲如陸士衡所謂謝朝華於已披，啟夕秀于未振者，今且未見其人，進此而窺著述之林，益難之矣！效《楚辭》者必不如《楚辭》，效〈七發〉者必不如〈七發〉。蓋其意中先有一人在前，既恐失之，而其筆力復不能自遂。此壽陵餘子學步邯鄲之說也。洪氏《容齋隨筆》曰，枚乘作〈七發〉，創意造端，麗詞腴旨，

> 上薄騷些，故為可喜。其後繼之者，如傅毅〈七激〉、張衡〈七辨〉、崔駰〈七依〉、馬融〈七廣〉、曹植〈七啟〉、王粲〈七釋〉、張協〈七命〉之類，規倣太切，了無新意。傅玄又集之以為《七林》，使人讀未終篇，往往棄諸几格。柳子厚〈晉問〉，乃用其體，而超然別立機杼，激越清壯，漢晉諸文士之弊，於是一洗矣。東方朔〈答客難〉，自是文中傑出。揚雄擬之為〈解嘲〉，尚有馳騁自得之妙，至於崔駰〈達旨〉、班固〈賓戲〉、張衡〈應閒〉，皆章摹句寫，其病與《七林》同。及韓退之〈進學解〉出，於是一洗矣。其言甚當。然此以辭之工拙論爾。若其意則總不能出於古人範圍之外也。

過去的文人，以對於前人句摹字倣為能事，袁枚曾歷舉各種實例，《隨園隨筆》卷二十五古文摹倣說：

> 古人作文，摹倣痕迹未化，雖韓柳不免。退之〈送窮文〉倣揚雄〈逐貧賦〉。〈毛穎傳〉：「以管城封公」，倣南朝〈驢九錫文〉：「以驢封大蘭王」。〈諱辨〉：「父名仁子不得為人」，倣北齊顏之推云：「桓公名白，傳有五皓之稱，厲王名長，琴有修短之目，不聞改布帛為布皓，改腎腸為腎修也」。〈祭十二郎文〉：「汝病吾不知時，汝死吾不知日」，用宇文護〈與母書〉：「我寒不得汝衣，我饑不得汝食也」。〈與崔立之書〉與曹子建〈與楊德祖書〉意境相似。柳子厚作記，與漢馬第伯〈封禪儀記〉句調相似。為

太夫人作祔志：「已矣，窮天下之聲，無以舒其哀矣，盡天下之詞，無以傳其酷矣。」連用矣字，倣《禮記．問喪》篇：「亡矣喪矣，不可復見已矣，哭泣辟踊，盡哀而止矣」。〈毀象祠記〉：「苟離於正，雖千載之遠，吾得而更之，況今茲乎」，用董仲舒〈高廟災對〉：「苟違於禮，雖尊如高廟，吾猶災之，況其他乎」。〈賀進士王參元失火書〉，倣《說苑》公子成父賀魏文侯御廩災，兼倣叔向賀范宣子憂貧也。〈河間婦人傳〉，先貞後亂，倣〈游俠傳〉原涉曰，寡婦一朝被汙，從此放縱荒淫也。〈游黃溪記〉：「其間名山水而州者以百數，永最善。名山水而村者以百數，黃溪最善」。倣《漢書．西南夷傳》：「其西靡莫之屬以十數，滇最大。自滇以北君長以十數，邛都最大。」李習之〈高愍女碑〉：「天下為父母者莫不欲愍女之為其子也，為夫者莫不欲愍女之為其室家也。」倣《國策》陳軫曰：「孝己愛其親，天下欲以為子。子胥忠於君，天下欲以為臣。」祖君彥〈檄煬帝文〉：「罄南山之竹，書罪無窮；決東海之波，流惡難盡。」倣《漢書．公孫賀傳》朱安世云：「南山之竹，不足受我詞；斜谷之木，不足為我械。」獨孤及〈仙掌銘〉：「日而月之，星而辰之。」倣《莊子．庚桑楚》篇：「社而稷之，尸而祝之。」王右軍〈蘭亭序〉：「後之視今，亦猶今之視昔。」用《京房傳》語：「臣恐後之視今，猶今之視前也。」曹子建〈求自試表〉：「慈父不能愛無益之子，仁君不能畜無用之臣」，全用《墨子》語也。羊祜〈讓開府表〉：「德未為人服而受高爵，則才臣不進」，全用《管子》語也。相如〈大人賦〉，全用屈平〈遠遊〉篇。崔駰〈達旨〉，全用子雲〈解嘲〉。杜牧〈阿房宮賦〉起句三字用韻，「六王畢……蜀山兀……」，倣陸倕〈長城賦〉：「干城絕，長城列」也。後連用也字「開妝鏡也，棄脂水也」，用邊孝先〈博塞賦〉：「分陰陽也，象日月也」。皇甫湜〈答李生第一書〉：「虎豹之文，不得不炳於犬羊。鸞鳳之音，不得不鏘於烏鵲。非有意先之，乃自然也。」用《三國志》秦宓曰：「虎生而文炳，鳳生而五色，豈以自飾哉，天性自然也。」孫樵〈諫復群髡疏〉：「夫以十家給一髡，是編民百七十萬困於群髡也」，用〈貢禹〉封事：「以上農計之，是七十萬人受其饑也」。丘遲〈與陳伯之書〉：「見故國之旗鼓，感平生於疇昔」，用臧洪〈與袁紹書〉：「見主人之旗鼓，感故友之周旋」。歐公〈醉翁亭記〉連用也字，倣《周易・雜卦》傳篇，倣孫武子，又倣昌黎之銘張徹也。〈安重誨傳〉先立四柱，而下分應之，倣《國策》蘇子謂薛公一段。老泉〈木假山記〉：「二峰者雖其勢服於中峰，而無阿附意」，倣楊敬之〈華山賦〉：「似乎賢人守位，北面而受成也。」劉禹錫〈許州文宣王碑銘〉，學退之〈平淮西碑〉，《新唐書》之〈李懷仙傳〉，杜牧之〈譚忠傳〉，全學《國策》。劉伯溫〈賣柑者說〉，全倣柳子〈鞭賈〉一篇。歐公〈豐樂亭記〉：「仰而觀山，俯而聽泉」，用白香山〈廬山草堂記〉：「仰觀山，俯聽泉」。漢宋訓詁雖本《爾雅》，亦全學《國語》叔向解夙夜基命宥密之詩曰，夙夜恭也基始也；又學左氏參和為仁德正應和曰莫也。《宋書》沈慶之出遊騎馬，以馬與影為三人，李白襲之曰：「舉杯邀明月，對影成三人。」賈島曰：「但愛杉倚月，我倚杉為三」，是又襲太白矣。老泉〈仲兄字文甫說〉：「風行水上渙，天下之至文也」，本〈伐檀〉詩毛氏傳云：「風行水成文曰漣」。張文潛又襲之，以為文論。東坡〈鍾子翼哀詞〉，四言間七言，學《荀子・成相》篇。韓文「春與猿吟兮秋鶴與飛」，學《論語》：「迅雷風烈」，又學《楚辭》：「吉日兮辰良」。劉夢得〈嘆牛〉云：「員能霸吳屬鏤賜，斯既帝秦五刑具」，倣《漢書・蒯通傳贊》：「豎牛奔仲叔孫卒，郈伯毀季昭公逐」也。《漢書》朱買臣榮歸會稽一段，全倣須賈見范雎。退之〈南山詩〉多用或字，倣小雅：「或燕燕居息」等句。唐〈楊妃謠〉：「生男勿喜女勿悲，今看生女作門楣」，倣漢〈衛子夫歌〉云：「生男無喜女無怒，獨不見衛子夫霸天下」。《三國志・諸葛恪傳》先序災咎，後序禍患，倣《漢書・霍光傳》，霍禹族誅，先見凶異也。王勃〈滕王閣序〉：「落霞與孤鶩齊飛，秋水共長天一色」，本庾信〈三月三日華林園馬射賦〉：「落花與芝蓋齊飛，楊柳共春旗一色」。駱賓王〈為徐敬業討武曌檄〉云：「喑嗚則山岳崩頹，叱咤則風雲變色。以此制敵，何敵不摧；以此圖功，何功不克」，本祖君彥〈為李密討煬帝檄〉之「呼吸則河渭絕流，叱咤則嵩華自拔。以此攻城，何城不陷；以此擊陣，何陣不摧」。

這實在是變象的襲取。《十駕齋養新錄》卷十八詩文盜竊條說：

皎然《詩式》著偷語偷勢之例，三者雖巧拙攸分，其為偷一也。後代詩文家能免於三偷者寡矣。

唐張懷慶好偷竊名士文章，時人為之語曰，活剝張昌齡，生吞郭正一。今之舉業文字，大率生吞活剝，其詞必己出者，百無一二。士習之不端，於作文見之矣。

黃庭堅高倡「文章切忌隨人後」。又同時主張「不易其意而造其語，謂之換骨法。規模其意而形容之，謂之脫胎法。」（《野老紀聞》）王若虛《滹南詩話》說：「魯直論詩，有脫胎換骨，點鐵成金之喻，世以為名言，以予觀之，特剽竊之黠者耳。」高青邱謂古人作詩，今人描詩。描摹抄襲，成了風氣，所以用思想形式定型化的八股文考試全國士子，明清數百年不以為異。受了長期八股訓練的文人，自然談不到創新立異了。謝无量《中國大文學史》以秦以前為創造文學，秦以後為模擬文學，是很可注意的劃分[29]。

㈢人無定評，文無定評，破壞文學鑑賞力

一個作家的著作裡，包含有偽作，思想個性風格工拙，都難一致。把千年後偽造的經書，認為孔子手定。曾經聖人手，議論安敢到，又奉為審查後來作品的標準，還有什麼文學批評可言。根據李赤的詩，談李白的作風；根據王銍的書，考柳宗元的為人；根據曹丕附益的《孔北海集》，論孔融對曹氏的觀感；根據張儼偽造的〈後出師表〉，論諸葛亮的軍政宣傳，或更根據〈黃陵廟記〉，論諸葛亮的散文，不僅是在泥沙上築樓閣，簡直是海市蜃樓，全無現實性了。許多偽書構成的劉伯溫面影，和《明史》列傳、《誠意伯集》所表現的劉伯溫，全然是兩種面目。《香奩集》也許整個歪曲了韓致堯的為人。

用《列子》作例，唐柳宗元的批評說：「《列子》較《莊》尤質厚。」宋洪邁說：「《列子》書事，簡勁宏妙，多出《莊子》之右。」明宋濂說：「《列子》書簡勁宏妙，似勝於周。」王世貞說：「《列子》與《莊子》同敘事，而簡勁有力。」清姚際恆說：「《莊子》之書，洸洋自恣，獨有千古，豈蹈襲人作者。其為文舒徐曼衍中仍寓拗折奇變，不可方物。《列子》則明媚近人，氣脈降矣。又《莊子》之敘事，迴環鬱勃，不即了了，故為真古文；《列子》敘事，簡淨有法，是名作家耳。」近人顧實說：「其文致亦不一致，有溫厚者，瑰麗者，而又有淺俗者，近易者。」一部《列子》，有這樣複雜全不相同的批評，因為對這書的時代作者來歷不同觀念，無形之中支配著讀者的眼光。

明楊慎偽作的《雜事祕辛》，姚士粦跋說：「予始讀漢雜事，目駴情搖，謂非漢人不能作。及見孝轅（胡震宇）跋語，駭引詳駁，牴牾灼然，乃更發書檢校，復得可疑者數則……余因念作偽者必非不讀《漢書》，何至自開釁竇如此？且審識一段，描寫精瑩，若有生氣，似非假託可到。」沈士龍說：「自古以文字類寫娟麗……未有摩畫幽隱，言人所不忍言，如《祕辛》之探人心目也……此嫗率率口創，有後來含毫所不敢望者。何得橫索同異相與疑之？叔祥孝轅證據博矣，然非所以語於文章之妙也。」他們先有了「描寫精瑩，非漢人不能作」的成見，所以任何偽證都可以看過去。近人曾毅作的《中國文學史》更說：「《雜事祕辛》記桓帝選后之事，文辭奇豔，妙極細微，而過於穢褻，後世淫書，發端於此。予謂漢代之好尚，在於驕奢，於文章長於敘事，於辭賦宣傳現世快樂主義之禍，然則《飛燕外傳》、《雜事祕辛》以描寫肉體之美感，相踵而出，何足怪乎？」㉚所以曲予解說，也是原於發端的一定是奇豔的一個觀念。偽書淆亂了文藝演進的觀念，這種錯誤的退化觀念，更助長偽書的流行。

五　辨偽的歧途

學術如走上求真求是求客觀的路子，偽書一定會陸續揭穿，並且無論如何狡獪的書，也不難發現的。王肅的偽書所以行於西晉，因為他是司馬昭的岳父，晉武帝齊王攸的外祖父，有些人明知而不便或不敢駁詰。東晉兵馬蒼黃，文獻淪亡，政治大環境也未變，所以年深月久，習非成是。明朝豐坊、楊慎大造偽書，本來有些變態心理。他們都受了嘉靖皇帝的無理暴橫，廢放蹂躪，社會上一部分人無形中對他們有同情優容的傾向，所以容易接受，或存而不論。這都是政治影響於辨偽的。鄭所南《鐵函心史》的發現，人時地灼然，內容也毫無問題。陳宗之、林茂之、顧炎武等的文字，更確定他的真實性。但是到了清朝，徐乾學的《通鑑後編考異》，首倡邪說，誣為海鹽姚士粦所偽託。乾學為顧亭林外孫，對於此書性質，非無所知，只因獻媚清人，迎合統治者，不惜背舅造謠，顛倒是非。《四庫提要》卷一七四採其說，因紀昀委蛇迎合，用心與乾學相同。袁枚《隨園隨筆》卷二十三，與徐紀桴鼓相應，亦出於環境使然。這種言論多了，三人市虎，使張心澂的《偽書通考》也以心史為疑偽。這是政治力量使真書化偽的例。分辨偽書應當把一切政治問題撇開，實事求是，不要把政治教育上的短時目的，影響學術上的永久的不變的真實。

社會的風尚，士大夫的好惡，也可以影響到作品真偽的判斷，就是希望有的事，就想其為真，不希望有的事，就容易斷其為偽。《雲麓漫鈔》卷十四載李清照投中書舍人綦崇禮啟，照這篇啟事，她曾「以桑榆之晚節，配茲駔儈之下才。」「友凶橫者十旬，居囹圄者九日」，和李心傳《建炎以來繫年要錄》載其與後夫構訟事，可以互相印證，與《苕溪漁隱叢話》前集卷六十、後集卷四十記事亦相合。陳振孫《直齋書錄解題》卷二十一，洪适《隸釋》所記亦同。陳洪均非造謠之人。明末毛晉汲古閣輯印《漱玉詞》，末附易安軼事逸文，不收《雲麓漫鈔》之文，蓋已有為才女諱之意[31]。清俞正燮作《易安居士事輯》說：

> 讀《雲麓漫鈔》所載謝綦崇禮啟，文筆劣下，中雜有佳語，定是改竄本……余素惡易安改嫁張汝舟之說，以情度易安不當有此事。及見李心傳《建炎以來繫年要錄》，采鄙惡小說，比其事為文，尤惡之……不甘小人言語，使才人下配駔儈……紹興十一年五月十三日綦崇禮壻陽夏謝伋，寓家台州，自序四六談麈時，易安年已六十，伋稱趙令人李。……又下至淳祐元年，時及百年，張端義作《貴耳集》，亦稱易安居士趙明誠妻，易安為嫠行迹，章章可據。……小人改易易安謝啟，以飛卿玉壺為汝舟玉壺，用輕薄之詞，作善謔之報，而不悟牽連君父，誣衊廟堂，則小人之不善於立言也……。[32]

俞氏舉了些宋人造謠誣枉善良的例，以證小人改竄易安文之可能，但並不能找出宋人否定胡仔、趙彥衛、李心傳、陳振孫、洪适記事的任何證據。也不能解釋這五個人為什麼不約而同的造謠言。同時袁枚、顧太清等為易安辨，也只是空話。清末周壽昌編《宮閨文選》，收入謝綦崇禮啟，把四百多字的信，刪去了三分之二，差不多是照了俞理初的論旨，刪去涉及改嫁訴離等事。謝无量編《中國婦女文學史》，照錄了周氏的節本說：「《宮閨文選》，於此啟獨有裁削，荇農博洽，不知他有所據否，或其原文如此也。」㉝謝氏也是支持俞正燮的觀點的，所以希望周壽昌有根據，可惜他也不能替他找出根據，只好以周節本作根據了。陳寅恪氏〈論再生緣〉一文說：

> （趙）日照之名，僅附見於《吳興詩話》及《兩浙輶軒錄‧蘋南小傳》中，夫以妻傳，如駔儈下材之於易安居士者，可謂幸矣。寅恪頗信《建炎以來繫年要錄》所載，而以後人翻案之文字為無歷史常識。乾隆官本樓鑰《攻媿集》中，凡涉及婦人之改嫁者，皆加竄易，為之隱諱。以此心理推之，則易安居士固可再醮於生前趙宋之日，而不許改嫁於死後金清之時，又何足怪哉！至顧太清之主易安年老未改嫁之事者，則又因奕繪嫡室之子，於太清有所非議，固不得不藉此以自表白……

陳先生可以作這種翻案論斷，自然也原於他所處的時代社會，和金清大不相同。他不曾找出證成李心傳說法的新有力證據，他的支援，也就難成為決定性的結論了。我們希望根據客觀史料來判斷作品的真偽，不要把社會意識、主觀感情、個人希望，混在一起。為了某種目的，湮沒證據、修改證據、偽造證據，更是要不得的了。

從崔述《考信錄》、康有為《新學偽經考》、崔適《史記探原》、顧頡剛《古史辨》等書流行以來，辨偽的書和文章大增加，使許多偽書都呈現了本來面目，這是可喜的現象。然而也出現了不少憑了一知半解，單文孤證，想入非非，偽所不當偽的文章，攻所不當攻的事實。或更出於立異駭俗、炫博鳴高的企圖，濫用假定，逞意幻想。如印度人作《山海經》，匈奴人作《穆天子傳》之類，實在和明季人造作偽書的動機，極為類似，於求真求是之途，相去遠了。古人說：「奔者東走，追者亦東走，東走雖同，東走之用心不同。」以辨偽為名，行譁世取寵之實，那真是考證學的歧途末路了。

❶《漢書》卷八十八〈儒林傳〉古文尚書下，《論衡・佚文篇》。

❷《隋書》卷七十五〈劉炫傳〉。

❸臺北世界書局輯印《偽書考五種》，內容為唐人辨偽集證一卷，朱熹辨偽書語一卷，宋濂《諸子辨》一卷，胡應麟《四部正譌》一卷，姚際恆《古今偽書考》一卷，姚名達宋胡姚三家所論列古書對照表一卷，民國四十九年十二月初版。梁啟超講《古書真偽及其年代》，吳其昌筆記，民國二十五年四月《飲冰室合集》本，臺北中華書局四十五年十月單行本。

❹姚書近年盛行，除上舉世界本外，有金受申《古今偽書考考釋》，民國十三年北平中華印書局鉛印本，顧頡剛校點《古今偽書考》（北平景山書社辨偽叢刊本），顧實《重考古今偽書考》，民國十五年上海大東書局本，黃雲眉《古今偽書考補證》，民國二十年南京金陵大學中國文化研究所鉛印本，附原著補正異同對照表，程大璋《古今偽書考書後》一卷，民國十九年鉛印本。

❺《偽書通考》二冊，張心澂著，民國二十八年二月上海商務印書館出版。

6 勞榦〈論西京雜記之作者及成書時代〉，見中央研究院《歷史語言研究所集刊》第三十三本（民國五十一年二月臺北版）。

7 余嘉錫《四庫提要辨證・子部》九（一一三〇頁）蘇時學《爻山筆話》卷七。

8 《洞冥記》、《雲仙雜錄》、《雜事祕辛》三書均見《偽書通考・子部・小說家》。下舉各例，均見此書。

9 《西京雜記》卷上。

10 《晉書》卷五十八〈曹志傳〉。〈六代論〉見《文選》卷五十二。

11 《晉書斠註》卷五十四〈陸機傳〉。

12 余嘉錫《四庫提要辨證・子部》。王叔岷〈劉子集證自序〉，《歷史語言研究所集刊》第三十三本。

13 均見《偽書通考》。

14 孫楷第《中國通俗小說書目》卷四（一五一頁），胡適辨偽舉例蒲松齡生年考（《胡適文存》四集卷三）。

15 顧炎武《日知錄》卷二十二柏梁臺詩偽。

16 袁枚黃以周均有文辨〈後出師表〉之偽，見盧弼《三國志集解》卷三十五〈諸葛亮傳〉注。虞姬和歌似唐人絕句，出現甚晚。唐婉和放翁〈釵頭鳳〉見御選《歷代詩餘》，《林下詞選》，《香東漫筆》。

17 錢大昕《十駕齋養新錄》卷十六。

18 隨園三十六種本第四十四冊《筱雲詩選》卷首。

19 晁公武《郡齋讀書志》，胡應麟《四部正譌》。

20 李燾、陳振孫、胡應麟皆有辨正，見《偽書通考》八九四頁。

㉑ 沈括、晁公武、葉夢得、胡應麟皆持此說，見《偽書通考》九八四頁。

㉒ 《古書真偽及其年代》五頁。《幸存錄》一卷續一卷，見《明季稗史彙編》十六種中。

㉓ 《古書真偽及其年代》十九頁。

㉔ 饒宗頤《楚辭書錄》，選堂叢書之一，一九五六年正月，香港印本。

㉕ 《蘇東坡全集》卷二十六，《經進東坡文集》卷四十六。

㉖ 閻若璩《古文尚書疏證》，惠棟《古文尚書考》，丁晏《尚書餘論》，孫志祖《孔子家語疏證》，范家相《家語證譌》等書，已論定此案。

㉗ 丁福保《全漢三國晉南北朝詩》緒言。

㉘ 《容若散文集・談改文章》，民國四十六年三月臺北開明書店版。

㉙ 謝氏《中國大文學史》第一篇第三章「古今文學之大勢」（三十五頁），民國七年中華書局出版。

㉚ 曾毅《中國文學史》第三篇第八章（七十一頁），民國四年九月上海泰東圖書局出版。

㉛ 《四庫總目提要》卷一九八詞曲一漱玉詞條。

㉜ 《癸巳類稿》卷十五。

㉝ 《中國婦女文學史》第三編第二章（二十一頁），上海中華書局版。

中國文學的地理觀察

一 大作家與文化水準

中國文化發展大勢，是由黃河流域，擴大到長江流域，再延展到珠江流域，浸潤到邊荒海外。文學是文化的一種形態表現，演進的大勢，也和整個文化相同。大作家的產生，常常在文化水平線較高的地方，正如世界最高峰阿非爾士，出現在世界屋脊，帕米兒高原附近，喜馬拉雅山群峰刺天的地方。朱君毅氏著《中國歷代人物之地理的分佈》一書，曾總合丁文江、梁啟超、張耀翔及其本人數種人物統計研究[1]產生結論如下：

> 中國歷代人物最多之省分，前漢為山東，後漢為河南，唐為陝西，北宋復為河南，南宋為浙江，明復為浙江；清為江蘇。民國元年至十五年復為江蘇；最近四、五年為浙江，江蘇，及廣東。由此以觀，從本篇之研究，可得二種結論：(一)自前漢以迄今日，

中國人物之變遷，似由西北而趨東南，成半月形，見所附「中國歷代人物變遷之趨勢圖」。(圖上河南，江蘇，浙江三省各有二次居人物最多地位，用雙線表之。陝西，山東，廣東三省各有一次居人數最多地位，用單線表之。) 此不特為中國人物變遷之大勢，亦即中國文化發展之途徑也。

理解以上的趨勢，就可以知道，大作家孔子、墨子、孟子、鄒衍、東方朔、王粲出生在山東，莊子、韓非、李斯、賈誼、張衡、蔡邕出生在河南，唐代令狐德棻、姚思廉、杜甫、杜牧、白居易、韋莊出生在陝西，宋明時代陸游、葉適、陳亮、宋濂、劉基、王禕、王守仁出生在浙江，清時代顧炎武、吳偉業、錢謙益、阮元、汪中、張惠言、惲敬出生在江蘇，乃至清末孫中山、康有為、梁啟超、黃遵憲等出生在廣東，都不是偶然的事了。過去山東人自誇說山東是「一天一地一聖人」，其實聖人出現，決不孤立，一定有賢哲相伴叢生。浙江人曾自誇說「多山多水多才子」，其實浙江在西晉以前，很少有才子。到西晉末年永嘉南渡，才有王謝寄籍，人物蔚然；到宋代建炎南巡，名賢雲集，真成了文物之邦了。近人張耀翔氏作〈清代進士之地理的分佈〉，統計北平國子監進士題名碑上的進士及第人員，即一甲狀元榜眼探花，計共三四二人，考其籍貫分配，結論如下：

清代科舉人物，首推江蘇，佔全數百分之三四·八，次為浙江，佔全數百分之二四·

七，次為江西，佔全數百分之五・六，又其次為安徽，佔全數百分之五・二。最可注意者，江浙二省之科舉人物，佔全數百分之五八・九，或一半有奇。而雲南、甘肅、遼寧三省，殆無一人。

三鼎甲是最優等的進士，全國各省人士競爭機會相同。其結果二百多年裡，江浙兩省人占去半數以上，可見全國的才士集中到什麼程度，也明顯表示出文化水平線與鼎甲之關係。以鼎甲入翰林，取得優越的治學著作環境，成為作家的機會，自然很多。

文化水準很低的地區，忽然出現大作家，大概有兩種條件，一是地方文化長足進步，一是本人有特殊遭遇。例如戰國末年荊楚有屈原出現，一方面反映楚國文化進步，屈原幾次出使齊國，觀光文物之邦，接跡稷下名士，熟讀中原典籍，也是重要原因。西漢中葉司馬相如出現於巴蜀，這和太守文翁的大興學校有關係，長卿奉派留學長安，到梁園觀摩，交遊枚乘、鄒陽等，自然影響更大。明正德年間，湖南文化還很落後，可是茶陵籍的李東陽，忽然領袖館閣，弘治年間，甘肅非常荒涼，慶陽（甘肅安化）籍的李夢陽居然為文壇祭酒，詳細考察，李西涯是以戍籍居北平，李獻吉是寄住在開封，就全無足奇了。

二　南北文學的特徵

凡同一地區的作品，在形式上或內容上，常有共同傾向。就南歐與北歐比較，北歐作品偏於為人生，著重理智，思想平靜，稱為「醒者的藝術」。南歐作品，偏於唯美，感情奔放，思想恢奇，稱為「醉者的藝術」。我國黃河流域與長江流域，風土氣候迥異，故影響文藝作風亦不同。北方山高氣清，水深土厚，平原廣漠，景物蕭條，氣候寒苦，土地磽瘠。其人民務實際，重經驗，崇尚武德，躬行實踐，喜於勞動。南方山秀水清，柳暗花明，川澤縱橫，風物茂美，氣候溫和，土地肥沃。其人民崇玄想，貪逸樂，愛自然，喜創造。周金文中，已有南華北質趨向。《詩經》之質樸亢爽，急管促節，代表北方文學；《楚辭》之靡麗悱惻，一唱三歎，代表南方文學。其後北有〈敕勒歌〉、〈李波小妹歌〉、〈木蘭辭〉等，南有〈采蓮曲〉、〈子夜歌〉、〈孔雀東南飛〉等。《隋書・文學傳・序》❷論南北朝文學區別說：

彼此好尚，互有異同。江左宮商發越，貴於清綺；河朔詞義貞剛，重乎氣質。氣質則理勝其詞，清綺則文過其意。理深者便於時用，文華者宜於詠歌。此其南北詞人得失之大較也。

梁任公先生〈中國地理大勢論〉詞章項謂：

燕趙多慷慨悲歌之士，吳楚多放誕纖麗之文，自古然矣。自唐以前，於詩於文於賦，皆南北各為家數。長城飲馬，河梁攜手，北人之氣概也；江南草長，洞庭始波，南人

> 之情懷也。散文之長江大河，一瀉千里者，北人為優；駢文之鏤雲刻月，善移我情者，南人為優。蓋文章根於性靈，其受四圍社會之影響特甚焉。

王國維氏《宋元戲曲考》論南戲之文章云：

> 元代南北二戲，佳處略同。惟北劇悲壯沉雄，南戲清柔曲折，此外殆無區別。此由地方之風氣，及曲之體製使然，而元曲之能事，則固未有間也。

下到近代的通俗小說，北派以北平天津為中心，多寫英雄俠義，飛簷走壁；南派以上海蘇州為中心，多寫才子佳人，風月煙花，判然成兩種風氣。劉師培氏總攬古今，著《南北文學不同論》❸所舉事實論據，不無穿鑿附會之處，然其言可節取者頗多，茲刪錄要點如下：

> 大抵北方之地，土厚水深，民生其間，多尚實際。南方之地，水勢浩瀚，民生其際，多尚虛無。民崇實際，故所著之文，不外記事析理二端。民尚虛無，故所作之文，或為言志抒情之體。中國古籍以六藝為最先，而《尚書》、《春秋》記動記言，謹嚴簡直，《禮》、《樂》二經，例嚴詞約，平易不誣，記事之文，此其嚆矢。大《易》一書，索遠鉤深，精義曲隱，析理之作，此其權輿。……皆古代北方之文也。惟《詩》篇三百，則區判北南。雅頌之詩，起於岐豐，而國風十五，太師所采，亦得之河濟之間……，北方之文，莫之或先矣。惟周召之地，在南陽南郡之間，故二南之詩，感物興懷，引

辭表旨，譬物連類，比興二體，厥製益繁。構造虛詞，不標實跡，與二雅迴殊。至於哀窈窕而思賢才，詠漢廣而思游女，屈宋之作，於此起源。〈鼓鍾〉篇曰「以雅以南」，非詩分南北之證與？……屈平之文，音涉哀思，矢耿介，慕靈修，芳草美人，託詞喻物，志潔行芳，符於二南之比興，而敘事紀遊，遺塵超物，荒唐譎怪，南方之文，此其選矣。……班固之志藝文也，分析詩賦，屈原賦以下二十五家為一種，陸賈賦以下二十一家為一種，荀卿賦以下二十五家為一種。蓋屈原陸賈籍隸荊南，所作之賦，一主抒情，一主騁辭，皆為南人之作。荀卿生長趙土，所作之賦，偏于析理，則為北方之文。蘭臺史冊，固可按也。西漢之時，文人輩出，賈誼之文，剛健篤實，出于韓非；鼂錯之文，辨析疏通，出于《呂覽》；而董仲舒、劉向之文，咸平敞通洞，章約句制，出于荀卿，蓋西漢北方之文，實分三體。……枚乘、司馬相如，咸以詞賦垂名，……寫物附意，觸興致情，則導源楚騷，語多虛設。子雲繼作，亦兼二長，例以文體，遠北近南。……東漢文人，咸生北土。……騷經之文，時治者亦鮮。故所作之文，偏於記事析理，而騁辭抒情之作，嗣響無人。惟王逸之文，取法騷經，而應劭、王充，南方之彥，故《風俗通》、《論衡》二書……於兩漢之文，別為一體。……晉宋以降，……慧業文人，咸崇文藻，鑱雕雲風，模笵山水，自顏謝詩文，舍奇用偶，鬼斧默運，奇情畢呈，句爭一字之奇，文采片言之貴，情必極貌以寫物，辭必窮力以追新。齊梁以降，益尚豔辭，以情為裡，以物為表，賦始於謝莊，詩昉於梁武。陰（鏗）、何（遜）、吳（均）、柳（惲），厥製益工。研鍊則陰師顏（延之）謝（靈運），姸麗則近則齊梁。……梁陳以降，文體日靡。惟北朝文人，舍文尚質，崔浩、高允之文，咸磽确自雄。溫子昇長於碑版，敘事簡直，得張（衡）蔡（邕）之遺規；盧思道長於歌詞，發音剛勁，嗣建安之佚響；子才（邢邵）伯起（魏收），亦工記事之文，豈非北方文體，固與南方文體不同哉。……昌黎崛走北陲，易偶為奇，語重句奇，閎中肆外，其魄力之雄，直追秦漢，雖模擬之習未除，然起衰之功，不可沒也。習之（李翺）、持正（皇甫湜）、可之（孫樵）咸奉韓文為圭臬，古質渾雄，唐代罕倫。子厚與昌黎齊名，然栖身湘粵，偶有所作，咸則莊騷，謂非土地使然與？……宋代……歐曾之文，雖沉詳整靜，茂美淵懿，訓詞深厚，然平弱之譏，曷云克免，豈非昌黎之文，固非南人所能效哉？若東坡之文，出入蘇張莊老間，亦為南體。……宋詩……西江一體，雖逋峭堅凝，一洗凡豔，然雄厚之氣，遠遜杜韓。豈非杜韓之詩，亦非南人所克效歟？……金元宅夏，文藻黯然，惟遺山（元好問）之詩，則法少陵，存中州之正聲。子昂（趙孟頫）卑卑，非其匹也。自元以降，惟劇曲一端，區分南北。若詩文諸體，咸依草附木，未能自闢塗轍，故無派別之可言。大抵北人之文，猥瑣鋪敘，以為平通，故樸而不文；南人之文，詰屈雕琢，以為奇麗，故華而不實。……清代中葉，北方之士，咸樸僿蹇冘，質略無文。南方文人則區駢散為二體，治散文者工于離合激射之法，以神韻為主，則便于空疏，以子居（惲敬）皐聞（張惠言）為差勝。治駢文者一以摘句尋章為主，以蔓衍炫俗，或流為詼諧，以稚威（胡天游）、容甫（汪中）為最精。……

以上都著重在說明南北文學的差異。人類具有互相觀摩模倣的天性，在大一統的時代，作品互相傳誦，才華自然交流。或更有意調合，如《隋書・文學傳・序》所說：「若能綴彼清音，簡此累句，各去所短，合其兩長，則文質斌斌，盡善盡美矣。」南北差別，自然可以減少。梁任公說：

大抵自唐以前，南北之界最甚。唐後則漸微。蓋「文學地理」常隨「政治地理」為轉移，自縱流之運河既通，兩流域之形勢，日相接近，天下益日趨於統一，而唐代君臣上下，復努力以聯貫之。貞觀之初，孔穎達、顏師古等奉詔撰《五經正義》，既已有折衷南北之意。祖孝孫之定樂，亦其一端也。文家之韓、柳，詩家之李、杜，皆生江河兩域之間，思起八代之衰，成一家之言。書家如歐、虞、褚、李、顏、柳之徒，亦皆包北碑南帖之長，獨開生面，蓋調和南北之功，以唐為最矣。[4]

南北分派，是就大體觀察。歷史上，北人效法南方作風能神似者，如柳宗元、韋莊、貫雲石、納蘭性德等，南人模倣北方作風能逼真者如沈炯、王褒、蘇洵、徐渭、顧炎武等，非無其人，不過終究是少數罷了。

三　作家與地域性

大作家常常是讀萬卷書，行萬里路的人，走遍東西南北，眼界寬，知識富，作品的地域性，自然會沖淡。司馬遷、李白、杜甫、韓愈、蘇軾是最顯著的例。司馬遷是陝西韓城人，考察他的足跡所到，河南、山東、江蘇、浙江、江西、湖南、湖北、四川、西康、雲南、甘肅等省都在內。實在走遍當時的大半中國，在首都長安居住時間最長。李白是四川彰明人，在湖北安陸結婚，到浙江嵊縣學道，漫遊過湖北、安徽、江蘇、浙江、江西、山東、山西、河南等省，最後死在安徽當塗，葬在謝家青山。杜甫自稱杜陵布衣，早年遊過吳越，浪跡魯豫晉冀等地，到長安應試獻賦，到鳳翔任右拾遺，到華州作司功參軍，以後經天水入蜀，輾轉走遍川西川東，出三峽到鄂西，南入三湘，病死在湖南耒陽，以後歸葬在河南偃師西北的首陽山。韓愈原籍豫北沁陽，生在長安，隨兄會長養於廣東韶州，寄住過安徽宣城，兄卒歸葬於河陽。到長安考進士，到汴州、徐州作幕僚，經過湖北湖南到粵西陽山作縣令，到淮西從軍，到潮州（廣東潮安）、袁州（江西宜春）作刺史，到鎮州（河北正定）遊說王庭湊，後來死在長安。蘇軾是四川眉山人，曾經鄂北陝南兩路入汴京，因為作官到過福昌（河南）、鳳翔（陝西）、杭州（浙江）、密州（山東）、徐州（江蘇）、黃州（湖北）、潁州（安徽）、定州（河北）。以後貶竄到惠州（廣東）、儋州（海南島儋縣），經過廉州（合浦）、廣州，取道江西，遊南安、吉州，北歸卒於常州（江蘇武進），葬於汝州郟城縣（河南郟縣）。這些作家遊遍全國的名山勝水，結交天下的賢豪才俊，讀盡古今的名篇傑作，因而更能發揮獨有的天才，集大成的造詣，所謂胸羅天地，智周四海，在一個偉大作家，幾乎是必需的條件。屈原、徐陵、庾信、柳宗元、陸游、辛棄疾、王守仁、楊慎、黃遵憲等作家，也都是行遍天涯的勞人。

生長在同一地區的文人，除了風土社會的共同自然影響以外，前後的師承私淑，自然也有極大的影響力。景仰鄉賢，緬懷遺跡，讀其書，慕其人，輾轉得其遺說玄言，不知不覺走向同一作風。桐城人容易學桐城派古文，江西人容易做江西派詩，是很自然的事。從文學史上看，王逸的做屈原、宋玉，揚雄的做司馬相如，周必大的學歐陽脩，王世禎的推重邊貢，方孝孺的宗師宋濂，李調元的表彰楊慎，主要是鄉土的接近。長時間看，陳摶和老子均為河南鹿邑人，工於作青詞的夏言（江西貴溪人）、嚴嵩（江西分宜人），都和張天師的龍虎山相離不遠，呂新吾的白話詩，源出邵雍等事實，更可以吟味地方傳統的力量了。

一個地區的文人，在生活上性格上容易有共同類型，「文如其人」，因而在作品上也容易表現共同的類型。(文全不如其人的例也有，但這是極少數，且多出於矯飾。）舉例說明如下：

河北北平是古代的燕趙，自昔稱多悲歌慷慨之士，其賢者任俠，尚氣節，抗高志，重實行，堅貞卓絕，有所不為。詩文也亢爽駿邁，風骨高騫，如樂毅、崔駰、劉琨、高適、李德裕、馬致遠、劉繼莊、王源、李塨、王照、張繼，都代表這種格調。另有一種類型是殫見洽聞，長於總合整理，中正平庸，依違模稜，缺乏真知創見。如張華、高允、蘇味道、馮道、李昉、朱筠、紀昀、張之洞、徐世昌等，都是適當的例。《唐書》記蘇味道言：「決事不欲明白，誤則有悔，模稜持兩端可也。」《五代史》記馮道詩：「但教方寸無諸惡，狼虎叢中也立身。」「終聞海嶽歸明主，未省乾坤陷吉人。」觀長樂老自敘，彼蓋以為能保祿位於亂世，為己為「吉人」「無惡」之證明。《金史・世宗紀》下記金世宗云：「燕人（案此主指北平）自古忠直者鮮，遼兵至則從遼，宋人至則從宋，本朝至則從本朝，其俗詭隨，有自來矣。雖屢經遷變，而未嘗殘破者，凡以此也。」是因異族屢次入侵，以詭隨自全，習與性成，遂成為作人作文典型。

山東文人的重要類型是，傲岸有風骨，志節嶙峋，鱗角畢見，侃侃諤諤，有「鐵肩擔道義，辣手著文章」的氣魄風度；可是志大才疏，文章也奇而不密，遒而不逸，如孟子、孔融、左思、魏徵、王禹偁、石介、辛棄疾、李攀龍等是適當的例。

《史記》以老子、韓非同傳，二人均產於河南。道家尚自然、貴真樸，法家重實用、主平直。豫人之文，多有此兩種色彩。賈誼、鼂錯、荀悅之文，廉悍切於實用，獨孤及、韓愈、元結之文，邵雍、呂新吾之詩，皆以屏華求實，彰善明惡為標的。

江蘇文人的主要類型是，高才博學，溫文爾雅，長於倣古藻麗，短於風骨遠見，有因利乘便，流蕩婉轉的傾向，如陳琳、陸機、陸雲、江淹、蕭統、徐陵、馮延巳、徐鉉、王世貞、錢謙益、吳偉業、徐乾學、阮元等，都是適當的例。

浙江文人的主要類型是冰雪聰明，刻露尖新，耽好林泉自然，工於模山範水，長於品藻人物，譏彈世病，短於協和求同，經世致用，如王充、王羲之、謝靈運、吳均、羅隱、陸游、周密、趙孟頫、方孝孺、徐渭、李漁、袁枚、章實齋、李慈銘等，都近於此種風格。南宋永嘉一派，喜言經濟，劉基、黃宗羲等似承其流，此為另一類型。

安徽文人，喜言因文見道，而實重文過於學術行誼。倡矜鍊，講法度，果於揄揚譏評，不免黨援矯激。從曹丕、曹植兄弟，到方回、汪道昆、方苞、劉大櫆、姚鼐、包世臣等，約略相似。理學家中最能文者推朱熹，漢學家中最能文者稱戴震。皆皖南籍，以簡鍊、深入淺出稱。《藝苑卮言》謂：「文繁而有法者于鱗，簡而有法者伯玉。」伯玉為明歙縣汪道昆字。

桐城方姚諸老之文，亦以雅潔勝。皖人好標新立異，自出手眼，紀昀評方回《瀛奎律髓》云：「以生硬為高格，以枯槁為老境，以鄙俚粗率為雅音。」試上讀張籍（烏江人）、梅堯臣（宣城人）之作，下考陳獨秀（懷寧人）、胡適（績溪人）之文學主張，雖時移世易，青勝於藍，而蛛絲馬跡，似非全無源淵。

江西的文人，主要類型是嶔奇磊落，蹈厲奮發，有特識，具定見，短處在執扭偏頗，缺乏取人為善，與人為善的雅量，如歐陽脩、王安石、李覯、黃庭堅、陸九淵、楊萬里、文天祥、湯顯祖、魏禧、李紱等都是此種風範。《夢溪筆談》卷九記歐陽脩改革文體云：「嘉祐中，士人劉幾，累為國學第一人，驟為怪嶮之語，學者翕然效之，遂成風俗。歐陽公深惡之。會公主文，決意痛懲，凡為新文者，一切弃黜。……一舉人論曰：『天地軋，萬物茁，聖人發。』公曰：「此必劉幾也。」戲續之曰：『秀才剌，考官刷。』乃以大朱筆橫抹之，自首至尾，謂之紅勒帛，判大紕繆字榜之，既而果幾也。」劉幾後改名劉煇，仍得以第一擢第，並得歐公稱賞，可見前事多出意氣。歐公著作中，創見新說，層出不窮。《今古奇觀》小說中稱王安石為拗相公，《臨川集》中，翻案特見亦獨多。黃山谷詩以拗體著稱，自言「寧律不諧，不使句弱；寧用字不工，不使語俗。」湯顯祖謂所作劇本：「筆嬾韻落，時時有之，正不妨拗折天下人嗓子。」《朱子語類》一二四云：「江西士風，好為奇論，恥與人同，每立異以求勝，如荊公子靜。」卷九十五云：「江西人志大而心不小。」讀李紱《穆堂初稿》《別稿》，和陳三立《散原精舍詩》等書，可知贛賢流風餘韻，迄近代並未全變。

四川夙產文士，傾動天下。大約風流瀟灑，言情綺靡，喜大言壯語，而不矜名節，不飭細行，工於模擬襲取，權譎詼詭，以縱橫嘲弄自喜。如司馬相如、揚雄、王褒、陳壽、陳子昂、李白、歐陽炯、蘇軾、楊愼、張問陶，乃至近人廖平、吳虞等等，眞像有一脈相通。

中國的省界，很多是人為的劃界，不完全適應自然形成的社會生活圈，因而也不適於看作一個個的小文化圈。例如太湖橫跨江浙兩省，浙北吳興、長興等濱太湖區域，和江蘇蘇州、無錫、宜興等地的風土經濟語言都極接近，卻分為兩省，蘇北徐海一帶，和蘇南蘇常一帶是兩個世界，卻屬於一省。就省來講人物作品類型，本來是很牽強的，不過從全國看，約略用省來表示某一地區，還可以形成方位觀念，所以姑且這樣說。區域文化史更精密的研究，就需要打破省界，另根據自然生活圈了。上文所舉的省別特徵，只是一種主觀的抽樣歸納，難成定論，類型可以有幾種，更不能沒有例外。如果從大體看，不是全無道理，解釋這種共同特徵的形成，地理的因素，也許不失為有力的一項。

四　歷代文人地域分配

以下試將歷代比較重要的文人，按其籍貫，分別省縣列表，以供參考，表中應說明事項如下：

1.所謂文人，指文章博學之士。《論語疏解》「文學子游子夏」，以為指「文章博學」，今用其義。

2.人名從國人所著十種較流行之文學史中錄出，並參考日人著作二種[5]，另請大學文科教授五人分別為訂補[6]。仍以己意有所斟酌進退。計共收一千零四十六人。

3.儘可能求本人實際生長籍貫，避免據郡望或祖籍。如白居易籍下邽，不籍太原，謝靈運籍會稽，不籍太康。東晉南朝南宋，生長南方之北籍人士，均就僑籍列入[7]。籍貫不明，或傳說紛紜，難有定論之文人免列。凡古地名均分查所在，照現行政治區劃列入，以求明瞭。縣分不能確定者，從闕。舊傳僅有「道」「路」「省」「郡」等大地名，無法確定其屬縣者，姑就其大地名治所所在列出。

4.邊疆省分人士，為免空白，所收較寬。一門風雅，世澤流傳者，入錄亦略多，因文獻所存，可藉以考文化重點。

5.所列文人，上起周初，下止清末。清季民初文士，僅舉在清亡（宣統三年一九一一）以前，已有重要著作行世者。

山東省

周秦

(曲阜)孔子　孔伋　(鄒縣)孟軻　(費縣)曾參
(　)墨子　(　)孫臏　(　)鄒衍
(　)鄒奭

兩漢

(濟南)伏勝　(臨淄)鄒陽　主父偃　(高密)鄭玄
(陵縣)東方朔　(平原)禰衡　(曲阜)孔安國　孔融
(滋陽)何休　(鄒縣)仲長統　(滕縣)叔孫通
(郯城)匡衡　衛宏

三國

(博興)孫炎　(壽光)徐幹　(沂水)諸葛亮
(郯城)王肅　(泰安)劉楨　(鄒縣)王粲　王弼

兩晉

(臨淄)左思　左芬　(臨沂)王戎

南北朝

(平原)劉峻　(武城)崔浩　崔靈恩　(菏澤)溫子昇
(臨沂)顏之推

唐五代

(掖縣)魏徵　(臨淄)房玄齡　段成式　(滋陽)儲光羲
(東平)和凝

宋 (歷城)李格非 李清照 辛棄疾 (聊城)孫奭
(東平)郭茂倩 (曹縣)邢昺 (鄆城)穆修
(鉅野)王禹偁 晁補之 晁沖之 (滋陽)石介

金 (泰安)黨懷英

元 (濟南)張養浩 武漢臣 (東平)高文秀

明 (歷城)李攀龍 邊貢 (章邱)李開先 (臨淄)馮惟敏
(臨清)謝榛

清 (歷城)周永年 (濟陽)張爾岐 (德縣)盧見曾
(淄川)蒲松齡 (桓台)王士禎 (濰縣)陳介祺
(安邱)曹貞吉 王筠 (諸城)丁耀亢 (萊陽)宋琬
(棲霞)郝懿行 (福山)王照圓 王懿榮 (膠縣)柯紹忞
(曲阜)孔尚任 桂馥 孔廣森

河南省

周秦 (鹿邑)李耳 (商邱)莊周 (淇縣)卜商 端木賜
(滑縣)商鞅 (新鄭)韓非 (上蔡)李斯

兩漢
（洛陽）賈誼　虞初　（開封）鄭眾　（陳留）蔡邕　蔡琰
（禹縣）賈山　鼂錯　（許昌）荀悅　（汝南）許慎　應劭
（南陽）張衡

三國
（陳留）阮瑀　阮籍　（長葛）鍾繇　（汝南）應瑒　應璩
（南陽）何晏　（靈寶）楊脩

兩晉
（洛陽）郭象　（沁陽）山濤　向秀　（滑縣）成公綏
（中牟）潘岳　潘尼　（尉氏）阮咸　（太康）謝鯤
（新蔡）干寶

南北朝
（淅川）范曄　范雲

唐五代
（洛陽）張說　賈至　元結　祖詠　獨孤及　元稹　（宜陽）李賀
（新安）皇甫湜　（偃師）玄奘　（南陽）韓翃
（沁陽）司馬貞　李商隱　韓愈　（禹縣）王建
（陝縣）上官儀　姚崇　姚合　（安陽）李延壽　（新野）岑參
（開封）吳兢　（濬縣）王梵志　（內黃）沈佺期

宋
（洛陽）尹洙　邵雍　程顥　程頤　陳與義　（汲縣）賀鑄

（湯陰）岳飛　（安陽）韓琦　（開封）史達祖
（鹿邑）陳摶　（上蔡）謝良佐

元
（洛陽）姚樞　姚燧　（沁陽）許衡　（開封）鍾嗣成　馬祖常
（湯陰）許有王　（安陽）鄭廷玉　（汲縣）王惲

明
（開封）朱有燉　（蘭封）王廷相　（寧陵）呂新吾
（信陽）何景明

清
（開封）周亮工　（偃師）武億　（蘭封）張伯行
（睢縣）湯斌　（商邱）侯方域　宋犖

河北省

周秦
（靈壽）樂毅　（濮陽）呂不韋

兩漢
（涿縣）盧植　（定縣）李延年　（安平）崔駰　崔瑗
（棗強）董仲舒　（趙縣）毛萇　（玉田）徐樂

三國

兩晉
（固安）張華　（深縣）張載　（無極）劉琨
（大名）束皙

南北朝　（北平）楊衒之　（涿縣）酈道元　（任邱）邢邵
　　　　（無極）甄琛　（晉縣）魏收　（景縣）高允

隋　（新城）許善心　（安平）李德林　（武強）孫萬壽
　　（冀縣）劉焯　劉炫　（趙縣）李諤

唐　（涿縣）盧照鄰　盧思道　盧仝　賈島　（河間）劉長卿
　　（滄縣）高適　（安平）李百藥　（深縣）張鷟
　　（衡水）孔穎達　（無極）劉禹錫　（欒城）蘇味道
　　（趙縣）李翺　（贊皇）李嶠　李華　李德裕　李觀

宋　（饒陽）李昉　（大名）柳開　劉筠

金　（玉田）王寂　（槀城）王若虛　（磁縣）趙秉文

元　（北平）王實甫　馬致遠　關漢卿　楊顯之　紀君祥　（涿縣）盧摯
　　（容城）劉因　（邢臺）劉秉忠　（濮陽）宮天挺
　　（正定）白樸　李文蔚　蘇天爵

明　（宛平）劉效祖　（無極）馬中錫

清　（通縣）雷學淇　（大興）王源　舒位　李汝珍　劉獻廷　翁方綱

（容城）孫奇逢　（蠡縣）李塨　（博野）顏元
（獻縣）紀昀　（南皮）張之洞　（柏鄉）魏裔介
（永年）申涵光　（大名）崔述　（天津）石玉崑　徐世昌
（寧河）王照　（豐潤）谷應泰　（新城）王樹枏

山西省

周秦　（猗氏）荀況
兩漢　（介休）郭泰　（離石）杜篤
三國
兩晉　（聞喜）郭璞　（平遙）孫楚　孫綽　孫登　（崞縣）慧遠
南北朝
隋　（陽曲）薛道衡　（河津）王通
唐　（永濟）聶夷中　（虞鄉）司空圖　（聞喜）裴迪
（河津）王績　王度　王勃　（蒲縣）盧綸　（汾陽）宋之問
（祁縣）溫大雅　王維　王縉　溫庭筠　（陽曲）王之渙
宋　（臨汾）孫復　（夏縣）司馬光

金 （忻縣）元好問

元 （襄陵）鄭光祖 （臨汾）張翥 （陵川）郝經

（晉源）喬吉 （代縣）薩都拉

明 （河津）薛瑄 （沁水）常倫

清 （陽曲）傅山 （晉源）閻若璩 （壽陽）祁韻士 祁寯藻

（平定）張穆 （聞喜）楊深秀

陝西省

周秦 （岐山）周公旦

兩漢 （咸陽）班彪 班固 班昭 趙岐 （韓城）司馬遷

（興平）馬援 傅毅 馬融 賈逵 （長安）蘇武 馮衍

三國

兩晉 （長安）杜預 摯虞 （耀縣）傅咸 傅玄 （城固）王嘉

南北朝 （武功）蘇綽

隋 （華陰）楊素

唐 （長安）姚思廉 顏師古 顏真卿 杜甫 杜佑 韋應物 柳宗元 杜牧 常建

韓偓　韋莊　（耀縣）令狐德棻
（渭南）白居易　白行簡　（華陰）楊炯　（武功）蘇頲
宋　（渭南）寇準　（華縣）李膺　（郿縣）張載
明　（鄠縣）王九思　（武功）康海
清　（盩厔）李顒　（華陰）王宏撰　（咸陽）劉光蕡
（三原）孫枝蔚　于右任　（富平）李因篤

甘肅省

兩漢　（鎮原）王符　（秦安）李陵
晉　（平涼）皇甫謐
隋　（靈臺）牛弘
五代　（隴西）牛嶠
明　（慶陽）李夢陽
清　（武威）張澍

江蘇省

周　（吳）季札　言偃

兩漢　（吳）嚴忌　嚴助　魏伯陽　（淮陰）枚乘　枚皋　（沛縣）劉安　劉向　劉歆

三國　（江都）陳琳　（丹陽）韋昭

兩晉　（松江）陸機　陸雲　（武進）徐廣　（句容）葛洪

（蕭縣）劉伶　（江寧）顏延之

南北朝　（松江）陸倕　皇侃　（吳縣）顧野王　（南考城）江淹

（武進）蕭子良　蕭子顯　蕭子雲　蕭衍　蕭統、綱、繹　劉勰

（江寧）裴松之　裴子野　謝朓　王儉　王融　王筠　王褒　陶弘景　任昉　江總

阮孝緒　（灌雲）鮑照

（銅山）劉義慶　劉孝綽　（丹徒）何遜　（鎮江）徐摛　徐陵

隋　（江都）曹憲

唐五代　（吳縣）陸德明　張旭　張若虛　陸龜蒙　（金壇）戴叔倫

（丹陽）皇甫冉　（南京）王昌齡　（銅山）劉知幾

（江都）李善　李邕　馮延巳　徐鉉　徐鍇　（徐州）李煜

宋　（吳縣）范仲淹　葉夢得　范成大　（無錫）尤袤

（丹陽）洪興祖　（如皋）胡瑗　（高郵）孫覺　秦觀

元

（淮陰）張耒　（銅山）蘇舜欽　陳師道　（宜興）蔣捷

明

（無錫）倪瓚
（吳縣）姚廣孝　高啟　楊基　王鏊　文徵明　徐禎卿　張鳳翼　馮夢龍
（吳江）沈璟　（崑山）歸有光　魏良輔　梁辰魚　鄭若庸
（松江）陳繼儒　（上海）徐光啟　（青浦）陳子龍
（興化）宗臣　（淮安）吳承恩　（太倉）王世貞　王世懋　張溥
（宜興）吳炳　（無錫）顧憲成　（武進）薛應旂　唐順之
（江陰）徐宏祖　（江寧）焦竑　（泰縣）王艮
（高郵）王磐

清

（吳縣）沈德潛　尤侗　徐枋　金聖歎　汪琬　何焯　惠周惕　惠士奇　惠棟
江聲　沈欽韓　顧廣圻　沈復　宋翔鳳　彭紹升　陳奐　朱駿聲　黃丕烈
吳大澂　葉昌熾　潘祖蔭　馮桂芬　李玉　葉稚斐　王韜
（吳江）潘檉章　潘耒　王錫闡　吳兆騫　陳啟源　朱鶴齡　沈彤　陳景雲　郭麐
王濟　徐釚　（金壇）段玉裁　（句容）陳立
（青浦）王昶　（松江）王鴻緒　（上海）張文虎

（嘉定）黃汝成　錢大昕　錢大昭　錢塘　錢坫　王鳴盛　費士璣　朱右曾
（太倉）王時敏　吳偉業　王原祁　（常熟）錢謙益　毛晉　陳芳績　孫原湘
（無錫）秦蕙田　嚴繩孫　顧祖禹　顧棟高　顧貞觀　楊芳燦　吳敬恆
（江陰）徐世沐　夏敬渠　屠紳　繆荃孫　（寶應）劉臺拱　劉寶楠　劉恭冕
（武進）邵長蘅　趙翼　洪亮吉　黃景仁　孫星衍　惲敬　張惠言　臧庸　李兆洛
董基誠　莊存與　述莊祖　劉逢祿　莊逵吉　邵齊燾　劉星煒　董士錫
洪飴孫　董佑誠　屠寄　李寶嘉　（崑山）顧炎武　徐乾學
（宜興）陳維崧　周濟　吳德旋　萬樹
（江寧）程廷祚　顧懷三　管同　梅曾亮　汪士鐸　金和　嚴長明
（儀徵）阮元　劉文淇　劉毓崧　劉壽曾　劉師培　（鎮江）王文治　劉鶚
（江都）汪中　江藩　焦循　淩曙　吳綺　（淮安）丁晏　吳玉搢
（興化）鄭燮　任大椿　李詳　劉熙載　顧九苞
（高郵）夏之蓉　王念孫　王引之　（南通）張謇　（東海）許桂林

浙江省

兩漢（紹興）包咸　（上虞）王充　（山陰）趙曄

三國　（餘姚）虞翻

兩晉　（紹興）謝安　謝道蘊　王羲之　王徽之　王獻之

南北朝　（吳興）丘遲　吳均　（紹興）謝靈運　謝惠連　孔稚珪
（嵊縣）何遜　（武康）沈約

隋　（武康）姚察　（紹興）智永

唐　（嘉興）丘為　陸贄　（武康）孟郊　（杭）褚遂良
（餘杭）羅隱　（紹興）賀知章　（餘姚）虞世南
（天臺）寒山　（義烏）駱賓王　（蘭谿）貫休
（縉雲）杜光庭　（吳興）包融　包佶　錢起

宋　（吳興）張先　周密　（杭）林逋　周邦彥　（臨安）張炎　錢惟演
（紹興）高觀國　陸游　（鄞縣）吳文英　（金華）呂祖謙　王柏　何基
（永康）陳亮　（樂清）王十朋　（永嘉）葉適
（瑞安）陳傅良　（慶元）王應麟

元　（吳興）趙孟頫　（杭）楊載　蕭德祥　施惠　（紹興）楊維禎
（淳安）徐晅　（蘭谿）金履祥　（浦江）柳貫　吳萊

明

（義烏）黃溍　（黃巖）陶宗儀　（慶元）張可久
（吳興）茅坤　董說　凌濛初　（長興）徐中行　（嘉興）沈德符
（海寧）陳與郊　（杭）高濂　陳汝元　張岱
（紹興）王畿　徐渭　孟稱舜　王驥德　劉宗周
（餘姚）王守仁　徐愛　朱之瑜　葉憲祖　呂天成　（鄞縣）屠隆　張煌言
（浦江）宋濂　（義烏）王褘　（蘭谿）胡應麟
（寧海）方孝孺　（青田）劉基　（瑞安）高明

清

（吳興）丁杰　周中孚　姚文田　嚴可均　沈炳震　施國祁　徐有壬　陳忱
（德清）胡渭　俞樾　戴望　（海鹽）彭孫遹　黃燮清　黃憲清
（嘉興）朱彝尊　李貽德　沈濤　錢儀吉　王曇　錢泰吉　李富孫
（桐鄉）吳錫麒　譚獻　金錫鬯　項鴻祚　（定海）黃式三　黃以周
（海寧）陳鱣　吳騫　查慎行　（平湖）陸隴其　（臨安）洪頤煊
（杭縣）洪昇　杭世駿　陸次雲　厲鶚　袁枚　盧文弨　湯右曾　孫志祖　吳任臣
梁玉繩　梁履繩　夏綸　汪遠孫　陳文述　邵懿辰　龔自珍　龔麗正
（蕭山）毛奇齡　王紹蘭　（餘姚）黃宗羲　邵廷寀　邵晉涵

（紹興）章學誠　章宗源　胡天游　俞萬春　李慈銘　崔適
（慈谿）姜宸英　（鄞縣）萬斯大　萬斯同　全祖望
（蘭谿）李漁　（義烏）朱一新　（天台）齊召南
（臨海）宋世犖　（瑞安）孫衣言　孫詒讓　（吳興）朱祖謀
（嘉興）沈曾植　（上虞）羅振玉　（海寧）王國維
（杭州）張爾田　（餘杭）章炳麟　（紹興）王式通

江西省

三國

兩晉　（九江）陶潛

南北朝　（南昌）雷次宗

唐

宋
（鄱陽）姜夔　洪邁　洪适　洪遵　（樂平）馬端臨
（弋陽）謝枋得　（修水）黃庭堅　（高安）劉恕
（臨川）晏殊　王安石　（金谿）陸九齡　陸九淵　（宜黃）樂史
（南豐）曾鞏　（永豐）歐陽脩　（吉水）楊萬里　文天祥

元
(吉安)胡銓 周必大 劉過 (新喻)劉敞 劉攽 (德興)汪藻
(南昌)劉致 (豐城)揭傒斯 (清江)楊士弘 范椁

明
(崇仁)吳澄 虞集 (崇仁)吳與弼
(南昌)王猷定 (臨川)湯顯祖
(永豐)羅倫 (分宜)嚴嵩 (安福)鄒守宜
(吉水)胡廣 解縉 鄒元標 (泰和)楊士奇

清
(南昌)彭士望 彭元瑞 (臨川)李紱 (鉛山)蔣士銓
(萍鄉)文廷式 (九江)黃遠庸 (南康)謝道昆
(義寧)陳三立 (寧都)魏際瑞 魏禧 魏禮

安徽省

周秦 (潁上)管仲
兩漢 (宿縣)桓譚
三國 (宿縣)嵇康 (亳縣)曹操 曹丕 曹植
兩晉 (懷遠)桓溫 桓玄 (亳縣)夏侯湛
南北朝 (當塗)周興嗣 (巢縣)鍾嶸

唐（貴池）杜荀鶴　（和縣）張籍　（亳縣）李紳

宋（休寧）程大昌　（潛山）李公麟　（宣城）梅堯臣　周紫芝

（和縣）張孝祥　郭彖　（合肥）姚鉉　（壽縣）呂夷簡

元（歙縣）方回

明（休寧）趙汸　（歙縣）汪道昆　（懷寧）阮大鋮

（宣城）梅鼎祚　（鳳陽）寧獻王　（亳縣）薛蕙

清（婺源）江永　汪紱　（黟縣）俞正燮　（休寧）戴震

（歙縣）程晉芳　鮑廷博　金榜　洪榜　汪萊　凌廷堪　江有誥　程恩澤

（績溪）胡匡衷　胡培翬　（旌德）姚配中　（宣城）施閏章　梅文鼎

（涇縣）胡承珙　包世臣　趙紹祖　（全椒）吳敬梓

（桐城）姚際恆　戴名世　方苞　張廷玉　劉大櫆　姚鼐　姚瑩　方東樹　劉開

馬宗璉　馬瑞辰　吳汝綸　馬其昶

（合肥）龔鼎孳　李天馥　李鴻章

湖北省

周（秭歸）屈原　（宣城）宋玉

兩漢 （　）陸賈 （宜城）王逸 王延壽
三國 （黃岡）孟宗
兩晉 （襄陽）習鑿齒
南朝 （漢陽）謝莊 （公安）陰鏗 （江陵）庾肩吾 庾信
隋 （江陵）智顗 （襄陽）柳䛒
唐 （江陵）綦毋潛 （安陸）許渾 （天門）陸羽
（襄陽）杜審言 孟浩然 皮日休
宋 （安陸）張君房 宋郊 宋祁 （襄陽）魏泰
元 （安陸）趙復 （京山）程鉅夫
明 （石首）楊溥 （公安）袁宏道 袁中道 袁宗道 （黃岡）杜濬
（江陵）張居正 （天門）鍾惺 譚元春 （蘄春）李時珍
（麻城）劉侗 （黃安）耿定向 （陽新）吳國倫
清 （天門）胡承諾 （浠水）陳沆 （蘄春）陳詩
（武昌）張裕釗 （宜都）楊守敬 （恩施）樊增祥

湖南省

三國
兩晉 （耒陽）羅含
南北朝
唐 （澧縣）李群玉 （臨湘）歐陽詢 （邵陽）胡曾
五代 （益陽）齊己
宋 （道縣）周敦頤
元 （瀏陽）歐陽玄
明 （茶陵）李東陽 （郴縣）何孟春 （靖縣）許潮
清 （衡陽）王夫之 （安化）陶澍 （善化）賀長齡
（新化）鄧顯鶴 （岳陽）吳敏樹 （湘陰）郭嵩燾 左宗棠
（益陽）湯鵬 （長沙）周壽昌 王先謙 葉德輝 皮錫瑞
（湘鄉）曾國藩 （邵陽）魏源 （道縣）何紹基
（瀏陽）譚嗣同 （湘潭）王闓運

四川省

兩漢 （成都）司馬相如 揚雄 嚴君平 （廣漢）李尤 （資中）王褒

三國　（西充）譙周　（南充）陳壽
兩晉　（彭山）李密
南北朝
唐　（成都）孫逢吉　（仁壽）孫光憲　（射洪）陳子昂
（彰明）李白
五代　（華陽）歐陽炯
宋　（華陽）范祖禹　（眉山）蘇洵　蘇軾　蘇轍　（蒲江）魏了翁
（丹稜）李燾　（仁壽）虞允文　（井研）李心傳
（緜竹）張栻　（梓潼）文同　（閬中）陳堯佐
明　（新都）楊慎
清　（緜竹）楊銳　（緜陽）李調元　（遂寧）張問陶
（達縣）唐甄　（望江）趙熙　（井研）廖平

福建省

唐五代
宋　（浦城）楊億　真德秀　（崇安）柳永　胡安國　胡寅　胡宏

明

(建陽)游酢 朱熹 蔡元定 蔡淵 蔡沆 蔡沈 (建甌)吳棫
(邵武)李綱 嚴羽 (將樂)楊時 (南平)李侗
(林森)黃榦 (連江)鄭思肖 (霞浦)謝翱
(莆田)鄭樵 劉克莊 (仙遊)蔡襄 (龍溪)陳淳
(建甌)楊榮 (林森)鄭善夫 曹學佺 (連江)陳第
(長樂)高棅 (福清)林鴻 (晉江)蔡清 王慎中 李贄

清

(漳浦)黃道周
(林森)孟超然 陳壽祺 陳喬樅 林春溥 林紓 嚴復 陳衍 鄭孝胥
(長樂)梁章鉅 (莆田)鄭文炳 余懷 (安溪)李光地
(漳浦)藍鼎元 蔡世遠 (光澤)何秋濤

廣東省(包括海南特區)

唐 (曲江)張九齡

宋 (番禺)李昂英

明 (增城)湛若水 (南海)王佐 (順德)孫蕡 梁有譽
(新會)陳獻章 (中山)黃佐 (瓊山)丘濬

清

（曲江）廖燕　（番禺）屈大均　張維屏　林伯桐　侯康　陳澧
（南海）梁佩蘭　吳榮光　譚瑩　朱次琦　吳沃堯　康有為　蘇玄瑛
（順德）陳恭尹　梁廷枏　李文田
（海康）陳昌齊　（梅縣）黃遵憲　（新會）梁啟超

廣西省❽

清

（桂林）朱琦　龍啟瑞　王鵬運　況周頤　（柳江）王拯
（永福）呂璜

貴州省❾

清

（遵義）鄭珍　黎庶昌　（甕安）傅玉書　（獨山）莫友芝

雲南省❿

清

（昆明）錢澧　（華寧）劉大紳　（洱源）王崧

遼寧省⓫

清

（鐵嶺）李鍇　（錦縣）蔡毓榮

省別 \ 朝代		周秦	兩漢	三國	兩晉	南北朝	隋唐五代	宋（金）	元	明	清	合計	百分比
一	江蘇	2	8	2	6	29	15	12	1	29	128	232	22.2%
二	浙江		3	1	5	7	16	17	12	27	77	165	15.77%
三	河南	7	11	7	9	2	22	11	8	4	6	87	8.32%
四	河北	2	7		4	6	22	6	12	2	19	80	7.56%
五	山東	8	13	7	3	5	5	12	3	5	17	78	7.47%
六	安徽	1	1	4	3	2	3	8	1	6	37	66	6.41%
七	江西				1	1		23	6	10	11	52	5.07%
八	福建							24		10	15	49	4.69%
九	陝西	1	11		5	1	17	3		2	6	46	4.4%
一〇	湖北	2	3	1	1	4	8	4	2	12	6	43	4.09%
一一	山西	1	2		5		15	3	5	2	6	39	3.72%
一二	四川		5	1	2		5	11		1	6	31	2.97%
一三	湖南				1		4	1	1	3	17	27	2.58%
一四	廣東						1	1		7	19	28	2.67%
一五	甘肅		2		1		2			1	1	7	0.67%
一六	廣西										6	6	0.57%
一七	貴州										4	4	0.38%
一八	雲南										3	3	0.28%
一九	遼寧										2	2	0.19%
合計		24	66	23	46	57	135	136	51	121	385	1044	

五　臺灣文學展望

明末延平王鄭成功在臺灣建國，陳永華大興文教，臺灣文物，始燦然可觀。經三百年的孕育，到清末有大詩人邱滄海、連雅堂、洪月樵等出現。光復以來，義務教育普及，中學大學擴充，印刷業發達，為過去全國各省所不及。政府東遷，全國文物集中，恰似東晉的江蘇，南宋的浙江。趙甌北的詩說：「人間第一最奇景，必待第一奇才領。天遣李白流夜郎，又教子瞻渡瓊海。」……「國家開疆萬餘里，竟似為君拓詩料。」⓬吳漢槎到了吉林，長白山才有人作賦⓭，柳子厚到了永州、柳州，永柳的山水才能知名於天下。岑嘉州到過新疆沙漠，才能寫出：「一川碎石大如斗，隨風滿地石亂走。」陳恭尹見了廣州鎮海樓才能寫：「五嶺北來山到地，九州南盡水連天。」洪亮吉說：「詩人所遊覽之地，與詩境相肖者，惟大小謝。溫台諸山，雄奇深厚，大謝詩境似之；宣歙諸山，清遠綿渺，小謝詩境似之。」⓮臺灣有比五嶽更雄奇的玉山群峰，有比四海更浩瀚的遠洋波濤，丁千古未有的變局，發洩洪荒蘊蓄的山川奧祕，產生新中國的偉大文學，應該是當然而必然的趨勢了。

民國五十年四月作，曾刊《東海學報》三卷一期

❶　朱君毅《中國歷代人物之地理的分佈》，為常識叢書第四十種，民國二十一年七月上海中華書局印行。

丁文江〈歷代人物與地理的關係〉，見《科學雜誌》第八卷第二期。又附錄於衛聚賢《歷史統計學》中（民國二十三年商務版），梁啟超〈近代學風之地理的分布〉，見《清華學報》第一卷第二期。張耀翔〈清代進士之地理的分佈〉，見《心理雜誌》第四卷一號。朱君毅氏所作者為清代人物之地理的分布，民國十五年內人物之地理的分布，民國當代人物之地理的分布。（陳鐵凡〈清代學者地理分佈概述〉見東海大學《圖書館學報》第八期，五十六年五月版。）

❷ 見《隋書》卷七十六。李延壽《北史》卷八十三〈文苑傳〉序文同。

❸ 《南北學派不同論》，收入《劉申叔先生遺書》中，寧武南氏印本，又四十八年十二月臺北國民出版社印單行本。

❹ 〈中國地理大勢論〉，收林志鈞編《飲冰室合集》中，中華書局版。

❺ 十種文學史為謝无量著《中國大文學史》，曾毅著《中國文學史》，胡適著《白話文學史》，鄭振鐸著《插圖本中國文學史》，陸侃如、馮沅君著《中國詩史》，王國維著《中國戲曲史》，周樹人著《中國小說史》，錢基博著《現代中國文學史》，楊蔭深著《中國文學家列傳》，郭紹虞著《中國文學批評史》。日人著作兩種：一為鈴木虎雄著〈支那文學家の地理上之分布〉，見《支那文學研究》中，大正十四年十一月東京弘文堂刊（近藤杢編《中國學藝大辭典》，東京元元社刊，附〈學者詞人省別表〉，全抄鈴木文，各種錯誤亦無所訂正），另一種為倉石武四郎著《中國文學史》（中央公論社版）。

❻ 亡友臧哲先教授，曾最先為校閱各表，有所指教。全文寫成，已無緣呈正，不勝人琴之感。顧雍如、祁樂同、孫今生諸先生亦各為校閱一次，多所教益，感謝無量。

❼ 劉峻（孝標），原籍平原（山東鄒平縣），宋大明六年生於秣陵（江寧），期月北歸。青州陷，齊永明

四年（四八六）南還。若此者其原籍影響仍在，故仍作為平原人。朱熹原籍安徽婺源，生於南劍州尤溪縣，久居建陽，卒葬建陽，福建之關係，實較安徽為多，然亦嘗數至婺源掃墓，自署「新安朱熹」，並眷眷於故鄉，讀〈名堂室記〉可見，取捨實難決定。今暫列入福建，附記原籍。大一統時代，本人或僑寓他方，故籍關係仍在者，仍各從原籍。

❽ 蒙啟鵬編有《廣西近代經籍志》七卷，民國鉛印本，又有《廣西省著作目錄》，民國鉛印廣西統計叢書本。

❾ 貴州自清道光中，程春海為學政，提倡學術，始漸有文人。莫友芝、唐樹義、黎兆勛，共編有《黔詩紀略》三十二卷，貴陽陳田復編有《黔詩紀略後編》，可見黔中文人概略。

❿ 明楊升菴曾謫居雲南永昌（保山）三十餘年，閉門著書，對於雲南文化，未發生大影響。清道光初阮元總督雲貴，始倡學術。保山袁文揆張登瀛編有《滇南文略》四十七卷，昆明黃琮編有《滇詩嗣音集》，可見滇文一斑。

⓫ 清代滿州八旗，漢軍八旗人士，大率來自東北各省。《清史稿》卷二一四記漢軍旗文士有李鍇、陳景元、曹寅、高鶚等。滿籍詩人，男有納蘭性德，女有顧太清。震鈞（入民國改名唐晏）編有《八旗著述考》（清人說薈本），高佳英浩編有《長白藝文志》（北平圖書館藏有民國六年第四次稿本）四冊。此種作家，另有特色，未宜就入關後居地，分別論列，應別為研究對象。

⓬ 趙翼題稚存萬里荷戈集，附見洪亮吉《更生齋詩》卷二。

⓭ 賦見吳兆騫《秋笳集》。

⓮ 洪亮吉《北江詩話》卷四。

南北朝的文化交流

一　南北朝和戰大勢

劉裕篡晉，改國號曰宋，年號永初，事在西元四二〇年。劉宋凡八主五十九年（四二〇—四七八）。以下經過蕭齊七主二十三年（四七九—五〇一），蕭梁四主五十五年（五〇二—五五六），陳五主三十二年（五五七—五八八），都建都在建康（南京），這是歷史上所謂南朝。鮮卑人拓跋珪崛起在塞北，定都平城（山西大同），稱帝號，在晉安帝隆安二年（三九八）。到太武帝太延五年（宋文帝元嘉十六年，四三九），統一華北。孝文帝太和十七年（齊明帝建武元年），遷都到洛陽。到五三四年（梁武帝中大通六年），分為東西魏。東魏十七年（五三四—五五〇），建都在鄴（河南臨漳），西魏二十四年（五三四—五五七），建都在長安。北齊接東魏，歷六主二十八年（五五〇—五七七）。北周接西魏，凡五主二十六年（五五七—五八〇）。北周於五七七年（陳宣帝太建九年）

滅北齊。楊堅於五八一年篡周，國號隋，五八九年滅陳，統一全國，結束了南北對立的局面。從宋初到陳亡共一百六十八年(四二〇—五八八)。追溯到東晉元帝三一七年在建康設立新政府，南北的分立，實際有二百七十年之久。

南北朝始終是一種武裝對峙，攻進打出的局面，疆域沒有一定。北朝強盛的時候，就向南侵略。南朝力量充實的時候，就向北發展。大規模，小規模，全面戰，局部戰，陣地戰，游擊戰，隨時都有。戰線的出入很大。例如魏太武帝曾經一直打到長江邊，起行宮於瓜步，忽然又退回河南山東。梁武帝曾派陳慶之長驅入洛陽，很快又退到淮水流域❶。兩國沿邊的守將和地方官，長期在對方威逼利誘之中。加上南朝和北朝中央政權的爭奪變化影響，倒戈反正，朝南暮北，朝北暮南，更是常有的事。可是因為南北對立的時期長了，雙方似乎都認為消滅對方，直接統治異國為不可能。所以都想利用對方政爭失敗的降服者，與以武力扶植，建立附庸政權。北魏曾先後封劉昶（宋文帝第九子）為宋王，蕭寶夤（齊明帝子）為齊王，幫助向南發展❷。北齊曾經以兵力送蕭淵明到建康為梁帝❸，北周曾以兵力送蕭詧到江陵為梁帝❹。梁武帝也曾乘魏的內亂，護衛元顥（魏獻文帝孫）入洛陽為魏帝❺。大體說來，只有劉宋元嘉二十七、八年（四五〇—四五一），蕭梁天監四至七年（五〇五—五〇八）有較大規模的南北戰爭。其他時期的衝突，都不過是局部的短時期的。至於外交接洽，始終和戰爭平行。有時主動在南，有時主動在北。《北史》卷一記，魏明元帝泰昌六年（四二一）九月有宋人來聘，事在劉宋永初二年。太武帝始光二年（四二五）詔龍驤將軍步堆使宋，這在宋文帝元嘉二年。外交關係最密切，是齊武帝永明年間（四八三—四九二），魏的主權者是孝文帝。其次是梁武帝大同年間（五三五—五四六），東魏和西魏衝突正劇烈，所以高歡屈意交歡於梁。以後是陳宣帝太建年間（五六九—五七六），周武帝以全力對齊，採遠交近攻政策。陳也想北進收復失地，因而形成周陳聯合對齊的形勢。到隋文帝開皇四年（五八四）派薛道衡等聘陳，令勿以言辭相折，用意在偵察陳的內情，作大軍南征的煙幕。以後隋師臨江，陳不設備，南北談談打打的一百六十八年的局面就結束了。

南北抗爭，互相詆諆，南斥北為索虜，北譏南為島夷。惟北方鮮卑人的漢化，與年俱進。拓跋魏的開國，以漢族清河崔宏為謀臣，國號和典章制度，都出於崔宏的建議。崔宏的兒子浩，更是博學多通的奇才。明元、太武兩代的富強，多緣於能重用崔浩[6]。到孝文帝改漢姓，作漢詩文，禁胡語胡服，更強制皇族與漢人通婚。漢胡的疆界，更趨混淆。統計《魏書・名臣傳》凡收二二二人，漢族凡一五七人，占全數百分之七十以上。〈儒林傳〉十七人，〈文苑傳〉八人，〈術藝傳〉十七人，全數為漢人[7]。北朝政權既藉漢人的力量以安定強大，南北民族的鴻溝，也漸不存在。流亡的人士受到特別重用。宋文帝第九子劉昶於和平六年（四六五）

降魏，前後尚三公主，封宋王，督吳越彭城諸軍事，卒贈太傅，加九錫殊禮。齊明帝第六子蕭寶夤在景明三年（五〇二）逃魏，尚南陽公主，官車騎大將軍，封梁郡開國公。梁武帝第二子蕭贊（自以為東昏侯遺腹子）於孝昌元年（五二五）逃魏，尚帝姊壽陽長公主，官驃騎大將軍齊州刺史[8]。這都是南朝的皇族，到北朝還不失為皇親重臣。王導的後人王肅，在太和十七年（四九三）奔魏，孝文帝妻以第六妹彭城公主，官開國侯揚州刺史，言聽計從，比於劉備之遇諸葛亮。北朝還常在俘虜裡邊，選拔奇才異能之士，與以高官厚祿。崔光、劉芳、成淹等皆以俘虜顯貴於魏[9]。西魏於五五四年陷江陵，俘虜十餘萬人，驅策以北[10]。王褒、顏之推、蕭圓肅、宗懍、裴政等，都因以仕於北周。南北朝的疆域，屢有變化。可是就大形勢看，北朝逐漸擴大，南朝勝少而敗多。宋初和魏人相持在河南山東，後來攻戰在淮北，後來防禦在淮南。齊梁兩朝，長時期苦戰在淮河兩岸。梁末侯景之亂的結果，江北全入於北齊，漢中西蜀淪陷於北周。南陳建國，僅保東南一隅，連襄陽江陵也入於北朝勢力範圍了。因為這種關係，南人在北的，遠比北人入南的為多。北人入南，最受重視的是魏獻文帝孫元顥，梁武帝立為魏王，登基於建康城南。中大通元年（五二九），護送入洛陽，凡六十五日而敗於爾朱榮。其次是侯景，太清元年（五四七）以河南十三州降梁。次年十月叛變，陷京師，肆行焚掠殺戮，造成南朝空前的浩劫[11]，和南人之效忠於北朝建設，是全不相同的了。

二　外交官的往來

劉裕建國之初，已經和魏人有使節往來。以後戰爭和交涉並進。文帝元嘉二十八年（四五一）復與魏通和，《北史・魏本紀》卷二記其事說：

> 太平真君十一年（四五〇）十二月，魏師臨江。宋文帝使獻百牢，貢其方物。又請進女於皇孫，以求和好。帝以師婚非禮，許和而不許婚。使散騎侍郎夏侯野報之。皇孫為書致馬通問焉。

以後許多年，還是且談且打。到宋明帝泰始年間，邊臣外叛，喪失淮北淮西，國勢既衰，求和更切。《南齊書・魏虜傳》說：

> 宋明帝末年，始與虜和好。元徽昇明之世，虜使歲通。

蕭道成篡位，努力安內，未遑外略，也採取聯魏政策。《魏書》卷九十八〈島夷蕭道成傳〉記：

> （太和五年，四八一）道成遣後軍參軍車僧朗朝貢。先是劉準（宋順帝）遣使殷靈誕苟昭先未返，而道成僭位。及僧朗至，朝廷處之靈誕之下。僧朗與靈誕競前後，降人解奉君遂於朝會刃僧朗。詔加殯斂送喪令還。道成死，子賾（齊武帝）僭立，改年為永明。賾遣其驍騎將軍劉纘，前將軍張謨朝貢。八年（四八四），又遣兼員外散騎常侍司馬憲，

兼員外散騎侍郎庾習朝獻。九年（四八五），遣輔國將軍劉纘、通直郎裴昭明朝貢。十年（四八六），又遣昭明與冠軍參軍司馬迪之朝貢……。十五年（四九一）二月，遣員外散騎常侍裴昭明，員外散騎侍郎謝竣朝貢。九月，又遣司徒參軍蕭琛，范縝朝貢。十六年（四九二），復遣琛與司徒參軍范雲朝貢，又遣車騎功曹庾畢，南豫州別駕何憲朝貢。

由這段記事，可見永明年間，魏齊邦交的密切。蕭鸞篡弒自立，魏孝文帝曾遣使臨江數其罪。戰端再起，淮南地多入於魏。梁武帝建國，魏納蕭寶夤之奔，助之反梁，攻戰多年，互有勝負。壽陽、鍾離、義陽等地為爭奪之衝。梁州、郢州、徐州等地旋得旋失。迄魏爾朱榮之亂起，沿邊郡縣，多有歸梁者。及魏分東西，高歡逼於宇文泰，乃曲意和梁。於是東魏與梁，信使往來日密。《魏書》卷九十八〈島夷蕭衍傳〉記：

先是（梁大同元年，五三五）益州刺史傅和，以城降衍，衍資送和令申意於齊獻武王（高歡），求通友好。王志綏邊遠，乃請許之。（天平）四年（五三七）冬，衍遣其散騎常侍張皐，通直常侍劉孝儀，通直常侍崔曉朝貢。二年夏，又遣散騎常侍沈山卿、通直常侍劉研朝貢。興和二年（五四〇）春，又遣散騎常侍柳豹、通直常侍劉景彥朝貢。其年冬，又遣散騎常侍陸晏子、通直常侍沈景徽朝貢。是年，衍改號大同。三年（五四一）夏，又遣散騎常侍明少遐、通直郎謝藻朝貢。四年（五四二）春，又遣散騎常侍袁狎、通直常侍賀文發朝貢。其年冬，又遣散騎常侍劉孝勝，通直常侍謝景朝貢。武定元年（五四三）夏，又遣散騎常侍沈衆，通直常侍殷德卿朝貢。其年冬，又遣散騎常侍蕭確、通直常侍陸緬朝貢。三年（五四五）秋，又遣散騎常侍徐君房，通直常侍庾信朝貢。四年（五四六）夏，又遣散騎常侍蕭瑳、通直常侍賀德瑒朝貢。五年（五四七）春，又遣散騎常侍謝藺、通直常侍鮑至朝貢。朝廷亦遣使報之。十餘年間，南境寧息。

這時梁強魏弱，所謂朝貢云云，自然是魏收夸誕之詞。文中劉孝儀、孝勝是孝綽二弟，沈衆是沈約之孫，謝藺是謝安八世孫，阮孝緒外甥，都是門第清華，江左冠冕。太清二年（五四八），梁使謝珽徐陵使東魏，適值侯景叛變。魏扣留謝徐，並乘機出兵，侵占江淮二十三州。到天保七年（五五六），才許謝徐隨蕭淵明回國。梁末蕭繹（元帝）、王僧辯聯齊，蕭詧（後梁宣帝）聯周。陳霸先本奉蕭繹，到篡位稱帝，一轉而親周拒齊。文帝天嘉三年（五六二）周放其弟安成王陳頊（被俘在長安）歸。頊即位為宣帝，以後陳周合力對齊。陳文士周弘正、姚察均曾聘周。周曾派杜杲、崔彥穆、魏澹等使陳。

宋初南北通好，多用武人。《魏書》卷四十八記：「（太武帝）太延中，以前後南使不稱，妙簡行人，詔高推兼散騎常侍，使劉義隆，南人稱其才辯。」高推為高允之弟，名門俊秀，獨步當時。南朝爭勝，自亦加意遴選使才。趙翼《二十二史札記》卷十四南北朝通好以使命為重條說：

南北通好，常藉使命增國之光。必妙選行人，擇其容止可觀，文學優贍者，以充聘使。如魏游明根嘗三使於宋，李彪嘗六使於齊。齊武帝以裴昭明有將命之才，特命使魏。皆以其能稱使職也。其後益以使命為重。〈李諧傳〉謂南北交聘，務以俊乂相矜。銜命接客，必盡一時之選。無才地者不得與焉。梁使每入，鄴下為之傾動。貴游子弟，盛飾聚觀，館門成市。魏使至梁亦如之。一時風尚如此。凡充使及伴使，皆不輕授。邢邵在魏，為一時文人之冠，特以不持威儀，遂不令出使〈邢邵傳〉。北齊李緯與崔暹不協，嘗曰，雖失貴人意，聘梁使不能舍我。後果使梁〈李緯傳〉。崔瞻曾經熱病，面多瘢痕。然雍容可觀，詞韻溫雅，遂出使於陳〈崔瞻傳〉。此出使之精於選擇也。其出使而增重鄰國者：魏游明根使宋，宋孝武稱其長者，迎送禮加常使〈游明根傳〉。高推使宋，宋稱其才辨〈高允傳〉。李彪使齊將還，齊主親至琅琊山，命群臣賦詩送別〈李彪傳〉。北齊崔㥄將使梁，㥄曰，文采與識，㥄不推李諧，口頰顩顩，諧乃大勝。乃以李諧、盧元明、李業興出使。梁武謂左右曰，卿輩嘗言北方無人，此等從何處來〈李諧傳〉。李渾聘梁，梁武曰：伯陽之後，久而彌盛。趙李人物，今實良多〈李渾傳〉）。魏收與王昕聘梁，昕風流文辨，收詞藻富逸，梁君臣咸敬禮（〈魏收傳〉）。周使崔彥穆聘陳，彥穆風韻閑曠，器度方雅，為江表所稱（〈崔彥穆傳〉，以上皆《魏書》）。此皆出使之有光者也。

其鄰國之接待聘使，亦必選有才行者充之。魏使至齊，齊以宗史與任昉同接魏使，皆時選也（〈宗史傳〉）。王融有才辨，乃命兼主客接魏使。房景高、宋弁，以融年少，問主客年幾，融曰，「五十之年，已踰其半。」景高曰：「在北聞君〈曲水詩序〉，實願一見！」融乃示之。弁曰：「昔觀相如封禪，知漢武之德。今覽王生詩序，用見齊主之盛」（〈王融傳〉）。劉繪以才辨奉敕接魏使，事畢，當撰記。繪曰，「無論潤色未易，但得我語亦難矣。」（〈劉繪傳〉，以上皆《齊書》）齊永明中，魏使至，詔選朝士有詞辯者，接使於界，乃以范岫往迎（〈范岫傳〉）。魏使劉善明聘梁，梁使朱異接之。預讌者，皆歸化北人。善明欲見王錫、張纘，乃使錫纘入宴。善明遍論經史，錫纘隨而酬對，善明深嘆服之（〈張纘傳〉，以上皆《梁書》）。齊使劉纘至魏，文成命李安世接之。安世善舉止。纘嘆曰：「不有君子，豈能國乎！」（〈李安世傳〉）李諧、盧元明聘梁，梁武以蕭撝詞令可觀，令受幣於賓館（〈蕭撝傳〉）。梁使至魏，陸卬每接讌，即席賦詩，卬必先成，遂以敏速見美（〈陸卬傳〉）。劉孝儀聘魏，魏詔邢昕迎於境上（〈邢昕傳〉）。徐君房、庾信聘魏，名譽甚高，選接待者，皆一時之秀。盧元景之徒，皆降階攝職，更遞司賓（〈祖珽傳〉）。梁使至北齊，齊每令裴讓之攝主客郎接待之（〈裴讓之傳〉）。陳使傅縡聘北齊，齊令薛道衡接對。縡贈詩五百韻，道衡和之，南北稱美（〈薛道衡傳〉）。陳使賀徹、周濆，相繼聘隋，隋每令盧昌衡接待之（〈盧昌衡傳〉）。隋陸爽博學有口辨。每陳使至，文帝嘗使爽迎勞（〈陸爽傳〉）。此又可見伴使者，亦必慎選也。

看以上記述，可知外交人員既多屬飽學文人，接伴的人也都選英俊名士。聘問成為南北學士文人，交換智慧，增長見聞，互相切磋琢磨，吟詩唱和，比賽才華的最好機會。查本傳，南朝的范雲、蕭琛、范縝、劉孝儀、庾信、徐陵、周宏正、江德藻、姚察等都曾北使。北朝的李彪、盧昶、李繪、王昕、魏收、辛德基、薛道衡等都曾南來。範圍之大，影響之深遠，是可以想像的。雙方的學術研討，也相當深入。《魏書》卷八十四〈李業興傳〉記天平四年（五三七）梁武帝與業興的問答說：

> 蕭衍親問業興曰：「聞卿善於經義，儒玄之中，何所通達？」業興曰：「少為書生，止讀五典。至於深義，不辨通釋。」……衍問：「《尚書》正月上日受終文祖，此是何正？」業興對：「此是夏正月。」衍言：「何得知？」業興曰：「案《尚書中侯・運行篇》云，日月營始，故知夏正。」衍又問：「堯時以何月為正？」業興對：「自堯

以上，書典不載，實所不知。」衍又云：「寅賓出日，即是正月。日中星鳥以殷仲春即是二月，此出〈堯典〉。何得云堯時不知用何正也。」業興對：「雖三正不同，言時節者皆據夏時正月。《周禮》仲春二月會男女之無夫家者。雖自《周書》，月亦夏時。堯之日月亦當如此。但所見不深，無以辨析明問。」衍又曰：「《禮》原壤之母死，孔子助其沐椁。原壤叩木而歌曰：『久矣夫，予之不託於音也。狸首之班然，執女手之卷然。』孔子聖人而與原壤為友？」業興對：「孔子即自解，言親者不失其為親，故者不失其為故。」又問：「原壤何處人？」業興對曰：「鄭注云，原壤孔子幼少之舊，故是魯人。」衍又問：「孔子聖人，所存必可法。原壤不孝，有逆人倫，何以存故舊之小節，廢不孝之大罪？」業興對曰：「原壤所行，事自彰著。幼少之交，非是今始。既無大故，何容棄之？孔子深敦故舊之義，於理無失。」衍又問：「孔子聖人，何以書原壤之事，垂法萬代？」業興對曰：「此是後人所錄，非孔子自制。猶合葬於防，如此之類，《禮記》之中，動有百數。」衍又問：「《易》曰太極是有無？」業興對：「所傳太極是有。素不玄學，何敢輒酬。」

這是討論儒家經典。《魏書》八十四〈李同軌傳〉記：

興和中（五三九—五四二）兼通直散騎常侍，使蕭衍。衍深耽釋學，遂集名僧於其愛敬同泰二寺，講《涅槃大品經》，引同軌預席。衍兼遣其朝臣並共觀聽。同軌論難久之，道俗咸以為善。

李業興上黨長子人，師事徐遵明於趙魏間，當時稱為碩學通儒，博聞多識。李同軌趙郡高邑人，曾任國子博士中書侍郎，是高歡的家庭教師。武帝日親萬機，且與北使講論。臣僚中談藝論道，自屬常事。《梁書》卷二十一〈王錫傳〉記：

普通初，魏始連和，使劉善明來聘，敕使中書舍人朱异接之。預讌者皆歸化北人。善明負其才氣，酒酣謂异曰：「南國辯學，如中書者幾人？」异對曰：「异所以得接賓宴者，乃分職是司。二國通和，所敦親好。若以才辯相尚，則不容見使。」善明乃曰：「王錫、張纘北間所聞，云何可見？」异具啟，敕即使於南苑設宴，錫與張纘朱异四人而已。善明造席，遍論經史，兼以嘲謔，錫纘隨方酬對，無所稽疑，未嘗訪彼一事。善明甚相歎挹。他日謂异曰：「一日見二賢，實副所期，不有君子，安能國。」（錫為中朝髦俊，昭明太子友）

代表團不僅討論學術，觀摩詩文，調查並及於建築等項。《南史》卷四十七〈崔祖思傳〉記：

永明九年（四九一），魏使李道固及蔣少游至。（崔）元祖言，臣甥少游有班、倕之功，今來必令模寫宮掖，未可令返。上不從，少游果圖畫而歸。

《南齊書．魏虜傳》有同樣記事：

議遷洛京……少游有機巧，密令觀京師宮殿楷式。清河崔元祖啟世祖（齊武帝）曰，少游臣之外甥，特有公輸之思。宋世陷虜，處以大匠之官。今為副使，必欲模範宮闕。豈可使氈鄉之鄙，取象天宮？……少游安樂人，虜宮室制度，皆從其出。[12]

從此可知魏新都洛陽建置，實以齊都建康為模型。魏李彪六次南聘，在魏主持修國史，廢崔浩所創之編年體，改用紀傳表志正史體[13]，似亦係取法南朝，因范曄著《後漢書》，王隱、臧榮緒撰《晉書》，徐爰、沈約等修《宋書》，皆用紀傳體之故。

三　南北典籍的交流

西晉洛陽的國家藏書，繼承曹魏的蓄積。據荀勗《新簿》所著錄，有二萬九千多卷。遭永嘉之亂，兩京淪陷，全部亡失。東晉建國於建康，著作郎李充檢點中央藏書僅有三千一十四卷[14]。東晉以前，江南典籍，遠不如華北完備，所以葛洪曾到洛陽求異書[15]。以後中原的舊書逐漸傳到江左，流亡的名士高門，也多攜有書冊。互相抄補，典籍漸多。北齊顏之推說：「南方以晉家渡江後，北間傳記，皆名為偽書，不貴省讀。」[16]可見東晉南渡以後的北方書是不為人所注意的。晉義熙六年（四一〇）劉裕滅南燕，山東典籍，自然南流。義熙十三年（四一七）劉裕滅姚秦，入長安，收其圖籍，府藏所有，五經子史纔四千卷，皆赤軸青紙，文字古拙。衣冠軌物，圖畫記注，播遷之餘，盡歸江左。宋元嘉八年（四三一）祕書監謝靈運造四部目錄，有書六四五八二卷，殆合各種複本而言。元徽元年（四七三）祕書丞王儉編四部目錄，收書一五七〇四卷，實為劉宋首都藏書的全貌。齊永明中，祕書丞王亮監謝朏又造四部書目，大凡收一八〇一〇卷。較之劉宋，無甚發展。齊末兵火延燒祕閣，經籍遺散。梁武帝好文學，當國久而文化盛。祕書監任昉，躬加部集。文德殿列藏眾書有二三一〇六卷，而華林園釋典，尚不在內。下化其上，弦誦大盛。四境之內，家有文史[17]，如任昉、張緬、王僧孺等，皆有書萬卷，沈約集書至二萬卷，[18]與天府相頡頏。及侯景陷京師，祕省圖籍被焚，文德殿書無恙。王僧辯克平侯景，收文德之書，及公私劫餘重本七萬卷，送於江陵。梁元帝（蕭繹）博古好文，戰亂中集書至十四萬卷。承聖三年（五五四）十一月魏兵入江陵，繹出降前夕，盡焚其書，歎曰：「文武之道，今夜窮矣。」劫餘少數典籍，綑載入於北周。《周書・蕭大圜傳》記：「《梁武帝集》四十卷，《簡文帝集》九十卷，各止一本。江陵平後，並藏祕閣。大圜入麟趾閣，方得見之。乃手寫二集，一年並畢。」是為江陵焚餘之物。大圜為簡文帝第二十子。陳文帝天嘉中，始更聚書，考其篇目，遺缺尚多。宣帝太建中收復江北，文物漸盛。開皇九年（五八九），隋人滅陳，收其圖籍，多太建時書，紙墨不精，書亦拙惡[19]。然據《隋書・許善心傳》，善心生長南朝，九歲而孤，家有舊書萬餘卷，資以成學。其父亨仕梁為黃門侍郎，入陳為衛尉卿，領大著作。可見陳時江東民間仍多藏典籍。

拓跋魏自道武帝建都平城，納博士李先之建議，開始蒐書。惟北土荒僻，所得有限。孝文帝時雅慕華風，大興學校，曾向蕭齊借書。祕府之中，稍見充實。以後盧昶、孫惠蔚先後主持整校。孫惠蔚官祕書丞，曾請令四門博士及在京儒生四十人，在祕書省專精校考，參定文字[20]。惟得書總量，並無可考。後值爾朱榮之亂，中祕典冊散落人間。觀魏末李業興「愛好墳籍，鳩集不已，手自補治，躬加題帖，其家所有，垂將萬卷。」又劉晝曾讀鄴令宋世良家書五千卷[21]。可知魏中葉以後，民間藏書，亦漸可觀。東魏高齊收洛陽之劫餘，保聚於鄴。迄於天統武平，校寫不輟。《北齊書》卷三十八記辛術定淮南，大收典籍，多是宋齊梁時佳本，鳩集萬餘卷。又卷三十〈崔暹傳〉記：「魏梁通和，要貴皆遣人隨聘使交易，暹惟寄求佛經。梁武帝聞之，為繕寫以幡花寶蓋贊唄送至館焉。」可見北朝佛典亦仰給於南。顏之推總覽南北藏書，於〈觀我生賦〉自注謂：

> 北方墳籍，少於江東三分之一。梁氏剝亂，散逸湮亡。惟孝元鳩合通重十餘萬。史籍以來，未之有也。兵敗悉焚之，海內無復書庫。

西魏北周，亢心希古，戎馬之餘，不廢弦誦。迄武帝保定初，已有書八千卷。繼續蒐求，遂盈萬卷。平齊入鄴，封點府庫，加出舊本至五千卷。傳之隋人。文帝平陳，輿建康之書以北來。祕書監牛弘復建議向民間徵集，總凡三萬卷。煬帝廣羅複本，至有一四四六六部八九六六六卷[22]，為空前大觀。

典籍的由南入北，劉宋時已有其例。《北史》卷九十三〈沮渠蒙遜傳〉記：河西王沮渠蒙遜博涉群史，曉天文。後稱藩於宋，並求書。宋文帝並與之。蒙遜又就宋司徒王弘求《搜神記》，弘亦與之。《魏書》卷六十七〈崔鴻傳〉記：

> 著（十六國）春秋百篇，至三年之末，草成九十五卷。唯常璩所撰李雄父子據蜀時書，尋訪不獲，所以未及繕成。輟筆私求，七載於今。此書本江南撰錄，恐中國所無。非臣私力，所能終得。……乞勅緣邊求採。

以後他的兒子子元在孝莊帝永安中上奏說：

> 唯有李雄《蜀書》，搜索未獲。闕此一國，遲留未成。去正光三年（梁武帝普通三年，五二二），購訪始得。討論適訖，而先臣棄世。凡十六國，名為春秋一百二卷，近代之事，最為備悉。未曾奏上，弗敢流傳。

崔鴻為崔光之侄，二世仕於南朝。曾祖曠，任宋樂陵太守，祖父靈延，任宋長廣太守，所以熟於南中的掌故。至於利用南北的阻隔，偽題作者名字，傳播以欺世沽名，亦有其例。《北齊書》卷三十〈崔暹傳〉記：

> 然而好大言，調戲無節。密令沙門明藏著《佛性論》，而署己名，傳諸江表。

崔暹曾向梁武帝求佛經，因即以倩僧代撰之書，傳之南朝。北齊阜城劉晝因其所著詩文，不見賞於魏收、邢邵，乃以所作《劉子》（一名《新論》）五十五篇，偽題梁劉勰撰，因而大行於世。

余嘉錫《四庫提要辨證》卷十四子部五云：

> 晝自謂奇才博物，文采絕倫。乃因為六合作賦，大為邢魏所嗤。至謂其四體之愚，又甚於賦。橫肆輕薄，殆非所堪。夫其貴任（昉）沈（約）也如彼，而賤晝也如此。此無他，重古而輕今，珍遠而鄙近，貴耳而賤目，崇名而毀實也。晝既恨北人以東家丘見待，又病時無真賞。以劉勰作《文心雕龍》，深得文理，大為沈約所重。故著此書，竊取其名。猶之郢人為賦，託以靈均。觀其舉世傳誦，聊以快意。良由憤時疾俗，遂爾玩世不恭。猶是其好自矜大之習也。昔漢人慶虬之嘗為〈清思賦〉，時人不之貴。乃託之司馬相如，遂大見重於世。晉陸喜作〈西州清論〉，借稱諸葛孔明，以行其書。晉武帝閱〈六代論〉，問曹志曰，「誰作？」志曰：「以臣所聞，是臣族父冏所作。以先王文高名著，欲令書傳於後，是以假託。」帝曰：「古來亦多有是。」晝之託名劉勰，

> 亦若此而已。然書雖偶弄狡獪，本非真欲隱名，必嘗自露蹤跡，時人多知之者。故張鷟得據所傳聞，筆之僉載爾。

劉晝其他著作，大部不傳，惟《劉子》因劉勰之名而存。迄今新舊唐志，乃至日人所編《大漢和辭典》，均以《新論》為劉勰作。

南人修史受脅，有存直筆於北方者。《晉書》卷八十二〈孫盛傳〉記：

> 孫盛著《晉陽秋》，詞直而理正，咸稱良史焉。既而桓溫見之，怒謂盛子曰：「枋頭誠為失利，何至乃如尊君所說。若此史遂行，自是關君門戶事。」其子遽拜謝，謂請刪改之。……盛大怒，諸子遂竊改之。盛寫兩定本，寄於慕容儁。太元中孝武帝博求異聞，始於遼東得之。以相考校，多有不同，書遂兩存。

至東晉梅賾所偽作之古文《尚書》二十五篇及偽孔傳，則僅行於南朝，未為北人所信用。到隋時偽孔傳始與鄭玄注並行。到唐太宗時偽孔傳始定於一尊[23]。南朝重視古書，《梁書》卷二十六〈蕭琛傳〉云：

> 始琛在宣城，有北僧南度，惟賫一葫蘆，中有《漢書》序傳。僧曰，三輔舊老相傳，以為班固真本。琛固求得之。其書多有異今者，而紙墨亦古，文字多如龍舉之例，非隸非篆。琛甚祕之。及是行也，以書饟鄱陽王範，範乃獻於陳宮。

梅賾之偽古文《尚書》，易於流行，亦原於此種懷古幽情。

樂府歌辭則南北交流。《魏書》卷一百九〈樂志〉說：

初高祖（孝文帝）討淮漢，世宗（宣武帝）定壽春，收其聲伎。江左所傳中原舊曲，明君聖主公莫白鳩之屬，及江南吳歌荊楚四聲，總稱清商。至於殿庭饗宴兼奏之。其圜丘、方澤、上辛、地祇、五郊、四時拜廟、三元、冬至、社稷、馬射、籍田、樂人之數，各有差等焉。

《樂府詩集》卷二十五梁鼓角橫吹曲解題云：

《古今樂錄》曰：梁鼓角橫吹曲有〈企喻〉、〈瑯琊王〉、〈鉅鹿公主〉、〈紫騮馬〉、〈黃淡思〉、〈地驅樂〉、〈雀勞利〉、〈慕容垂〉、〈隴頭流水〉等歌三十六曲。二十五曲有歌有聲，十一曲有歌。是時樂府胡吹舊曲有〈大白淨皇太子〉、〈小白淨皇太子〉、〈雍臺〉、〈擒臺〉、〈胡遵〉、〈利羓女〉、〈淳于王〉、〈捉搦〉、〈東平劉生〉、〈單迪歷〉、〈魯爽〉、〈半和企喻〉、〈比敦〉、〈胡度來〉十四曲。三曲有歌，十一曲亡。又有〈隔谷〉、〈地驅樂〉、〈紫騮馬〉、〈折楊柳〉、〈幽州馬客吟〉、〈慕容家自魯企由谷〉、〈隴頭〉、〈魏高陽王樂人〉等歌二十七曲。合前三曲凡三十曲，總六十六曲。

鼓角橫吹曲，其始亦謂之鼓吹，馬上奏之，蓋軍中之樂也。後乃分為二部，以有簫笳者為鼓吹，有鼓角者為橫吹。《樂府詩集》二十五卷所收，從內容上看，都是北朝的歌辭，情調口吻和南朝的歌辭，判然不同。大概最初由防邊的軍中傳來，所以歸到軍樂一類。《隋書・音樂志》記，平陳得宋齊舊樂，置清商署以掌之。求陳太樂令蔡子元、于普明等，復居其職。又南人姚察、許善心、劉臻、虞世南等，均曾參與隋代的定雅樂。

四　學術技藝的觀摩

焦循謂：「正始以後，人尚清談。迄晉南渡，經學盛於北方。大江以南，自宋及齊遂不能為儒林立傳。梁天監中，漸尚儒風，於是《梁書》有〈儒林傳〉，《陳書》嗣之，仍梁所遺也。」《北史・儒林傳・序》，論南北經學的區別說：

> 江左《周易》則王輔嗣，《尚書》則鄭康成，《左傳》則杜元凱。河洛《左傳》則服子慎，《尚書》、《周易》則鄭康成。《詩》則並主於毛公，《禮》則同遵於鄭氏。

王弼的玄談，孔安國的偽書，杜預的臆說，對於好古厚重的北方人，許久沒有什麼影響。武康人沈重，受周武帝特殊禮聘，由江陵北上講學㉔，那已經到了周隋之間，南風正要大盛，無足稀奇了。北方經師南下的，蕭齊時有吳苞，《南史》卷三十四〈周捨傳〉記：

> 建武（齊明帝年號，四九四—四九七）中吳人吳苞南歸，有儒學。尚書僕射江祐招苞講。

> （周）捨造坐折苞，辭理遒逸，由是名為口辯。

周捨為著《四聲切韻》的周顒之子。吳苞不能折服此等名門少年，難期有大影響。《梁書》卷四十八〈盧廣傳〉記：

> 盧廣范陽涿人……少明經有儒術。天監中歸國……兼國子博士，徧講五經。時北來人儒學者有崔靈恩、孫詳、蔣顯，並聚徒講說，而音辭鄙拙，惟廣言論清雅，不類北人。僕射徐勉，兼通經術，深相賞好。

崔靈恩南來作國子博士，先習《左傳》服虔解，不為江東所行，不得已而改說杜預義，又常申服絀杜，引起爭論，都無力改變南朝的經學風氣。至於南方的玄學，北人殆無所聞知。

南朝的文學，遠勝北朝，所以北人向來仰望豔羨南人。魏孝文帝是北朝最有文采的君主。《魏書．文苑傳．序》說：「逮高祖馭天，銳情文學，蓋以頡頏漢徹，掩踔曹丕，氣韻高豔，才藻獨構。衣冠仰止，咸慕新風。」可是他遇到一位並不以文章名的降人劉昶，不能不特別謙遜。《魏書》卷五十九〈劉昶傳〉記：

> 命百僚賦詩贈昶，又以其文集一部賜昶。高祖因以所製文章示之，謂昶曰，時契勝殘，事鍾文業，雖則不學，欲罷不能。脫思一見，故以相示。雖無足味，聊復為笑耳。其重昶如此。

北齊作家邢邵、魏收，互相攻訐，皆以抄襲南人為罪。《北齊書》卷三十七〈魏收傳〉記：

> 收每議陋邢邵文，邵又云：「江南任昉，文體本疎。魏收非直模擬，亦大偷竊。」收聞乃曰：「伊常於沈約集中作賊，何意道我偷任昉！」任沈俱有重名，邢魏各有所好。武平中，黃門郎顏之推以二公意問僕射祖珽。珽答曰：「見邢魏之臧否，即是任沈之優劣。」收以溫子昇全不作賦，邢雖有一兩首，又非所長。常云，會須作賦，始成大才士。

魏收五三九年曾出使梁國，時年三十三，任通直散騎常侍，以辭藻富逸為梁武帝及其群臣敬異。邢邵雖不曾出使，但他是出使的世家，從他的先人邢穎使宋，修年使齊以來，到族弟巒，族侄昕、亢等都曾出使到梁朝[25]。他們之有機會讀到沈約任昉的作品，是不成問題的。《北齊書・文宣紀》的九錫文，和《梁書・武帝紀》的九錫文（任昉作）非常相似。可見魏收偷竊，並非無證。邢邵的詩和沈約的詩，詞藻意境，極多相似的地方[26]，可見魏收的話，也非無因。齊王融永明九年作〈曲水詩序〉，魏使宋弁、房景高十一年出使到齊，說在北朝已知王作〈曲水詩序〉，勝於顏延年[27]，可見南北文壇消息之迅速。魏孝靜帝不堪憂辱，詠謝靈運詩曰：「韓亡子房奮；秦帝魯連恥。本自江海人，忠義動君子。」[28]魏濟陰王暉業，大會賓客，有人將何遜集初入洛，諸賢皆讚賞之，元文遙一覽即能成誦[29]。可見南朝詩在北朝之流行。到宇文周平江陵以後，王褒庾信的作風，遂風靡於關中。《周書・庾信傳・論》說：

（蘇）綽建言，務存質朴，遂糠粃魏晉，憲章虞夏。雖屬詞有師古之美，矯枉非適時之用。故莫能常行焉。既而革車電邁，渚宮雲撤，爾其荊衡杞梓，東南竹箭，備器用於廟堂者眾矣，唯王褒庾信，奇才秀出，牢籠於一代。是時世宗雅詞雲委，滕趙二王，雕章間發，咸築宮虛館，有如布衣之交。由是朝廷之人，閭閻之士，莫不忘味於餘韻，眩精於末光，猶丘陵之仰嵩岱，川流之宗溟渤也。

庾信的駢儷輕豔作風，完全變更了北朝古質實用的文體。隋朝有李諤主張正文體，文帝頗採其說，下令禁淫麗[30]，但一直到唐初，並不能收大效果。

北朝的文章，見重於南人的，魏只有濟陰溫子昇。《魏書》卷八十五〈溫子昇傳〉說：

蕭衍使張皐寫子昇文筆，傳於江外。衍稱之曰：「曹植陸機復生於北土，恨我辭人，數窮百六。」……濟陰王暉業嘗云：「江左文人，宋有顏延之、謝靈運，梁有沈約、任昉。我子昇足以陵顏轢謝，含任吐沈。」

庾信曾有「寒陵一片石（《寒陵山寺碑》）[31]可共語，餘皆驢鳴犬吠」之言，惟此碑並不見重於選駢文的。並且子昇是溫嶠之後人，世居江左，從他的祖父恭之起，才因避難入魏。《國朝傳記》記：「梁常侍徐陵聘於齊，時魏收文章，北朝之秀，錄其文集以遺陵，令傳之江左。陵濟江而沉之，從者以問，陵曰，吾為魏公藏拙。」事在天保六年，收年四十九。徐孝穆是一代大才，眼高於頂，北方文士，不為南人所重，也可見一斑㉜。北人文藝欣賞，偶有不同於南人，仍不為北人所承認。《顏氏家訓．文章篇》云：「王籍〈入若耶詩〉云：蟬噪林逾靜，鳥鳴山更幽。江南以為文外獨絕，物無異議。簡文吟詠，不能忘之，孝元諷味，以為不可復得，至〈懷舊志〉載於籍傳。范陽盧詢祖，鄴下才俊，乃言：此不成語，何事於能？魏收亦然其論。《詩》云：蕭蕭馬鳴，悠悠旆旌，《毛傳》云：言不諠嘩也。吾每歎此解有情致，籍詩生於此意耳。」顏之推書，明白指斥北人錐魯不學。梁武帝為適合北方人士口味，對北宣傳文書曾借重裴子野。《梁書》卷三十〈裴子野傳〉記：

普通七年（五二六）王師北伐，敕子野為喻魏文，受詔立成。……又敕為書喻魏相元叉……高祖深嘉焉。自是凡諸符檄，皆令草創。子野為文典而速，不尚麗靡之詞。其制作多法古，與今文體異。

裴子野曾祖松之注《三國志》，祖駰著《史記集解》，子野作有《雕蟲論》，反對「匿而采」的美文。主要從文章作用上立言。以後隋朝李諤上書請正文體，很可能受他的言論影響。

北方的書法，方嚴遒勁，南朝的書法，疏放妍妙。到北周時王褒入關，傳王羲之、蕭子雲一派的草隸飛白，書風為之一變。《周書》卷四十七〈趙文淵傳〉記：

> 趙文淵……少學楷隸，年十一獻書於魏帝。……當時碑牓惟文淵及冀儁而已。……太祖以隸書紕繆，命文淵與黎季明、沈遐等依《說文》及《字林》刊定六體，成一萬餘言行於世。及平江陵之後，王褒入關。貴遊等翕然並學褒書。文淵之書遂被遐棄。文淵慙恨，形於言色。然知好尚難反，亦攻襲褒書。然竟無所成，轉被譏議，謂之學步邯鄲焉。至於碑牓，餘人猶莫之逮。王褒亦每推先之。宮殿樓閣皆其迹也。……世宗令至江陵書景福寺碑，漢南人士亦以為工。梁主蕭詧觀而美之，賞遺甚厚。

文淵的碑牓，仍然負盛名，因為碑牓宜於方嚴遒勁。現傳有天和二年〈西嶽華山廟碑〉，可見趙書的風範。

飲食方面，「羌煮」、「貊炙」雖然見於《宋書．五行志》，不過偶一為之，影響極微。《魏書》卷四十三〈毛修之傳〉卻記：

> 修之能為南人飲食，手自煎調，多所適意。世祖（宣武恪）親待之，進太官尚書，賜爵南郡公，加冠軍將軍，常在太官主進御膳。

毛修之本為宋劉義真司馬，為魏所俘，領吳兵從征，因飲食結虜知，升至大官。《北齊書》卷三〈文襄紀〉記，梁將蘭欽子京為東魏所虜，王（高澄）命以配廚。欽將贖之，王不許。蘭京等六人乘進食殺澄。可見南朝飲食向為北人所重，所以多用南人司膳。

五　佛教的傳布

東晉南北朝為佛教盛行傳播時代。佛教發展大勢，為由印度經中央亞細亞通過新疆甘肅而至黃河下游，再由華北以至長江流域，而達華南。西域名僧之來華傳教者，多過河西走廊而至長安洛陽。我國西行求法僧亦以陸路往來者為多。遵海路以達南朝者為數有限㉝。稱為印手菩薩的常山（河北正定）人道安，受佛法於後趙國師佛圖澄，有弟子四百餘人，避亂入晉，南居襄陽。以後苻堅兵逼襄陽，安分遣弟子，法汰等去金陵，法和等去蜀，慧遠等去廬山。道安於三七九（晉太元四）年隨秦兵返長安，可是他的弟子實際上建立了南朝佛教的基礎。山西雁門人慧遠，在廬山三十餘年，建東林寺，組白蓮社，譯經傳法，名動朝野，使廬山成為東晉佛教中心地。四〇一（晉隆安五）年後秦姚興迎龜茲僧鳩摩羅什（Ku marājiva, 344–413）到長安，事以國師，廣翻經論，龍吟虎嘯，大振宗風，沙門自四方至者達五千餘人。恰好義熙元年（四〇五）東晉劉裕和後秦通好，姚興以南鄉順陽新野等十二郡歸晉，聘使不絕。廬山和長安兩個佛教中心打通。慧遠的門下曇邕、慧觀、道生、慧叡、慧嚴等，都曾北去長安從羅什。羅什譯出龍樹《大智論》，請慧遠作序。僧肇著《波若無知論》，蓮社劉遺民及慧遠盛加稱讚。可見南北息息相通。道生神悟，列入什門四聖之一，與僧肇、僧叡、道融齊名。南歸住蘇州虎丘山，就是俗傳講《涅槃經》，使頑石點頭的生公。慧嚴曾為劉裕北伐的嚮導，慧觀南歸為宋文帝尊禮㉞。與羅什齊名的印度僧佛陀跋陀羅（覺賢 Buddhabhadra, 359–429），於四〇八年到長安，因為持律堅固，不為長安諸僧所容。慧遠迎之南下，在廬山一年餘，住金陵道場寺十八年，與法顯、法業、智嚴、慧觀等合作，先後譯出佛經十五部一百十七卷㉟。其中《大方廣佛華嚴經》，在文學上影響尤大。

魏太武帝太平真君七年（宋元嘉二十三年，四四六），受道教徒的煽動，下令反佛，毀寺院，燒經卷、佛像，令僧尼還俗。北方僧侶避難入南者頗多。《高僧傳》卷七〈僧導傳〉記：

> 僧導，京兆（長安）人……及什公譯出經論，並參議詳定……謀猷衆典，博採真俗，乃著《成實三論義疏》及《空有二諦論》等……後立寺於壽春，即東山寺也。常講說經論，受業千有餘人。會虜俄滅佛法，沙門避難投之者數百，悉給衣食。其有死於虜者，皆設會行香，為之流涕哀痛。

僧導為羅什入室弟子，受知於劉裕，曾助劉義真免赫連勃勃之追擊。宋孝武帝延至建康中興寺，備受尊禮。《高僧傳》卷八又記河西金城僧玄暢，因魏人滅佛，脫身南走。元嘉二十二年閏五月由平城跨太行，經幽冀渡孟津，八月一日達揚州，後說法於荊州長沙成都等地。其人墳典子史，多所該涉。此外見於《高僧傳》之由北入南僧侶尚甚多。如僧苞，長安人，永初中遊北徐黃山，後東下建康。曇鑒冀州人，入宋在江陵傳道。二人均為羅什弟子。超進長安人，避地東下，先止京師，後入會稽。法珍河東人，元嘉中過江，傳法於武康。法瑗隴西人，元嘉十五年由梁州進成都，後東適建業，入廬山。僧遠渤海重合人，宋大明中渡江，齊初受宮廷尊禮，卒於京師定林寺，王儉為作碑文。道猛西涼州人，元嘉二十六年東遊京師，為宋文帝所重視。智猛雍州新豐人，四〇四年赴印度留學，四二四年東歸居涼州，元嘉十四年（四三七）入蜀傳法，後卒於成都。法顯山西武陽人，三九九年自長安西行求法，經十五年，遊印度錫蘭爪哇，海路歸至山東，義熙十二年（四一六）至建康，居道場寺，與覺賢等譯經。後卒於荊州辛寺，著有《佛國記》。寶雲涼州人，與法顯偕行求法，經于闐天竺諸國，遍學梵書音字訓詁，深通奧祕。為覺賢高足弟子，由長安南行入建康道場寺，譯出《佛本行讚經》、《無量壽經》等，江左譯師，無與倫比[36]。大約劉宋一代，北方中外高僧，輾轉南下，以建康廬山等地為歸宿，其勢久而不變。

據《高僧傳》卷八〈僧宗傳〉，每至講說，聽者將近千餘。魏孝文帝曾請宗北上說法，齊太祖（蕭道成）不許外出。至梁武帝時，南北通好，僧侶之往來，甚為自由。《續高僧傳》卷十六〈僧達傳〉云：

> 僧達上谷人……為魏孝文所重……梁武皇帝撥亂弘道，銜聞欣然，遂即濟江，造宮請

見。敕駙馬殷均，引入重雲殿。自晝通夜，傳所未聞，連席七宵，帝歎嘉瑞，因以受戒，誓為弟子。……年移一紀，請辭還魏，乃經七啟方許……召入鄴都，齊文宣特加殊禮……

《續高僧傳》卷六〈曇鸞傳〉記，曇鸞雁門人，因聞江南陶弘景為方術所歸，廣博弘贍，遂南赴梁國。得武帝特許，謁陶隱居於句容茅山，得仙經十卷。後北歸魏，晤菩提留支於洛陽，得觀《無量壽經》，遂焚仙經，專修淨土，為北方念佛大宗。魏主尊為神鸞。《續高僧傳》卷二十三〈曇顯傳〉記，梁天監三年（五〇四），下令廢道教，道士陸修靜等叛入北齊，與僧人比賽道術，為末座曇顯所敗，齊文宣乃下令崇佛。陸修靜卒宋元徽五年（四七七），此故事自屬附會。惟不得意於南朝之道士，入北活動，或有其事。《高僧傳》卷八〈寶亮傳〉記，寶亮東萊掖縣人，至建康，居中興寺，天監八年撰《涅槃義疏》十餘萬言。又傳說禪宗中土初祖菩提達摩，普通中由南印度來見梁武帝，問答不合，乃北上入魏，居嵩山少林寺。面壁九年，傳法慧可[37]。曇鸞專心念佛，達摩一意禪定，當然不為注重義解，崇尚講論之梁人所重，故均棄南入北。

陳代北僧入南的有武津人慧思，由嵩陽至光州大蘇山。陳臨海王光大二年（五六八）六月至南嶽，傳法十年而卒，稱為南嶽大師。智顗出其門，宏揚天台宗於江南。為陳皇室及隋晉王廣所皈依，稱為智者大師㊳。

六　結　論

總看南北朝文化交流大勢，北朝極注意吸收南朝文化，所以南人流亡到北方的，都受重視。東魏高歡曾說：「江東復有一吳兒老翁蕭衍者，專事衣冠禮樂，中原士大夫望之，以為正朔所在。」㊴這話可以代表北人的心情。拓跋魏雖然武力強大，統治中國大部分，但其內心，仍以爭取南朝的對等地位為榮。太武燾以大兵臨江，聲言目的不在侵略，在與宋室和親。但是南朝對於北狄，始終嫌惡。只有流亡到華北的亡國遺孽，如司馬楚之、王肅、劉昶、蕭寶夤、蕭贊等，娶北朝的公主為妻。南朝的獨立王室，絕不和北朝通婚。到隋文帝納陳宣帝女為宣華夫人，煬帝聘後梁明帝（蕭巋）女為后，那都是在她們亡國被俘以後，不是出於自由意志了。東晉人雖然不努力收復故土，對於胡人的敵愾心，卻極為堅強。石季龍的小子石混，窮蹙之餘，在永和八年（三五二）帶妻妾數人，逃到南京。晉朝把他交廷尉審問，結果斬首示眾於建康市㊵。苻堅的侄苻朗以青州刺史降晉，後來也以莫須有的罪名被殺㊶。梁武帝普通到中大通年間，魏國內亂，魏皇族元法僧、元顥等先後降梁。梁人想利用他們，經營華北，給以較高名位，賞以女樂。禮重的程度，也不能比魏的待劉昶、蕭寶夤。南朝因為有充沛的民族優越感，不但對於北朝的人看不起，對於北朝富國強兵的制度，如均田制，徵兵法，乃至魏太武帝周武帝的裁抑佛教的大舉措，都漠不關心。從宋初到陳末，對北政策完全是消極的防禦的，既不知己，也不求知彼。梁武帝是最老謀深算的君主，想以陳慶之的七千人平定華北，而又不知號召北方漢族士大夫合作，所以終於完全失敗。梁末蕭繹兄弟叔侄，爭權奪位，自相剪屠，為北周人作驅除。陳宣帝聯周滅齊，不知周之可畏，更甚於齊。南朝四代的偷安，暮氣沉沉，帝室豪紳，自相殘殺，實在是越來越削弱，終於滅亡的主要原因。

北方胡人以少數民族，能夠統治中國大部分，完全因為爭取得一部分華人的合作。石勒的用張賓，苻堅的用王猛，拓跋燾的用崔浩，宇文泰的用蘇綽，都是他們成功的主要原因。這些漢人以經天緯地的智慧，輔佐一個新興的勇武集團，文武配合，智勇相濟，遂成為不可抵抗的力量。魏人更選拔登用李彪、宋弁、崔光、劉芳一流漢族儒臣，粉飾他們的政教。孝文帝強制中原的士族和鮮卑貴人結婚，這樣更擴大了北朝政權的基礎。相反的，南朝改朝換代一次，內部的衝突矛盾增加一次。甚至同一皇族之內，視若讎仇，任意剪屠。倚寒人為腹心，極自私之能事，所以南朝政府的代表性越來越減低。

北朝模倣南人作品，始則宋弁李彪推重顏延年、王融，繼則邢邵、魏收抄襲任昉、沈約，終則北周迎庾信、王褒為宗師。稱為晉王府學士冠冕，常為隋煬帝潤色文字的柳䛒，是襄陽人，作過後梁蕭督的侍中國子祭酒。為隋煬帝典機要，稱為「南金」之貴的虞世基為會稽餘姚人，是南陳宗匠徐陵一手所栽培[42]。可見南風的靡漫華北。但是大體看來，南北仍各自有特徵。《隋書・文學傳・序》說：

> 彼此好尚，互有異同。江左宮商發越，貴於清綺；河朔詞義貞剛，重乎氣質。氣質則理勝其詞，清綺則文過其意。理深者便於時用，文華者宜於詠歌。此其南北詞人得失之大較也。

北人也常有超越南朝，變化獨立的想法。例如魏孝文帝和群臣的懸瓠聯句，詩體倣漢武帝的瓠子歌[43]，不學江南的五言贈答。謝靈運、陶淵明等以詩歌寫山水田園，而酈道元、楊衒之等，則以散文寫山水城市，都有別出心裁，另造丘壑的企圖。至於南朝的宮體文學，如《玉臺新詠》，機鋒玄談，如《世說新語》等，北人也熟視如無睹。西魏在大統十一年（五四五）頒蘇綽作的大誥，作為文體的模範，標榜「糠粃魏晉，憲章虞夏」[44]，就是要比南朝更走向典雅。但是貌若點竄典謨，實則排比聲偶，例如：「惟時三事，若三階之在天；惟茲四輔，若四時之成歲。」「不率於孝慈，則骨肉之恩薄；弗惇於禮讓，則爭奪之萌生。」「天地之道，一陰一陽；禮俗之變，一文一質。匪惟相革，惟其救弊；匪惟相襲，惟其可久。」看了這些鏗鏘整齊的句子，就可以知道南朝的駢儷，對北朝有如何大的潛在影響力了。蘇綽的古雅，難學而不美，庾信的典麗，跌宕而動人。魏徵說：

> 梁自大同之後，雅道淪缺，漸乖典則，事馳新巧。簡文湘東，啟其淫放，徐陵庾信，分路揚鑣。其意淺而繁，其文匿而彩。詞尚輕險，情多哀思，格以延陵之聽，蓋亦亡國之音乎。周氏併吞梁荊，此風扇於關右，狂簡斐然成俗，流宕忘返，無所取裁。㊺

亡國之音，征服了滅齊滅梁大獲全勝的周人，這要算歷史上的奇跡。

佛教由北而南，名僧大率南渡，原於大乘教義易為南朝士大夫所接受。北人所欣賞者為小乘神通與稱名念佛。北方僧侶信徒數量多而品質雜，以造像建寺為主要功德，甚至奢靡不法，引起魏太武帝周武帝兩次廢佛運動。南朝高僧大德，求靜土於山嶽，弘明哲理，淨化人生，開荒闢土，不作不食，其累及國民生計者少，故始終為一般社會所尊信。北朝兩次滅佛，均曇花一現，不能持久，至隋代大興佛教，均由於南朝的間接影響力。

大概歷史的通則，文化從高的地方，向低的地方流，無可避免，也無法阻止。有某一文化類型的民族，容易接受類似類型的外來文化。文化落後的民族，權衡利害，選擇得失，接受異族異域的新文化，越迅速越有利，當然這不限於盲目抄襲，而可以消化發揚。有優越文化傳統的民族，如果過分自我陶醉，夜郎自大，故步自封，失掉了日新月異進取學習的朝氣和求智慾，就不免衰老停滯陷於危亡的命運了。這是我們讀南北朝史可以得到的驚心怵目的教訓。由南北的融合，而產生嶄新的唐代文化，真是中華民族永久可紀念的偉大成就了。

民國五十一年四月二日

本文曾請遼於南北朝史研究之友人藍文徵教授校閱，有所指示，特此致謝。五十一年（一九六二）五月十八日作者校後記。

❶ 趙翼《二十二史札記》卷十二，南朝陳地最小。
❷ 《魏書》卷五十九〈劉昶傳〉、〈蕭寶夤傳〉，又見《北史》卷二十九。
❸ 《北齊書》卷三十三〈蕭明傳〉。
❹ 《周書》卷四十八〈蕭詧傳〉。
❺ 《梁書》卷三十二〈陳慶之傳〉，《魏書》卷二十一〈北海王詳傳〉。
❻ 《北史》卷二十一〈崔宏傳〉，《魏書》卷三十五〈崔浩傳〉。
❼ 王桐齡著《中國民族史》上編第四章一九四頁。
❽ 《梁書》卷五十五〈豫章王綜傳〉，《魏書》卷五十九〈蕭贊傳〉。
❾ 《魏書》卷六十三，《北史》卷四十二〈王肅傳〉。又《魏書》卷五十五〈劉芳傳〉，卷六十七〈崔光傳〉，卷七十九〈成淹傳〉。
❿ 《周書》卷十五〈于謹傳〉，卷四十一〈王褒傳〉，卷十二〈宗懍蕭圓肅傳〉。
⓫ 《梁書》卷五十六〈侯景傳〉。
⓬ 蔣少游並見《魏書》卷九十一〈藝術傳〉，官前將軍兼都水使者，將作大匠。《魏書》卷五十九〈劉

昶傳〉：「於時（太和初）改革朝儀，詔昶與蔣少游主其事。」

⑬《魏書》卷六十二〈李彪傳〉。

⑭《隋書·經籍志·序》。

⑮《晉書》卷七十二〈葛洪傳〉。

⑯《顏氏家訓·書證篇》。

⑰《隋書·牛弘傳》，〈經籍志·序〉。

⑱《梁書》卷十四〈任昉傳〉，卷七〈沈約傳〉，卷三十四〈張緬傳〉，卷三十三〈王僧孺傳〉。

⑲《隋書·經籍志·序》。

⑳《魏書》卷四十七〈盧昶傳〉，卷八十四〈儒林·孫惠蔚傳〉。

㉑《北齊書》卷四十四，《北史》卷八十一〈劉晝傳〉。

㉒《隋書·經籍志·序》。

㉓皮錫瑞《經學歷史》，經學分立時代及經學統一時代。

㉔《周書》卷四十五〈儒林·沈重傳〉。

㉕《北史》卷四十三，《北齊書》卷三十七。

㉖邢邵詩見《全北齊詩》，沈約詩見《全梁詩》卷四。

㉗《魏書》卷七十二，《北史》卷三十六，《南齊書》卷四十七〈王融傳〉。

㉘《魏書》卷十二〈孝靜帝本紀〉。

㉙《北齊書》卷三十八〈元文遙傳〉。

30 《隋書》卷六十六，《北史》卷七十七〈李諤傳〉。

31 〈寒陵山寺碑〉見《藝文類聚》卷七十七，《全後魏文》卷五十一。

32 《太平御覽》卷五百九十九引，又見劉餗《隋唐嘉話》。

33 梁啟超〈中國印度之交通〉（一名〈千五百年前之中國留學生〉），參看蔣維喬湯用彤《中國佛教史》，道端良秀著《中國佛教史》。

34 慧皎《高僧傳》卷五〈道安傳〉，卷六〈慧遠傳〉，卷二〈鳩摩羅什傳〉（又見《晉書》卷九十五〈藝術傳〉，《廣弘明集》卷二十三〈僧肇鳩摩羅什法師誄〉）。曇邕見《高僧傳》卷六，慧觀、道生見《高僧傳》卷七。

35 《高僧傳》卷二〈佛陀跋陀羅傳〉，卷三〈法顯傳〉、〈智嚴傳〉，卷七〈慧觀法業傳〉。

36 智猛見《高僧傳》卷三，傳中明言甲子歲（宋廢帝景平二年）發天竺就歸途，在外首尾二十一年。梁任公先生著〈中國印度之交通〉，謂其在外三十七年者，乃誤以其入蜀年為歸國年。法顯寶雲均見《高僧傳》卷三。

37 達摩事見道宣《續高僧傳》卷十六，《傳法正宗記》卷五，《琅琊代醉編》卷卅一。

38 慧思智顗均見《續高僧傳》卷十七。

39 《北齊書》卷二十四〈杜弼傳〉。

40 《晉書》卷一〇六載記第七石季龍。

41 《晉書》卷一一四載記十四苻朗。

42 《隋書》卷六十七〈虞世基傳〉，卷五十八〈柳䛒傳〉。

㊸《魏書》卷五十六〈鄭道昭傳〉，又收入《全北魏詩》中。

㊹《北史》卷六十三，《周書》卷二十三〈蘇綽傳〉。

㊺《隋書》卷七十六〈文學傳・序〉，《北史》卷八十三〈文苑傳・序〉略同。

再評《中國文學發達史》

中華本《中國文學發展史》，是一部流行的書。民國四十九年六月，我曾為寫過一篇書評，登在《東海學報》第二卷第一期，《文壇》雜誌第十四期轉載過。以後中華書局編輯部曾參照我的評文，訂正原書許多處。惟原文所論範圍頗大，多有為編輯部所不及改者。亦有不少錯誤為當時所不曾指出者。今當再評，刪去已更正之評語，針對最新版立言。

民國五十五（一九六六）年八月，作者附記

一 《中國文學發達史》的內容

《中國文學發展史》上卷四〇八頁，約三十一萬言，民國三十年一月上海中華書局初版，版權頁標為「大學用書」。下卷五〇四頁，約三十八萬言，民國三十八年一月初版。全書分三十章，第一章起於殷商社會與巫術文學，第三十章以清代小說結束。上冊止唐末，下冊終清季。民國四十五年臺灣中華書局有臺一版印行，末署本局（中華書局）編輯部編著，刪去卷首序文，內容與舊版大體相同，因係照相翻印，行款譌字亦與初版無別。以後改名《中國文學發達史》，精裝一冊本，頁數仍分上下冊，與兩冊本同。原著者劉大杰，湖南岳陽人（一九〇四—一九七七），武昌高師畢業，藝林社社員，曾在日本早稻田大學研究文學，編過《現代學生》（大東書局刊），作過安徽大學、復旦大學教授。抗日勝利以後，作過暨南大學文學院長兼中國文學系主任。其他著作有《德國文學大綱》（中華版）、《德國文學概論》（北新版）、《東西文學評論》（中華版）、《紅樓夢的思想人物》（古典文學社版）等書[1]。本書係以其在復旦大學及暨南大學的講義為基礎，加以修訂而成。作者自序其著書態度說：

> 中國文學發展史，是中國文化發展史中的一部分，也可以說是最精采的一部分。法國的朗宋（Gastave Lanson, 1857–1934）在〈論文學史的方法〉一文中說：「一個民族的文學，便是那個民族生活的一種現象，在這種民族久長富裕的發展之中，他的文學便是敘述記載種種在政治的社會的事實或制度中所延長所寄託的情感與思想的活動，尤其以未曾實現於行動的想望或痛苦的神祕的內心生活為最多……。」可知文學便是人類的靈魂，文學發展史便是人類情感與思想發展的歷史。人類心靈的活動，雖近於神祕，然總脫不了外物的反映，在社會物質生活日在進化的途中，精神文化自然也是取著同一

步調。……生在二十世紀科學世界的人群，他腦中決沒有卜辭時代的宗教觀念。在這種狀態下，文學的發展，必然也是進化的，而不是退化的了。文學史者的責任，就在敘述他這種進化的過程與狀態，在形式上，技巧上，以及那作品中所表現的思想與感情。並且特別要注意到每一個時代文學思潮的特色，和造成這種思潮的政治狀態社會生活學術思想，以及其他種種環境與當代文學所發生的聯繫和影響。再其次，文學史者要集中力量於代表作家代表作品的介紹，省除繁瑣的不要的敘述，因為那些作家與作品，正是每一個時代的文學精神的象徵。但這種工作，是艱難而又危險的。艱難在於年代過於久遠，材料過於繁雜，你很不容易得著適當的處理與剪裁，在求因明變的工作上，很難得到圓滿的成績。所謂危險，便是文學史者最容易流於武斷的印象的主觀態度，隨著自己的好惡，對於某種作品某派作家，時常發生不應有的偏袒或譴責，因此寫出來的不是文學發展的歷史，而成為文學的評論了。這種現象幾乎成了文學史者的通病，實在是很危險的。朗宋又說：寫文學史的人，切勿以自我為中心，切勿給與自我的情感以絕對的價值，切勿使我的嗜好超過我的信仰。我要做作品之客觀的真確的分析，以及盡我所能收集古今大多數讀者對於這部作品的種種考察批評，以控御節制我個人的印象。」我在寫這本書時，是時時刻刻把他這一段話記在心中的。但人類究竟是流於主觀與情感的動物，所以在這一點上，我恐怕仍是失敗了。所謂「心有餘而力不足」，正是我這工作成績的苦痛的說明。我自己也知道，從事這種範圍廣大的工作，錯誤遺漏的地方是難免的，我誠懇地希望高明的讀者們，加以批評和指正，給我將來一個修補的機會。民國二十九年九月於上海。[2]

讀上文可知作者是要極力克服自己的感情和主觀，想寫一部客觀的，近乎真相，包羅萬有的文學史。他耗費了十年以上的精力，作一部七十萬字的大書，這種魄力和真摯，是很可敬佩的，因為晚近的風氣，專門學者都避免費力不討好的通史，喜歡尋生僻的資料，作狹而深的專題研究。這樣用力少而成功多，既可以炫淵博，也容易走到前無古人，後少來者的境地，脫出一切的衡量批評。可是事實上一般讀者最迫切需要的卻是提要鉤玄，總合淵通的入門書。本書適應這種需要，而出現在國家戰亂時期，更是難得了。

全書以詩歌小說戲劇為敘述的重心。對於民間文藝、無名通俗作品，均不惜詳細闡述。清末敦煌發現的變文，王梵志的白話詩，鄉曲流傳的情歌俚曲，彈詞平話都占去相當地位。回想傳統的風氣，清朝人修《四庫全書》，民國人編《清史稿‧藝文志》，都不收戲曲通俗小說一類作品，宋元明清以來的正史文苑傳，也不記詞曲作家的事跡。劉廷琛作京師大學堂監督，把大學圖書館所藏的戲曲小說書，下令付之一炬。和這些往事對照，真變成另一個世界了。這自然由於外國文學觀念的影響，從民國八十九年文學革新以來，逐漸成為一般人的普遍看法，才能有這樣大膽的編排。本書接受了進化論的觀點，把歷代文學演變，看作一種文化演進，承認一時代有一時代文學的主流，打破宗經復古的因襲想法，因而在作品的評價上，有比較平情，合乎實際的見解。他還能夠廣範圍參考各家考訂研究文學的結果，融合許多不同的觀點，鎔裁整理，組織成一部大書，實在很具匠心。從文章上看，也能樸實明晰，保持比較首尾一致的文體，使讀者容易讀下去。以上所介紹，都是本書的優點。以下要批評到本書的缺點，和應該改正的重要錯誤。

二　本書的缺點

談到本書的缺點，可分七方面說：

(一)體例編排的失當

凡是一部成一家言的史書，一定有獨立的史觀，堅定的別裁，表現為統一的體例，前後一致，始終不變，始能給讀者以系統條理的印象。試看本書的目錄：春秋戰國，有「歷史散文」的節目，講《尚書》、《左傳》、《戰國策》；有「哲理散文」的節目，講《老子》、《論語》、《墨子》、《孟子》等書。但是到了兩漢，除了賦和詩歌以外，散文就全沒有地位，連司馬遷的《史記》，劉安的《淮南子》，都沒有講到。賈誼、董仲舒、鼂錯、劉向、王充、王符、仲長統、荀悅一流人，更不必說了。如果以為戰國以後就不再談散文了，第二十八章又出現了清代散文與桐城派運動的節目，明代也有公安、竟陵、晚明小品文的節目。作者把漢賦等貴族俳優文學，大講特講，可是對於明清的科舉文八股試帖詩律賦等，又等於一筆抹殺。明朝的古詩文作家，提到的很多，元代的古詩文作者則全部省略。劉勰的《文心雕龍》，鍾嶸的《詩品》有專節講，劉知幾的《史通》，章學誠的《文史通義》，卻沒有一個字涉及。其實這兩部書論史以外，不少關於文學的重要見解。看了這些，使我們不能體認作者的著書體例，和取材標準。當然作者曾經說，他在集中力量於代表作家代表作品的介紹，要省除繁瑣的不必要敘述；然而誰能說，《左傳》有文學代表性，《史記》沒有文學代表性？賈誼、劉向、司馬光、曾鞏的散文，比起公安、竟陵來，全不值敘述呢？至於第五章把荀子的賦排入秦代文學，更是不倫不類。作者的理由是荀子是趙人，趙之先與秦共祖，荀卿又死在秦始皇統一六國（西前二二一）以後（上冊八十九頁），這些理由無一項可以成立，從文學上看，荀子的賦和秦代的各種文章，也看不出絲毫關係。所以這種特殊編排，就使人莫名其妙了。又如第六章漢賦的演變一節，一氣講到三國兩晉南北朝唐宋，占去十一頁（上冊一二一—一三一頁），其實唐宋以後何嘗沒有獻賦、試賦、作賦的事呢？並且照此編排，《詩經》的演變一項，也可以一直包括到明清詩的變化了。這還成何體制呢？又如第九章魏晉詩人的第一節是建安詩人。作者如果認為朝代的段落，不適合於文學史的段落，當然可以避免朝代的標題。如果用了朝代的大標題，建安是漢獻帝年號，如何可以把這二十五年併入曹魏呢？如果說建安時代實權在曹操，所以併入曹魏，那麼東晉末劉裕秉政一段，是否併入劉宋？北周末楊堅秉政一段，是否併入隋朝呢？這都是在理則上說不通的事。

(二)材料去取的偏頗

本書著重於純文學的敘述，因而過分忽視歷史和散文。我們並不主張把經史子都看作文學，但是史部中富有文學意味的書，如《史記》、《漢書》、《晉書》、《宋書》、《南史》、《北史》、《新五代史》等，如果全部剔除，文學史上許多關鍵，一定弄不明白。司馬遷是唐宋古文家不祧之祖，《漢書》是由散入駢的過渡，沈約文學上的成就，主要在《宋書》。姚察、姚思廉父子的《梁書》、《陳書》，李延壽的《南史》、《北史》，才真是唐代古文的先驅和中堅。歐陽脩的大部分精力，用於《新唐書》和《新五代史》。結合同志，改編兩部正史，來宣傳他的古文主張，他的影響才廣大而深遠。歷史和文學，當然是分途的，但是有濃厚文學性，對文學影響力強大的史書，在文學史上就不能放過不問了。正如《莊子》本質上是哲學書，但是在文學史上也不能忽視。當然立腳在文學史上看《史記》、看《莊子》，和立腳在史學史、哲學史上看《史記》、看《莊子》，所注意的可以全不相同。政論應用文，說理散文，有許多不是文學；但是最好的成就，道藝相通。賈誼、陸贄的奏疏，蘇軾、陳亮的議論，顏之推的家訓，黃山谷的書札，就不能說全缺乏文學意味了。把歷史上，驚天動地震聾發聵的大文章全撇出去，文學史就不免顯得靜寂無聲，黯淡無色了。再如本書以一千二百多字談揚雄（上冊一一六頁），而鼂錯、王充不見名字；以二千五百字記張岱（下冊三一六—三二〇頁），而歸有光只有一句（下冊三〇〇頁）；唐代詩人，劉禹錫僅有幾句評述，韓偓僅及姓名。宋遺民詩人不及林景熙，偏頗到什麼程度，可想而知了。

(三)襲前人之誤說

文學史上有許多爭論不決的問題，選擇哪一種說法，就看編者的鑑別力了。有時兩說並存，難於抉擇；任取一說，都不一定算錯。可是有些荒唐的傳說，經各家駁難已絕對站不住，還要採入通史，就太疏忽了。例如本書上冊一八八頁記曹植的事說：「這幼小的年紀，同一個比他大十歲的甄夫人發生了戀愛。後來這位女人同曹丕結了婚，他晝思夜想，廢寢忘餐，害起相思病來，不久，甄夫人死了。他那浪漫的哥哥送弟弟一個她睡過的枕頭。曹植見而泣下，作〈感甄賦〉，就是那曹叡改名的〈洛神賦〉。」這段故事雖然出於《文選》李善注引記曰（胡克家《文選考異》據袁本茶陵本均無記曰一段，謂非李注之舊），但丁晏在《曹集銓評》卷二裡引張溥、何焯、方伯海等說，加以駁詰。十三歲的曹子建不可能和他哥哥爭二十三歲的戀人。這女子又早作了袁紹的兒媳。猜嫌妒忌自尊的曹丕，也不會有送枕頭這種荒唐的措置。事事為母親粉飾的曹叡，貴為皇帝，也何至承認這種亂倫的傳說？曹植作〈銅雀臺賦〉在建安十五年，時年十九，本書記「十二歲作〈銅雀臺賦〉」，更不知何所根據。上冊二八八頁記〈南柯太守傳〉「淳于棼為南柯太守三十年」，其實李公佐的原文是「二十年」，周豫材氏《中國小說史略》八十五頁，一時筆誤，將二作三，作者遂承其誤（柳存仁《中國文學史》一五二頁仍襲其誤）。三四四頁記韋應物的生卒年為「七三五—八三〇」，得年應為九十六歲。這說法是承宋沈作喆所作〈韋應物補傳〉的錯誤（補傳見趙與旹《賓退錄》卷九，明刊《韋蘇州集》或附載），原因是他把唐代前後兩個韋應物的事牽混到一起了。清朝陳景雲、錢大昕、陳沆都辨正過。近人余嘉錫《四庫提要辨證》卷二十集部，所論尤詳審。韋卒貞元初，享年只有五十餘歲。四〇五頁記李商隱的生年，也應當據張采田的《玉溪生年譜會箋》，作元和七年（八一二），不用馮浩的元和八年（八一三）說，因為張譜在許多地方更說得通些。下冊八十五頁記蘇軾的生年應為一〇三六（仁宗景祐三年），而非一〇三七。第一〇〇頁記李清照十八歲嫁給趙明誠，這大概是承襲謝无量《中國大文學史》之誤（或襲自《嫏環記》）。易安居士在〈金石錄後序〉裡明記紹興二年她作序時年已五十二，是生年應為神宗元豐四年（一〇八一），歸趙氏是建中辛巳

（一一〇一），當為二十一歲，這幾乎是大多數人所採用的說法了。下冊四七〇頁記蒲松齡的生年為一六三〇，這也是承襲舊說，其實應當根據胡適的〈蒲松齡的生年考〉（《胡適文存》四集卷三）改為一六四〇（崇禎十三年），因為胡適這篇考訂，證據是十分堅實的。至於四七二頁據胡氏的《醒世姻緣傳》考證，確言《醒世姻緣傳》是蒲松齡作，卻很難成為定論，因為全篇的假定，都沒有得到有力的證明。以後他人提出的反證又很多。王素存所作的〈醒世姻緣作者西周生考〉（《大陸雜誌》十七卷三期）指出西周生大概是諸城人丁耀亢（號野鶴，作過《續金瓶梅》），尤其是有力的反證。四六四頁不能確定孔尚任的卒年，注「一七一五？」，其實孔尚任的事跡，經青木正兒（《中國近世戲曲史》第十章）、梁任公、容肇祖等人研究，已經很明瞭了。容氏著《孔尚任年譜》，民國二十三年有鉛印本，又見《嶺南學報》第三卷第二期，在本書出版十五年前，何以全不參證呢？三六〇頁記湯顯祖卒一六一七，應據徐朔方著《湯顯祖年譜》改為一六一六。湯卒萬曆四十四年丙辰六月十六日。

(四)引用作品的疏失

文學史中引用古人原著，分量不會太多，當然是選擇最寶貴最精粹的詩文，作為嘗鼎一臠的引導。原文要選擇善本足本，才可以表現原著真相。本書上冊一〇八頁引賈誼的〈鵩鳥賦〉，十行文字裡，重要的錯字有四五個，都錯到不能講，這也許可以歸罪一部分於校對。但是全文是從《漢書・賈誼傳》抄來，這和《史記・賈誼傳》的文字，大有出入，原因是班固把原文任意刪削，句末的「兮」字，多被省去，（姚鼐《古文辭類纂》卷六十四選〈鵩鳥賦〉，即據《史記》，不取《漢書》，可見其謹慎。）如何可以根據節改本，談文章風格呢？二四七頁講〈子夜歌〉，引《唐書・樂志》，其實在這書以前有《宋書・樂志》、《晉書・樂志》，何至引用這樣晚的史料呢？七七頁引左思的〈招隱詩〉一遍，到了一九六頁又把原詩抄來一次，疊牀架屋，過於疏忽了。下冊一百頁引李清照的〈金石錄後序〉一段。這是一篇膾炙人口的文章，也是研究這個絕代女詩人最重要的文獻，可惜作者卻尋到一個節本，信手一抄，誤字連篇。上冊一五二頁引樂府〈陌上桑〉「夫壻居上頭」以下九句，句子全部斷錯，把五言詩弄成了不可讀的雜言。我在初評時業已發現，因為〈驢歌羅敷行〉是家弦戶誦的文字，容易訂正，所以沒有提出。想不到本書在臺印到七版，此種大錯誤，仍然存在。看到這些離奇的舛誤地方，使人顰蹙惋惜，覺著立志寫大學文學史的人，還可以這樣魯莽粗疏，不負責任，如何可以造成篤實求是的學風呢！

(五) 地理的錯誤

人、時、地，是構成歷史的三個重要條件。中國是泱泱大國，包括各種氣候與風土。文運發展有地理程序，鄉土風物也常常影響到作家的風格。從地理來分析文學，本來是研究文學史的一個途徑。我國有政治軍事地理，如《讀史方輿紀要》一類書是。文化地理，文學地理研究，還缺乏這種專著。本書全沒注意到這些觀點，本來不足為怪。書中講到作家的籍貫，有時附注現代地名，這本是很好的體例，只可惜作的不普遍。有時不求甚解，隨手一抄，卻造成了不少離奇的錯誤。以前評文所指出的，今本多已照改。有些古地名應當注現在所在而未注的也不少。上冊二二八頁「劉勰東莞莒人」，這指他的原籍，在今山東莒縣。但是晉明帝僑置的南東莞郡，是在南徐州，鎮京口。《梁書》本傳說，劉勰祖靈真，宋司空秀之弟。《宋書》卷八十一〈劉秀之傳〉說：「劉秀之字道寶，東莞莒人，劉穆之從兄子也，世居京口。」《宋書．劉穆之傳》，也有「世居京口」的話。京口是現在江蘇鎮江。日僧空海著《文鏡祕府論》卷一，直以劉勰為吳人。二三七頁「鍾嶸潁川長社人」，長社原籍故城在今河南長葛縣西。劉宋僑置的潁川郡在今安徽巢縣東南。這些都是應當注明的。二五七頁顏延之瑯琊臨沂人，下注「今南京附近」，這是就東晉僑置的臨沂縣注，所以不在山東臨沂，而在江寧。同頁「謝靈運陳郡陽夏人」，下注「河南太康附近」，忽然又就原籍的所在注。可見作者全無一定的體例。據《宋書．謝靈運傳》，他的父瑍、祖玄，並葬始寧縣（今浙江上虞），因有故宅及別墅，遂移籍會稽。又南京烏衣巷有謝氏邸宅，靈運的生長，不在始寧，就在建康，和河南太康是不會有什麼關係的。二六三頁「徐陵山東郯人」，東海郡有郯縣，在今山東郯城，劉宋僑置的東海郡治今江蘇漣水，郯縣卻在江蘇丹徒。把今地名「山東」，和古地名「郯」，隨便連在一起，又不想蕭梁初年的疆域（徐陵生梁初），如何能不使讀者惶惑呢？同頁「陰鏗甘肅武威姑臧人」，姑臧即今武威縣，這樣把原籍古今地名重疊在一起，又是一個怪例了。有些地名，極應當注所在，例如上冊五十六頁「莊子蒙人也」，蒙在何處？三九八頁賈島為長江主簿，長江縣何在？原書都不加注。明、清的地名，大部和現在名稱相同，當然無須加注。但如周濟荊溪人，梅曾亮、金和上元人，黃遵憲嘉應州人，荊溪併入宜興，上元併入江寧，嘉應改為梅縣，就應當加注，或直用現在的政治區劃，以求明瞭了。

(六)事實的錯誤

寫歷史最重要的是事實的正確。所記的事一有問題，書的價值就銳減了。本書在這方面也不免於顯著的錯誤。上冊二九六頁談敦煌卷子，北平存四八八八卷，見陳垣氏編《敦煌劫餘錄》（一九三一年刊），而以為六千卷，倫敦有七千卷，而以為六千卷。斯坦因氏為英屬印度政府所派遣，而僅舉其匈牙利籍，他所得的文物存於倫敦，就原委不明了。三四一頁說儲光羲「安祿山亂，陷賊，事平下獄，後貶至馮翊，尋卒。」馮翊當是「嶺南」之誤。下冊二一六頁談元代說：「在這一種情狀下，中國的學術思想，遭遇了最黑暗的時期。任何一本中國的哲學史或學術史，在這一世紀中，都留下了一頁空白。」我們只須一看《宋元學案》，《新元史》、《舊元史》的〈儒林傳〉、〈文苑傳〉，錢大昕、魏源的補《元史‧藝文志》，陳衍的《元詩紀事》等書，就知道這話並非事實了。下冊三〇三頁第四行，「王近溪」當是「羅近溪」之誤。（羅汝芳，號近溪，江西南城人，陽明四傳弟子，泰州學派大師，湯顯祖出其門下。）上冊一一四頁肯定司馬相如為淋病患者。「消渴」不能確定為淋病。杜甫詩，歐陽脩告老文，都自稱患渴疾，能說他們是淋病患者嗎？下冊二八〇頁記《趙氏孤兒》一劇本事說「晉靈公時，屠岸賈專權，殺害趙盾家三百口」，趙朔等雖是趙盾的後人，這時趙盾死已多年，說「趙盾家」就成問題了。四二八頁記清代的學風說：「黃梨洲、顧亭林、王船山、朱舜水一般人出來，大聲疾呼攻擊明心見性的空談，提倡經世致用的實學。這些人學問淵博，加以人品道德，能表率群倫，一倡百和，學風為之一變。」朱舜水以一個海濱秀才，在順治年間流亡到日本，一去不歸。他的教化影響，全在外國。中日海通以前，國人幾於不知道他的名字。他的書在國內有重印本是民國二年的事，如何可以影響清代的學風呢？黃梨洲出身王學，手編《明儒學案》、《宋元學案》，他也不是攻擊理學心性空談的人。王船山竄身荒谷，他的書大流行在太平天國失敗以後。所以這段話的正確性是大打折扣的。上冊四〇三頁記杜牧說：「他本是一個色鬼，一生風流自賞，問柳尋花。他幾首有名的絕句，大半都是青樓妓女的歌詠。社會民間的疾苦，在這種風流才子的眼裡，是從來不肯注意的。只有那一種浪漫香豔的故事，才是唯美詩人的好題材。」作者大概對於《新唐書》、《舊唐書》的〈杜牧傳〉，和《樊川集》都沒有詳細讀過，僅根據他失意廢放，浪跡江湖所作的一部分浪漫詩，下批評。其實杜牧少承家學，有經世之略，研討軍事，曾注《孫子》十三篇；性剛直，有奇節，敢論大事，指陳利病，瞭如指掌；所著〈罪言〉，尤傳誦於世（《新唐書》錄作〈藩鎮傳論〉）。會昌中李德裕為相，平澤潞，拓北疆，實隱用其策。其詩豪健跌宕，拗峭奇闢，借古諷今，力透紙背者亦不少。《四庫提要》至謂「風骨出元白上」，不可以把他和溫庭筠一流浮薄男子，等量齊觀的。下冊三百頁論王慎中、唐順之說：「他們覺得李、何一派的文章，死摹秦漢，詰屈聱牙，既不通順，又無生趣，乃倡為宋代歐、曾通順的文體，以矯何、李之弊。後來茅坤、歸有光為之羽翼，聲勢頗盛。李、何的氣燄，一時大為挫折。」王慎中、唐順之、歸有光並稱為嘉靖古文三大家。實際上歸有光長唐一歲，長王三歲，長茅坤六歲。《明史・文苑傳》把歸有光記在他們三人之後，是因為歸有光中進士最晚。王唐都經過「為文初主秦漢，謂東京下無可取」，後來才改風尚，學歐、曾。歸有光摹《史記》，倡古文，不在王唐之後，更不當放在茅坤之後。茅坤景仰唐荊川，可以說是唐的羽翼。歸似乎不曾受王唐的影響。他們是各自奮起，不謀而同罷了。上冊一六五頁說：「東漢末年黨禍的大屠殺，不僅封住了讀書人的口，連心也被摧殘得破碎了。再如魏晉時代的孔融、禰衡、楊脩、丁儀、丁廙、何晏、嵇康、陸機、陸雲、潘岳、劉琨、郭璞等人的慘死，都是令讀書人寒心的事。難怪郭泰、袁閎、申屠蟠之流，住的住土穴，躲的躲樹洞，韜光遁世，都做了《高士傳》中的高士了。」這段文字問題很多，郭泰、袁閎、申屠蟠三人雖然趕上見東漢末黨錮之禍，可是他們決意隱遁作高士，卻遠在黨錮事起以前。孔融、禰衡、楊脩都死在曹丕篡漢以前，不能算作魏人。寫了許多魏晉名士慘死之後，而承以漢三賢的高蹈，而三人又不標明時代，讀者很容易誤會為：他們受死者的刺激而避世。這能說文章「有倫有序」嗎？

(七)字句錯誤

本書字句的錯誤相當多，前評文舉出四十多條，都經中華書局編輯部一一照改。但詳細校閱，還有不少錯誤，分記如下：

下冊二十九頁，已經據我的評文，改「馮延己」為「馮延巳」，但是二十八頁還有三個「馮延己」，七十一頁還有兩個「馮延己」未改，所以全書是巳己並見，而且是己多於巳。焦氏筆乘云：「釋氏六時，可中時巳也，正中時午也。」馮字正中，則為辰巳之巳，巳嗣亦同音，諸本作「己」者均誤。

下冊二七〇頁，「闞漢卿號己齋叟」，查《錄鬼簿》各種版本均作「已齋」，天一閣抄本《錄鬼簿》，明孟氏刊《酹江集・附錄》，均作「已齋」，已殆取已止之意，《論語》所謂「已而，已而」。《永樂大典》卷四六五三天字韻引《析津志・名宦傳》：「關一齋字漢卿，燕人。」一齋與已齋，音同，義亦相近，諸書作「已齋叟」者，殆均為抄寫之誤。

下冊一一五頁，「楊炎正（字濟翁，廬陵人）」，應改作「楊炎（號止濟翁，廬陵人）」。這位《西樵語業》的作者，見《詞人姓氏錄》，《詞綜》卷十五，《四庫提要》卷一九八。

下冊一〇二頁，「俞理燮」應改作「俞正燮」或「俞理初」。《癸巳類稿》的作者俞正燮字理初，不可以名字夾用。同頁八行，「晁次鷹」之「鷹」應改作「膺」，十行「知之者可」，「可」應作「少」。

下冊二五三頁第十一行，「楊椊」，「椊」當作「梓」。上冊一三〇頁，「李程」係「李郢」之誤。

下冊四六〇頁第十行，「莊棫字白石」，「白石」當是「中白」之誤。

以上六條，都是嚴重的人名錯誤。以下再訂正些普通錯誤：

上冊八頁第九行引《易經》「履九二」，係「履六三」之誤。

上冊三十二頁十行引《詩經・小雅》「雨無止」，係「雨無正」之誤。三十三頁十二行引「大雅節南山」，「大雅」係「小雅」之誤。二十七頁第六行「歧」係「岐」之誤。

上冊八十四頁八行，「鯤」係「鵾」之誤。九十二頁九行「盧文紹」，「紹」係「弨」之誤。

九十九頁一行，「乘家牝者」之「家」係「牸」之誤。

上冊一百頁第六行「執」係「勢」之誤。一〇七頁八行「蓄」是「蓋」之誤。一一三頁四行「黽」是「龜」之誤。一一九頁第十一行「玉弦」是「五弦」之誤。三〇四頁第六行「傾大眾」是「領大眾」之誤。三一三頁第七行「目」係「字」之誤。三一九頁倒三行「痕」係「莖」之誤。

上冊一一四頁第一行「丰肌」係「豐肌」之誤。下冊二〇五頁末行「豐儀」係「丰儀」之誤。上冊二七九頁十一行，「先軀」係「先驅」之誤。

上冊一六六頁第一行「阮藉」應作「阮籍」。一六八頁倒四行「與神為營」，「營」為「晢」之誤。一七九頁十一行「流河」係「流沙」之誤。一七六頁十一行「靈豁」係「靈谿」之誤。

上冊一二〇頁十行「拖」係「柂」之誤。一三九頁五行「冬處」係「冬雷」之誤。一八〇頁十行及倒二行「法宛」係「法苑」之誤。二二六頁第二行「曲雅」係「典雅」之誤。二二三頁第十行「牽」係「褰」之誤。二三九頁第五行「費奇」係「貴奇」之誤。三〇三頁倒二行「聞聲」係「聲聞」之誤。

下冊二十頁第一行「邊虞」係「邊隅」之誤，「已」係「只」之誤。第三行「啼時」係「鶯啼」之誤。

下冊二十三頁第六行「談」係「讀」之誤。五十頁倒五行「千」係「于」之誤。五十六頁第五行「反於」係「反而」之誤。五十七頁第三行「僻」係「癖」之誤。七十一頁倒四行「此」係「世」之誤。七十四頁八、九行「君寵」係「君龍」之誤，倒六行「運蹇」係「連蹇」之誤。

下冊二四一頁倒六行「緇袂衣裳」係「縞袂綃裳」之誤，倒一行「棟折」係「凍折」之誤。二五九頁第一行「田」係「四」之誤。二〇九頁六行「如凜冽」係「加凜冽」之誤。二九〇頁第一行「奇」係「哥」之誤。二九一頁五行「計」係「記」之誤。三百頁倒四行「既」係「即」之誤。

下冊二二二頁第一行「元叔」係「叔元」之誤。四六四頁倒三行「空谷音」係「空谷香」之誤。四六五頁第四行「冷風閣」係「吟風閣」之誤。

前面所舉，大部分是引用原著或人名書名的訛謬。引用原著的目的，是表現原作品的風格技巧，用作說明批評的證據。這些離奇的錯誤，等於把原作弄成千瘢百瘡，點金成鐵，引用的目的也就難於達到了。專名詞的錯誤，如果讀者沒有現成知識，是無從發現的。甚至於根據錯誤的新知識，修改正確的舊記憶都說不定。文字的錯誤以外，標點的混亂也有，例如上舉的〈陌上桑〉及上冊三五〇頁一行引的岑參詩，句讀就錯到不能讀。文字不錯而說法不合習慣的地方也常有，例如上冊二四九頁記西曲的作者，把簡文帝放在梁武帝前邊，是子先於父。下冊四四〇頁記曾國藩的幕僚吳汝綸的門下多人，稱名稱字稱號，全無一定。柳子厚年里不注在古文運動之柳宗元下（二八二頁），而注在王孟詩派之柳宗元下（三四五頁），亦嫌顛倒。這雖屬瑣節，作為文學史的文字，也是不夠縝密的。

以上都是就本書內容立論，如果求全責備，從體例上檢討，則本書全以文字構成，缺乏文學史物圖像，不能助感興而增趣味。缺乏年表，讀者不容易有正確的時間觀念。缺乏參考書目、引用文獻目錄，讀者不能據以求相關資料，作進一步研究。書中隱栝鎔裁他人著作論文以入篇章的地方，也不容易尋原著比勘互證。缺乏索引，講述的人作品數量，詳略分配，都難於統計考察。至於國內漢民族以外的異民族接受漢文學陶冶，所產生的作品，中國文學對於四周國家的影響，中國民族、地理、語言文字對於文學特徵的關係，文學史演變大勢對於新文學建設的啟示，乃至於最近半世紀的現代文學史，本書或語焉不詳，或全付空白，我們在這裡也只好撇開不談了。

---

❶ 劉氏書是半世紀以來，中國編著中國文學史的最後鉅著。這部書在自由中國還很流行，有不少讀者受它的影響。據香港的書目，大陸也有古典文學出版社的新版。偽復旦大學教研組並且有《中國文學發展史批判》出版。這書的第一冊第八頁曾說：「就是現在最殘暴的共產集團，每天都在那裡焚

書坑儒，其野蠻殘酷，有十倍於始皇時代。一般人似乎都可原諒，這情形實在是可痛恨的。」當時他所指斥的自然是蘇俄，現在當然適用於中共。他的書之大加改削，隨時成為清算鬥爭資料，是可以預料的。所以我詳細批評它。作者事跡略據橋川時雄編《中國文化界名人圖鑑》（昭和十五年中華法令館版）六六九頁，近藤春雄著《現代支那之文學》（昭和二十年十一月京都印書館版）四五四頁。作者曾譯廚川白村著《走向十字街頭》，昇曙夢著《現代俄國文藝思潮論》，菊池寬著《妻》、《模倣》、《輿論》、《時間與戀愛》、《戀愛病患者》。編著有《易卜生研究》、《托爾斯泰研究》、《表現主義文學論》。創作小說有《支那女兒》、《盲詩人》、《昨日之花》、《渺茫的西南風》、《她病了》。

❷ 原書序文臺北重印本，全文刪去，所以抄補以供參考。

中國文學史十一種述評

兩年前余輯〈中國文學史書目〉，收中外撰著二百六十二種，刊於東海大學《圖書館學報》第二期。匆遽成篇，竟引起不少同好注意，或補闕遺，或正訛誤，高誼隆情，至可銘感。有以求書困難，建議翻印文學史舊著叢書者。有通函討論某書之是非得失者，有請抄示某書之序例目次者。詳言為暇晷所不許，緘默則負商搉之厚意，因倣劉向《別錄》、紀昀《四庫提要》之例，擇書之較流行曾詳讀者，略加詮釋，間附札記，付之手民，以就正於友朋云。

一書之自序例言，或述撰著經過，或標別裁心得，或評隲昔賢成書，或揭示研究方向，見仁見智，實為全書要領。故善讀書者，莫不特別重視。至於名賢所作序文，常為本書之評論介紹。李南紀之序昌黎，師之久而知之深，歐陽永叔之介聖俞，情既深而文亦明。聲應氣求，相得益彰，揄揚箴規，一言九鼎。不知其人觀其友，不知其書觀其評介之詞，亦可粗得梗概。本篇撮錄各書序跋，意在於此。絕版難得之書，有序例等於翻印其要略。臺灣重印刪序跋作者之書，得本篇亦可以補成完璧。

讀其書必然欲知其人。《四庫提要》例敘作者爵里，正史有傳者從略，而隱僻者則詳加考索。本篇略記作者里貫履歷，並及其他關係著作名稱出版處所年代等，既便參證，亦資博聞。惟才人多方，書或總雜。其翻譯創作，文藝作品之性質全殊者，則暫從省略。我國缺乏當代名人辭書等著，知今之難，甚於考古。多方鉤稽，訛誤仍恐難免。如蒙指示，無任拜嘉。

近年坊本疏於校勘，魯魚亥豕，習為固常。凡所閱過之書，遇有誤字，隨筆批記，丹黃粲然，率不能免。簡評重在大體，凡引據字誤之處，多未涉及。惟移錄序文中，有顯屬文字訛誤者，輒為校正。年代人地，有加注益明者，則以括弧標記於下。

本篇重在揭示原著之特點與內容。末學瓠落，未敢辨章學術，進退群賢。偶有感觸，不過隨時札記性質，由書眉迻錄一二，略供參考而已。

凡一書之所著錄者為書名、著者、初版年月處所（有臺灣近年重版者附記）。全書所分章節數、起止、頁數、著者傳記、作品目錄、自序、例言、他序、題跋，簡評等以次摘記，不詳則闕。無關宏旨之序文從略。書之流傳影響，外國迻譯，茍有可考，並著於篇。

總覽中國文學史研究之歷程，五十年來進步之跡顯然。以範圍言，則由泛濫龐雜之學術史，進而至純正文學史。以史料言，則由真偽不分，篤信傳說，進而至明辨時代，探求真相。

以史觀言，則由退化論，變為進化論，由主觀之印象批評，進而至客觀之事實闡釋，精深正確，極有意義。然新趨勢亦有可議者：求珍異於殘篇斷簡，忽家弦戶誦之書；誇新奇於截搭飣餖，棄年經事緯之規。雖聳觀聽，難成定論。亦或自負三長，宏篇立就。心不細而膽大，理不直而氣壯。蓋有文采斐然，莫知所裁者。記有之：「前事不忘，後事之師也」，治文學史者，得舊著而斟酌之，其亦或集思廣益，後來居上之一道乎。再本篇資料收集，實得郭宣俊君之助，特此致感。民國五十一年（一九六二）七月十五日。

一　林傳甲編《中國文學史》

《京師大學堂國文講義》，日本東京弘文堂發行，清光緒三十年（一九〇四）編，宣統二年石印本，線裝兩冊。

〔作者〕林傳甲，字歸雲，福建閩侯人，曾任京師大學堂教師。民國十三年汪劍餘改編其書，江亢虎序詩有「新編乍展愴人琴」之語，似當時林氏已逝世。

〔江亢虎序〕吾友林子歸雲，著書才也。年二十，著書已等身，聲譽半天下。甲辰（光緒三十年，一九〇四）夏五月，來京師主大學國文席，與余同舍居。每見其奮筆疾書，日率千數百字。不四閱月，《中國文學史》十六篇已殺青矣。吁亦偉哉！或曰古之著書者，瘁畢生精力，所得常不能累寸，而勒成書以問世，尤致兢兢焉。或且夷然不自屑也。今林子乃於匆匆百日間，出中國空前之鉅作，不已難乎。余謂是不然，天下惟視事甚難，而事乃卒無一就。故善治牛者目無全牛，惟其易也。夫著書至難事也，而林子猶易之。天下更何足以難我林子者。異日出其身以任天下事，猶之是書也。任事則成事之始也，其亦何議。況林子所為非傳家書而教科書，因將詔之後進，頒之學官，以備海內言教育者討論焉。其不可以過自珍祕者體裁則然也。雖然，學問者無窮之事業，人類者進化之動機。他日者國民程度益以高，林子學識益以大，乃徐取其少作而芟夷刊定之，使底於至精且粹，或復屬不敏為之操觚揚搉之，則天下躊躇滿志者，寧有過是歟。故余非第序林子今日之書也，余且為學界之前途企也。光緒甲辰季冬之望，弋揚江紹銓序。（江紹銓，號亢虎，江西上饒人，歷任日本東京帝大、美國加州大學華語教師，社會黨首領。曾譯《唐詩三百首》為英文。）

〔作者敘記〕右目次凡十六篇，每篇十八章，總二百八十八章。每篇自具首尾，用紀事本末之體也。每章必列題目，用《通鑑綱目》之體也。大學堂章程曰，日本有中國文學史，可仿其意，自行編撰講授。日本早稻田大學講義尚有中國文學史一帙。我中國文學為國民教育之根本。昔京師大學堂未列文學於教科。今公共科亦缺此。傳甲課於優級師範生分類後，始講歷代文章源流，實為公共科之補習課也。然公共科文學每星期三小時，分類科文學每星期六小時。此半年之程度，實足與公共科全年程度相符。大學堂研究文學要義，原係四十一款。茲已撰定十六款，其餘二十五款，所舉綱要已略見於各篇，故不再贅。傳甲更欲編輯中國初等小學文典，中國高等小學文典，中國中等大文典，中國高等大文典，皆教科必需之課本。否則仍依大學堂章程編輯歷代名家論文要言，亦鉅製也。或曰中國文學史義取簡約，古今一律。然國朝文學昌明，尤宜詳備甄採。當別撰國朝文學史，以資考證。傳甲不才，今置身著述之林。任事半年，所成止此。昔初編講義時，曾弁短言，為授業豫定書。今已屆一學期，爰輯期內所授課為報告書，由教務提調呈總監督察核焉。光緒三十年十二月朔侯官林傳甲記。

〔簡評〕本書為用新體例所編最早之中國文學史。不四月成書，可見其草率。定名設科，均學日本。自稱仿笹川種郎（臨風）《中國文學史》（明治三十一年，一八九八年八月東京博文館初版，笹川東京人，東京大學國史科畢業，卒一九四九年，年八十，文學美術評論家，別著有《日本文化史》，《江戶文藝史》等書。）之意成書。全書四十篇，先成十六篇，每篇約三千餘言。篇目如下：一歷代文字演變，二古今音韻演變，三名義訓詁變遷，四治化詞章與世運升降，五立誠詞達為文章之本，六有物有序有章為作文之法，七群經文體，八周秦傳記雜史文體，九周秦諸子文體，十前四史文體，十一諸史文體，十二漢魏文體，十三南北朝至隋文體，十四唐宋至今文體，十五駢散古合今分之漸，十六駢文又分漢魏六朝唐宋四體之別。其內容似國學概論、文學概論、文學史之合體。每章標題揭示內容主旨，體例有似皮錫瑞之《經學概論》。

二 汪劍餘編《本國文學史》

汪劍餘改編《本國文學史》，平裝一冊，民國十四年四月上海新文化書局初版。全書二四八頁，約七萬五千字。自序作於甲子冬（民國十三年）。分十四章，二百四十二節。起第一章文字之變遷及文藝概論，止於十四章十八節清代駢文之盛，及民國駢文之廢。前附江亢虎乙丑春題詩：「舊序重繙憶賞音，新編乍展愴人琴，滄桑世變斯文在，珍重傳薪又自今。」

本書大體以林傳甲《中國文學史》為藍本，而著者自出機軸之處亦不少。以文體為綱，以作風派別為子目。以散文、歷史、駢文為主。詩、詞、小說各只一節。依林氏例，攙入文字學、聲韻學、訓詁學、經史學。第六章有所謂「黃帝素問靈樞創生理學心理學文體」，「神農本草創植物學文體」；第七章有「管子搠法學通論之文體」，「孫子搠兵家測量火攻各法文體」，「墨子發明科學新理之文體」，「老子創哲學家衛生家之文體」，「列子創中國佛教之文體」等節。更誤以元丘處機（長春真人）《西遊記》與明吳承恩之《西遊記》（第一章二十一頁）混為一談。

三　曾毅著《中國文學史》

曾毅著《中國文學史》，全一冊，三百三十五頁，約十五萬字，民國四年九月上海泰東書局初版。分五編一百一十五章。起緒論第一章文學史上之特色。終第五編十五章結論。全書用淺近文言。

〔作者〕曾毅字松喬，湖南漢壽縣人，曾留學日本，任松江常州中學教員。

〔石門螯叟序〕文字之有古今，非時代為之，人心為之也。文字之大別，古厚而今薄，古質而今華。氣息既顯有區分，體格愈降而卑靡。然茫茫宙合，曾是別有天地山川人物於其中，以為之厚為之質乎？無有也。造端乎人心，因而釀成為風氣，時代之分。風氣之尚，蓋豪傑亦不能自拔，固無論凡民已。故欲追先民之矩矱，摹前哲之典型，必自正人心始。昔者戰國之俶佹極矣，而兩漢則樸茂迥異。六代之淫靡極矣，而三唐則凝重有加。寧漢唐古而前乎唐者轉今乎？人心有醇厚澆詐之不同，而文字之流露因之也。曾君松喬湘西名士，嘗究心樸學。以文字教授郡人子弟。癸丑（民二）東渡，尤汲古不倦，而有慨於近代文字之日趨脆弱。思起而振其衰，則取中國自有文字以來諸家，區其朝代，別其體裁，為之綱目，並其生平以臚列之，名曰「中國文學史」。雖時期劃然其不紊，而派別之流衍，實隱繫以人心之隆汙。蓋欲以正人心者正文心。其辭甚隱，其意甚顯也。嗚呼，此則真所謂史也已。撰著既竟，持以示余，且屬以一言弁首。余以其所持之隱也，為書所見以歸之。亦尤冀讀是篇者之有以察其微也。民國四年秋石門蟄叟序於日本江戶。

〔作者自序〕客歲秋，泰東圖書局主人，以書抵予，囑編中國文學史。予以茲事體大，方有事於政治經濟之學，未暇也。既而又得書，俾擇東籍善本譯之。予以為此類書籍，本無庸轉販他邦。然欲自為編述，則事屬創始，業匪專門，良不易易。夫禮失求野，果東鄰文獻，有足供吾人之採獲者，夫亦何嫌而不為。既就書肆發而觀之，蓋未嘗有一合者。雖其中不無一二可取，而大體既乖，自難依據。蓋吾國數千年文學，其間源流派別，變遷升降之形，極為蕃賾。自非寢饋親切者，不能言之纚纚。以異國人治異國之學，其為隔韡搔癢，宜矣。毅生鄙蹇，嘗以為吾國數千年文史，散居故籍，以今科學萬亟，顧使承學之士，望洋興歎，而自沮於溯洄之無從，豈非有心世道君子憂耶！不揣膚淺，謹博徵往策，撮為五編，以應泰東主人之命，供好事者覆瓿之一用耳。以云著述則吾豈敢。民國四年歲乙卯秋，（湖南）漢壽曾毅自序於日本江戶。

〔凡例〕一、本篇體製，劃分四期敘述，而以緒論總其端，蓋本自東籍也。此種編纂法，現今各種歷史多從之。

一、本篇為供普通參考而作，不敢過繁，使閱者有惛然難於卒業之感。亦不敢過簡，致閱者索然寡味，不能得系統之觀念。詳略得中四字，編者所欲遵守也。

一、古人著書，不避因襲。班史之於馬遷，郭注之於向秀，迹似出於剽竊，實各自有精神。本篇撰述，意搜眾長，不矜己出。若其大旨所在，於己有不安者，每抒獨見，不肯苟同。

一、文人面貌，必藉文辭始顯。是以班志相如，范傳杜篤，辭賦以外，寥寥數言。是篇網羅古今文人，自難用此先例。意在標舉大勢，不同文苑之林。故惟取評論，以表見其內容。其有關輕重之文而非常見者，則略存梗概。至詩文評論，往往有對於一家不勝縻列者。篇中遇此等處，或棄或取，或詳或略，一求其當。不比選本刻集，標好尚，主網羅也。

文學之變遷升降，常與其時代精神相表裡。學術為文學之根柢，思想為文學之源泉，政治為文學之滋補品。本篇於此三者，皆力加闡發，使閱者得知盛衰變遷之所由。

一、本篇以詩文為主，經學史學詞曲小說為從，並述與文學有密切關係之文典文評之類。

一、風氣之移轉，每主因於一二有力者。其他多屬陪客。篇中或單敘，或合敘，或總敘，或附敘，一視其輕重為詳略焉。又隨宜乘便，往往有超敘於前，或追敘於後者，未嘗有成格也。

一、文學史材料，不患不多。而多之弊，則在剪裁難工，串穿不易。本篇務攬宏綱，不尚博覈。事有稽而匪臆，文期約而能該。又捃摭浩繁，不及一一注明所出，並非掠美，實避煩苛也。

一、吾國學術之精深，似以有宋一代為極盛。篇中累累稱之，非有門戶家意見也。蓋宋學之可貴，取足以代表東亞之菁華。而東亞致弱之由，亦未必不坐於是。恐閱者忽不及察，特誌之以供注意焉。

〔簡評〕體例編排以作家傳記為主，按時代排列，里貫有無詳略不定。唐以前較略，唐宋作家漸詳，至清代則大體具備。全書以述詩散文（古文）為主。小說戲曲較少論列。全書論及小說戲曲者僅四章，約占全書二十分之一；取材廣泛，史學、哲學、訓詁學、八股文都有專篇記敘，惟較之林傳甲書研討範圍已略狹。

全書多取評論，甚少引用作家原著，總計全書僅引詩文十六首，為《詩經・衛風・伯兮》，謝朓〈離夜〉，沈約〈翫底柳〉，王融〈臨高臺〉，范雲〈巫山高〉，馮衍〈遺田邑書〉及〈顯志賦〉，劉伶〈酒德頌〉，梁武帝〈江南弄〉，沈約〈六憶〉，李白〈憶秦娥〉、〈菩薩蠻〉，張志和〈漁歌子〉，及朱熹、陸九淵鵝湖會之唱和詩三首。

胡雲翼評本書說「完全抄自日人兒島獻吉郎之原作（案指《支那文學史綱》，一九一二年七月東京富山房出版，兒島為文學博士，曾任東京高師教授），又未能更正兒島氏之錯誤處，故亦不足取。」

實不合事實。本書行文條暢，結論譏諷模倣，用典，倡導適時應用，實為文學改革論之先驅。缺點為考訂疏闊，輕信偽書，引用成說與著者意見混淆不分。

四　謝无量著《中國大文學史》

謝著《中國大文學史》一冊，共六二五頁，約三十萬字。民國七年十月上海中華書局初版，五十六年三月臺北重印本，全書分十卷五編六十三章一百五十九節，第一編為緒論，迄於第五編第五章道咸以後之文學及八股文之廢。

〔作者〕謝无量原名蒙，四川梓潼人，井研廖平弟子，曾任雲南大學，上海中國公學教授，中華書局編輯，國民政府監察委員。著有《中國婦女文學史》（民國五年中華書局版）、《中國六大文豪》（中華書局）、《平民文學之兩大文豪》（十五年商務版）、《楚辭新論》（十三年商務版）、《詩經研究》（十二年商務版）、《中國哲學史》（十九年中華書局）、《古代政治思想研究》（十二年商務版）、《朱子學派》（十七年中華版）、《詩學指南》、《駢文指南》、《詞學指南》（以上均中華版）等書。

〔例言〕本書第一編第五章關於文學史之著述及本編之區分，實即全書例言，抄錄如下：

> 文史之名，始於唐吳兢《西齋書目》，歐陽脩《唐書・藝文志》因之。於是後之作史者，

並於總集後附列文史一門，錄《文心雕龍》、《詩品》以下諸評論文學之書。宋《中興書目》曰，文史者，譏評文人之得失也，故其體與今之文學史相近。

《四庫提要．詩文評類．敘》曰：「文章莫盛於兩漢，渾渾灝灝，文成法立，無格律之可拘。建安黃初，體裁漸備，故論文之說出焉，《典論》其首也。其勒為一書，傳於今者，則斷自劉勰鍾嶸。勰究文體之源流，而評其工拙。嶸第作者之甲乙，而溯厥師承，為例各殊。至皎然《詩式》，備陳法律。孟棨《本事詩》，旁採故實。劉攽《中山詩話》，歐陽脩《六一詩話》，又體兼說部。後所論著，不出此五例中矣。宋明兩代，均好為議論，所撰尤繁。雖宋人務求深解，多穿鑿之詞。明人喜作高談，多虛憍之論。然汰除糟粕，採擷菁英，每足以考證舊聞，觸發新意。」

按古來關於文學史之著述，共有七例。

一、流別　摯虞《文章流別》，任昉《文章緣起》，為一類。此專別文體者也。後世如吳訥之《文體明辨》，徐師曾之《詩體明辨》之類宗之。劉勰《文心雕龍》為一類，總論文體源流而兼及其優劣者也。後世劉知幾之《史通》，章學誠《文史通義》之類宗之。

二、宗派　鍾嶸《詩品》，其論詩必推其源出何人，而後評其優劣。流為張為之《主客圖》，呂居仁之《江西詩派圖》等。（後有詞品曲品之類，以數語評作家優劣，亦出鍾嶸）

三、法律　皎然《詩式》，齊己〈風騷旨格〉，並論文章法律。降如聲調譜之類，皆其流也。

四、紀事　孟棨《本事詩》，始以事系詩。後有計有功之《唐詩紀事》，及厲鶚《宋詩紀事》等。

五、雜評　魏文帝《典論》，始雜評當時文人。宋以來詩話之體大行。或偶論一人，或間章斷句。雖頗掎摭利病，而敘述不甚有紀。

六、敘傳　荀勗《文章敘錄》，兼載文人行事。張隲始為《文士傳》。及辛文房《唐才子傳》，歷史文苑傳等，皆此類也。

七、總集　摯虞撰《文章流別》，又為《文章志》，以集錄文人篇章。及《文選》、《玉臺新詠》出，立後世總集之規模，皆掇其菁華，以為楷式者也。

今世文學史，其評論精切，或不能逮於古。然實奄有以上諸體以為書。且遠溯文章所起，暨於近世。皆其源流，明其盛衰。其事誠尤繁博而難齊也。以屬於歷史之一部，故分為上古中古近古近世四期。由五帝至秦為上古，由漢至隋為中古，由唐至明為近古，清一代為近世。每期各分章節，先述其時勢。次及文人出處，製作優劣。附載名篇，以資取法焉。

〔王文濡序〕我國為文明最古之國，而所以代表其文明者，僉曰文學。蓋其發源至遠也；

分類至夥也；應用又至繁也，瀏覽全史，文苑儒林，代有其人；撫書郢說，人有其著。而文字之孳乳，體格之區別，宗派之流衍，雖散見於各家著述中，而獨無一系統之書，為之析其源流，明其體用，揭其分合沿革之前因後果。後生小子，望洋興歎，蹙額而無自問津。此文學之所以陸沉，憂世者駸駸乎有用夷變夏之懼焉。安壽謝先生无量，精於四部之學，旁通畫革之文（所著有《中國六大文豪》、《中國哲學史》、《中國婦女文學史》、《婦女修養談》、《實用文章義法》、《佛學大綱》、《國民立身訓》、《孔子》、《韓非》、《朱子學派》、《陽明學派》、《王充哲學》、《駢文指南》、《詩學指南》、《詞學指南》等書）。以世界之眼光，大同之理想，奮筆為之，提綱挈領，舉要治繁，品酌事例之條，明白頭訖之序，覈名實而樹標準，薄補苴而重完全，百家於是退聽，六藝因而大明，如日月之徑天，如江湖之行地，而後有志於此者，不至有扣盤捫燭之訛，得一漏萬之慮焉。其功顧不偉歟！我友昭明黃君摩西之言曰：「彥和雕龍，子玄抽象，尚足衍向、歆之家學、為游夏之功臣。變遷至今，可無後盾？則此文學史者，不僅為華士然犀之照，且可為樸學當璧之徵。」（按黃君高才博學，曾任大吳大學堂教員，撰《中國文學史》作課本，議論奇偉，頗有獨見。惜援引太繁，且至明而止，未為完簡。此則其總論之結語）質諸謝君，當不河漢斯言也。

民國七年十月吳興王文濡謹識（案王文濡字均卿，浙江吳興人，曾任上海文明書局編輯主任，編有詩文評注讀本多種，參看本書二四九頁。）

〔簡評〕本書在早期出版文學史中，分量最多，源源本本，首尾完整，不負大文學史之名。撮錄文學掌故及批評，取材廣博，選擇排比，亦見匠心。以朝代為順序，再分體分派說明，正統作品，包舉無遺。經學史學哲學文字聲韻等學術與文學之關係，亦能提要鉤玄，實為中國文學史空前傑著，功力遠勝林傳甲、汪劍餘之書。風行一時，十年間重印至十三版，並非無因。後出著作，亦多取材於此。（例如劉大杰《中國文學發展史》第十七章（下冊五十七頁）引《朱子語類》千三百餘字長文，即抄自本書第四編第十三章四十九頁，因誤字相同）至本書缺點為：一、論述廣義文學，有類學術史。二、輕信傳說，不辨真偽，如以《儀禮》、《周禮》、《爾雅》為周公作，《山海經》為伯益作，《穆天子傳》為西周史官作，《神異經》、《十洲記》為東方朔作之類。三、信依託妄誕之緯書偽書，高談荒古五帝文學。四、評論概引陳言成說，缺乏創見別裁。五、小說詞曲論述簡略，如唐代傳奇，竟未道及。

五　顧實著《中國文學史大綱》

顧實著《中國文學史大綱》，一冊三百三十一頁，約十四萬字。東南大學叢書之一，民國十五年商務印書館初版。

〔作者〕顧實字惕生（一八七六—），江蘇武進人，日本大學法科畢業，曾任兩廣優級師範，國立東南大學，上海滬江大學，上海正風文學院教授。別著有《漢書藝文志講疏》（十四年商務版）、《莊子天下篇講疏》（十七年商務版）、《穆天子傳西征講疏》（二十三年商務版）、《中國文字學》（十四年商務版）、《楊朱哲學》（二十年南京東方醫學書局版）等書。

〔內容及著作目的〕本書共十三章七十五節。首章太古文學，末章清代文學。書無序跋，但第一章第一節總說中，曾論及寫作目的如下：

「又今世通談，以文學與科學相對立，表示心之活動力二大派，文學為情志之活動，科學為智識之活動。然屬於研究文學者，則仍科學之事也。文學之研究法有三，一歷史法（Historical method），二傳記法（Narrative method），三批評法（Critical method）。歷史法者，以歷史之目光而研究之，傳記法乃特注重個人之遭際，然皆不能不出以批評之態度。況傳記本為歷史所包，故文學史實可兼舉三法，而為研究文學最重要之一法也。

要之，文學史者，就一國民，依秩序而論究其文學之發達者也。今標題曰中國文學史，其研究之對象，即為中國之文學作品，不待言也。大凡所謂藝術，以形式內容兩方面之調諧，為最上乘。故中國文學之研究，亦於此兩者，不設輕重之別，一也。一切藝術之作品，因於時代共通之思潮，與個人獨特之癖性，結合而形成焉者，故於文學之內容，又恆不能不截然區別此兩者，二也。今也依據如上之根本二大原則，以為研究，加之，記述務極簡易明瞭，故以公平之賞鑑(Appreciation)，精確之批判(Criticism)，而下合於理論之斷定，始終一貫成之，此本書之所自任也。」

〔簡評〕本書依朝代先後講述。大約每朝一章。如「兩漢文學」、「唐代文學」、「宋代文學」是。有因資料缺乏，或年代過短而總合論述者，如「太古文學」、「三代文學」、「魏晉文學」是。春秋戰國時代，依地區作為劃分標準，如三、四、五章皆「周末文學」，卻以「北方文學」、「南方文學」、「中部思潮」分別講述。五代文學，未列專章。孔子、孟子、荀子、左丘明、老子、列子、莊子、管子、韓非子各占一節。後世作家得獨占一節者僅有陶淵明、歐陽脩兩人。所引多係評介探討文字。甚少引用原著詩文。

先秦文學共一百十六頁，占全書三分之一。宋詞，在宋文學一章八節中，只占一節（亦為全書論詞僅有之一節）；第四節論三蘇父子，以五頁詳論東坡詩文，論及其詞者只數語。謂雜劇、傳奇、小說為輕文學（第二百五十頁），以別於正統文學。皆不免偏頗。全書前半涉及學術思想史。後半以詩文為主，點綴以小說詞曲。書以日本著作為藍本，直譯生澀之語句，彌望皆是。承襲外人謬說，自相矛盾之處，時亦不免。例如第二十頁謂：「荒寒洪大……水害孔多，其恐慌不堪言狀……譬如子女，育於極亂暴之父母掌中，而欲得優良之結果也難矣。」顯為東人侮蔑我國之妄論。二四九頁謂：「元帝室不幸早亡，假若永存，則漢族在異種統治之下，鍛鍊而成勁烈之人種，亦未可知。自元而後，中國之詩文，要為戰敗國之文學，根本先罹不祥，對於國運之振張，大有妨害。」可謂妄誕莫知所云。二六九頁評《三國演義》云：「三國時代之英雄曹孟德，用權謀馭人，寧為天真爛漫之可愛者，而以忠亮大節稱之諸葛亮，轉成可惡之策士一流，尤不能令人感服也。文詞亦斷片有佳趣處，不能云完璧也。」二〇三頁評白居易詩云：「彼性善製作而取材卑近，時常作詩也。今日亦有類此無聊之詩人，博當世之稱揚，作士女之導師者，總之俗眼甚低也。抑若此者，或於詩為瀆冒，而將逢彼巴拿斯(Parnassus)山頭繆斯(Muses)神之怒也。」作者文字之拖沓，見解之離奇，用語之輕薄，有如此者。三二〇頁評李笠翁〈閒情偶寄〉云：「足之用維何，瘦欲無形，越看越生憐惜，此用之在日者也。柔若無骨，愈親愈耐撫摩，此用之在夜者也……此固就中國女子而論，然其大部分，無論何國，皆為適當之矩準也。」以往昔歌頌纏足之文，推為世界矩準，出現於民國十五年之大學叢書中，真可謂不可思議。此外如三十頁信《山海經》為禹益所作，九十九頁信《韓非子．初見秦》篇為韓非文，一九三頁以曹植為曹操少子，一五七頁以阮籍〈詠懷詩〉為作於魏明帝時，又以為明帝愚庸暗弱，司馬氏將逞篡奪，皆不免疏失妄言，強不知以為知之誚。

六　胡適著《白話文學史》

胡適著《白話文學史》上卷，一冊四七八頁。約二十一萬字。民國十七年（一九二八）六月新月書店初版，民國四十六年臺北啟明書局重印。全書共分十六章，起於第一章古文是何時死的，迄於第十六章元稹白居易。前有引子：我為什麼要講白話文學史呢？

〔自序〕民國十年（一九二一），教育部辦第三屆國語講習所，要我去講國語文學史。我在八星期之內編了十五篇講義，約有八萬字，有石印的本子，其子目如下：（略）。

後來國語講習所畢業了，我的講義也就停止了。次年（一九二二）三月廿三日，我到天津南開學校去講演，那晚上住在新旅社，我忽然想要修改我的「國語文學史」稿本。那晚上便把原來的講義刪去一部分，歸併作三篇，總目如下：

第一講漢魏六朝的平民文學

第二講唐代文學的白話化

第三講兩宋的白話文學

我的日記上說：

……原書分兩期的計劃，至此一齊打破。原書分北宋歸上期，南宋歸下期，尤無理。

禪宗白話文的發現，與宋京本小說的發現，是我這一次改革的大原因。……

但這個改革還不能使我滿意。次日（三月廿四日）我在旅館裡又擬了一個大計劃，定出國語文學史的新綱目如下：（略）

但這個修改計劃後來竟沒有工夫實行。不久我就辦《努力週報》了；一年之後，我又病了。重作「國語文學史」的志願遂一擱六七年。中間十二年（一九二三）暑假中我在南開大學講過一次，有油印本，就是用三月中我的刪改本，共分三篇，除去了原有的第一講。同年十二月，教育部開第四屆國語講習所，我又講一次，即用南開油印本作底子，另印一種油印本。這個本子就是後來北京翻印的《國語文學史》的底本。

我的朋友黎劭西先生在北京師範等處講國語文學史時，曾把我的改訂本增補一點，印作臨時的講義。（略）

這書的初稿作於民國十年十一月，十二月，和十一年的一月。中間隔了六年，我多吃了幾十斤鹽，頭髮也多白了幾十莖，見解也應該有點進境了。這六年之中，國內國外添了不少的文學史料。敦煌石室的唐五代寫本的俗文學，經羅振玉先生，王國維先生，伯希和先生，羽田亨博士，董康先生的整理，已有許多篇可以供我們的採用了。我前年（一九二六）在巴黎、倫敦也收了一點俗文學的史料。這是一批很重要的新材料。

日本方面也添了不少的中國俗文學的史料。唐人小說〈遊仙窟〉在日本流傳甚久，向來不曾得中國學者的注意，近年如魯迅先生，如英國韋來 (Waley) 先生，都看重這部書。羅振玉先生在日本影印的《唐三藏取經詩話》是現在大家都知道寶貴的了。近年鹽谷溫博士在內閣文庫及宮內省圖書寮裡發見了《全相平話》，吳昌齡的《西遊記》，明人的小說多種，都給我們添了不少史料。此外的發見還不少。這也是一批很重要的新材料。

國內學者的努力也有了很可寶貴的結果。「京本通俗小說」的出現是文學史上的一件大事。董康先生翻刻的雜劇與小說，不但給我們添了重要史料，還讓我們知道這些書在當日的版本真相。元人曲子總集《太平樂府》與《陽春白雪》的流通也是近年的事。《白雪遺音》雖不知落在誰家，但鄭振鐸先生的《白雪遺音選》也夠使我們高興了。在小說的史料方面，我自己也頗有一點貢獻。但最大的成績自然是魯迅先生的《中國小說史略》；這是一部開山的創作，搜集甚勤，取材甚精，斷制也甚謹嚴，可以替我們研究文學史的人節省無數精力。近十年內，自從北京大學歌謠研究會發起收集歌謠以來，出版的歌謠至少在一萬首以上。在這一方面，常惠，白啟明，鍾敬文，顧頡剛，董作賓……諸先生的努力最不可磨滅。這些歌謠的出現，使我們知道真正平民文學是個什麼樣子。——以上種種，都是近年國內新添的絕大一批極重要的材料。

這些新材料大都是我六年前不知道的。有了這些新史料作根據，我的文學史自然不能不澈底修改一遍了。新出的證據不但使我格外明白唐代及唐以後的文學變遷大勢，並且逼我重新研究唐以前的文學逐漸演變的線索。六年前的許多假設，有些現在已得著新證據了，有些現在須大大地改動了。如六年前我說寒山的詩應該是晚唐的產品，但敦煌出現的新材料使我不得不懷疑了。懷疑便引我去尋新證據，寒山的時代竟因此得著重新考定了。又如我在《國語文學史》初稿裡斷定唐朝一代的詩史，由初唐到晚唐，乃是一段逐漸白話化的歷史。敦煌的新史料給我添了無數佐證，同時卻又使我知道白話化的趨勢比我六年前所懸想的還更早幾百年！我在六年前不敢把寒山放在初唐，卻不料隋唐之際已有了白話詩人王梵志了！我在六年前剛見著南宋的「京本通俗小說」，還很詫異，卻不料唐朝已有不少的通俗小說了！六年前自以為大膽驚人的假設，現在看來，竟是過於膽小，過於持重的見解了。

這麼一來，我就索性把我的原稿全部推翻了。原稿十五講之中，第一講（本書的「引子」）是早已刪去了的（故北京印本《國語文學史》無此一章），現在卻完全恢復了；第二講（按即古文是何時死的）稍有刪改，也保留了；第三講與第四講（北京印本的第二第三章）保存了一部分。此外便完全不留一字了。從漢初到白居易，在北京印本只有六十一頁，不滿二萬五千字；在新改本裡卻占了近五百頁，約二十一萬字，增加至九倍之多。我本想把上卷寫到唐末五代才結束的，現在已寫了五百頁，沒有法子，只好把唐代一代分作兩編，上編偏重韻文，下編從古文運動說起，側重散文方面的演變。依這樣的規模做下去，這部書大概有七十萬至一百萬字。何時完功，誰也不敢預料。前兩個月，我有信給錢玄同先生，說了一句戲言道：「且把上卷結束付印，留待十年後再續下去。」「十年」是我的《中國哲學史大綱》的舊例，卻不料玄同先生來信提出「嚴重抗議」，他說的話我不好意思引在這裡，但我可以附帶聲明一句：這部文學史的中下卷大概是可以在一二年內繼續編成的。

×× ×× ×× ××

現在要說明這部書的體例。

第一、這書名為《白話文學史》，其實是中國文學史。我在本書的引子裡曾說：

白話文學史就是中國文學史的中心部分。中國文學史若去掉了白話文學的進化史，就不成中國文學史了，只可叫做「古文傳統史」罷了。……我現在講白話文學史，正是要講明……中國文學史上這一大段最熱鬧，最富於創造性，最可以代表時代的文學史。

但我不能不用那傳統的死文學來做比較，故這部書時時討論到古文學的歷史，叫人知道某種白話文學產生時有什麼傳統的文學作背景。

第二、我把「白話文學」的範圍放的很大，故包括舊文學中那些明白清楚近於說話的作品。我從前曾說過，「白話」有三個意思：一是戲臺上說白的「白」，就是說得出，聽得懂的話；二是清白的「白」，就是不加粉飾的話；三是明白的「白」，就是明白曉暢的話。依這三個標準，我認定《史記》、《漢書》裡有許多白話，古樂府歌辭大部分是白話的，佛書譯本的文字也是當時的白話或很近於白話，唐人的詩歌——尤其是樂府絕句——也有很多的白話作品。這樣寬大的範圍之下，還有不及格而被排斥的，那真是僵死的文學了。

第三、我這部文學史裡，每討論一人或一派的文學，一定要舉出這人或這派的作品作為例子。故這部書不但是文學史，還可算是一部中國文學名著選本。文學史的著作者決不可假定讀者手頭案上總堆著無數名家的專集或總集。這個毛病是很普遍的。西洋的文學史家也往往不肯多舉例，單說某人的某一篇詩是如何如何，所以這種文學史上只看見許多人名，詩題，書名，正同舊式朝代史上堆著無數人名年號一樣。這種抽象的文學史是沒有趣味的，也沒有多大實用的。

第四、我很抱歉，此書不曾從《三百篇》做起。這是因為我去年從外國回來，手頭沒有書籍，不敢做這一段很難做的研究。但我希望將來能補作一篇古代文學史，即作為這書的「前編」。我的朋友陸侃如先生和馮沅君女士不久要出版一部「古代文學史」。他們的見地與工力都是很適宜於做這種工作的，我盼望他們的書能早日出來，好補我的書的缺陷。

此外，這部書裡有許多見解是我個人的見地，雖然是辛苦得來的居多，卻也難保沒有錯誤。例如我說一切新文學的來源都在民間（頁一九），又如說建安文學的主要事業在於制作樂府歌辭（頁五八以下），又說故事詩起來的時代（頁七一以下），又如說佛教文學發生影響之晚（頁二〇一以下）與「唱導」、「梵唄」的方法的重要（頁二〇四—二一五），又如說白話詩的四種來源（頁二一七—二二九），又如王梵志與寒山的考證（頁二二九—二五一），李杜的優劣論（頁二九〇—二九三），天寶大亂後的文學的特別色彩說（頁三〇九—三一二），盧仝、張籍的特別注重（頁三七九—四一〇），……這些見解，我很盼望讀者特別注意，並且很誠懇地盼望他們批評指教。

×× ×× ×× ××

在客中寫二十萬字的書，隨寫隨付排印，那是很苦的事。往往一章書剛排好時，我又發見新證據，或新材料了。有些地方，我已在每章之後，加個後記，如第六章，第九章，第十一章，都有後記一節。有時候，發現太遲了，書已印好，只有在正誤表裡加上改正。如第十一章（頁二四四）裡，我曾說「後唐無保大年號，五代時也沒有一個年號有十一年之長的；保大乃遼時年號，當宋宣和三年至六年。」當時我檢查陳垣先生的《中西回史日曆》，只見一個保大年號。後來我在廬山，偶然翻到《廬山志》裡的彭濱「舍利塔記」，忽見有南唐保大的年號，便記下來；回上海後，我又檢查別的書，始知南唐李氏果有保大年號。這一段只好列在正誤表裡，等到再版時再挖改了。

〔簡評〕在文學革命以前，我國以廟堂貴族文學為主流，但民間通俗文學的潛流，也許久存在，不過不為正統文人所注意，更無人為它作史。本書編纂目的，在為白話文學尋歷史根據，並提高這些民間文學的地位，如表彰王梵志、寒山、拾得詩，以兩章地位講佛教的翻譯文學，都是嶄新的觀點和取材，造成近年通俗文學研究的高潮，影響極為深遠。本書的缺點是：一、為擴大白話文學聲勢，把許多非白話的作品，當作白話，如楊惲〈南山歌〉、阮籍〈詠懷詩〉、元稹〈連昌宮詞〉等是。二、偏重形式，忽視內容，詳述王褒〈僮約〉，陳後主詩，講盧仝至十八頁，不免嗜痂之誚。三、第一四五頁痛斥齊梁詩講求聲律之非，以為「文匠變把戲」，而又推重何遜、陰鏗的成立律體（五五頁），不免前後矛盾。四、第四五七頁以李戡所攻元白「纖豔不逞」、「淫言媟語」為指救病濟世之新樂府等作，不知其所指實為小碎豔體詩。（參看拙著《文學十家傳》八十三頁）五、為遷就讀者，增加趣味，多收宮體豔情，滑稽低級之例證，不足以提高白話作品價值。本書為託古改制之倡導白話文學論，非文學史研究正規。

七　胡雲翼著《中國文學史》

胡雲翼著《中國文學史》一冊，三百一十頁，約十餘萬字。民國二十一年四月北新書局初版，共十編二十八章，起自《詩經》，迄於第十編第二十八章最近十餘年的中國文壇。附錄中國文學書目舉要及說明。臺北第一書店以照相版重印，未記著者姓名，民國四十五年十月臺北第一書店重版，刪去書前自序及書後附錄。第十編全部刪除，止於第九編清代文學之第二十七章清代的小說。

〔作者〕胡雲翼湖南人，與劉大杰共組藝林社於武昌。別著有《中國詞史大綱》（二十二年北新書局版）、《宋詞研究》（十八年中華書局版）、《唐代的戰爭文學》（十六年商務版）、《唐詩研究》（二十三年商務版）、《詞選ＡＢＣ》（二十三年北新書局）、《詞學》（十九年世界書局）。

〔自序〕中國文學雖然已有三千多年的悠久歷史，但向來沒有系統的文學史的記述。直至清末宣統二年林傳甲氏始編成一部中國文學史，用為京師大學教本。這是文學史的第一部。至最近十餘年來，文學史的專著乃風起雲湧的出版。據我所知，已有下列二十種之多：

(1)《中國大文學史》（謝无量）、(2)《中國文學史》（曾毅）、(3)《中國文學史大綱》（顧實）、(4)《中國文學史》（葛遵禮）、(5)《中國文學史》（王夢曾）、(6)《中國文學史》（張之純）、(7)《本國文學史》（汪劍如）、(8)《中國文學史綱》（歐陽溥存）、(9)《中國文學史綱》（蔣鑑璋）、(10)《中國文學史大綱》（譚正璧）、(11)《中國文學史略》（胡懷琛）、(12)《國語文學史》（凌獨見)、(13)《白話文學史大綱》(周群玉)、(14)《中國文學小史》(趙景深)、(15)《中國文學進化史》(譚正璧),(16)《中國文學ABC》(劉麟生)、(17)《中國文學史》(鄭振鐸)(18)《中國文學史》(穆濟波)、(19)《白話文學史》(胡適)、(20)《中國文學史》(胡小石)。

(其餘,斷代史如劉師培《中古文學史》;分類史如王國維《宋元戲曲史》及魯迅《中國小說史略》等,皆未列入。)

這二十種編輯方法與選取材料各有異同的文學史專著,如果要加以細密比較的批評,恐怕寫成一部十萬字的書還不能說得清楚。好在我們在這裡並沒有詳加批評的必要。但大體說起來,實有多數不能令我們充分的滿意。在最初期的幾個文學史家,他們不幸都缺乏明確的文學觀念,都誤認文學的範疇可以概括一切學術,故他們竟把經學、文字學、諸子哲學、史學、理學等,都羅致在文學史裡面,如謝无量、曾毅、顧實、葛遵禮、王夢曾、張之純、汪劍如、蔣鑑璋、歐陽溥存諸人所編著的都是學術史,而不是純文學史。並且,他們都缺乏現代文學批評的態度,只知摭拾古人的陳言以為定論,不僅無自獲的見解,而且因襲人云亦云的謬誤殊多。就中以曾毅的《中國文學史》為較佳,然係完全抄自日人兒島獻吉郎之原作,又未能更正兒島獻吉郎氏之錯誤處,故亦不足取。至於最近幾年的文學史作者,其對於文學觀念之明瞭,自較前大有進步;編著文學史的方法亦較現代化。只可惜這些著者對於中國文學多未深刻研究，編著時又多以草率成之，卒至謬誤百出，如凌獨見、周群玉之所著，其錯誤可笑之處真觸目皆是。文學史書墮落至此，實堪浩歎！就中較能令我們快意的，則為趙景深的《中國文學小史》及譚正璧的《中國文學進化史》。趙著自有見解，行文雋美，但可惜只敘及文人方面的文學，而忽視最有價值的民間文學，即《詩經》亦在其擯棄之列，這是一個很大的遺憾。譚著能將近代最進步的關於中國文學的著述，編輯成書，內容頗為完善，但其敘述的體例似嫌未妥，而小小的錯誤亦在書中常常發見。此外如鄭振鐸的《中國文學史》，內容至為豐富，可作詳細的參考讀物，然至今僅見其發表中世卷的一小部分，無從批評其實質。劉麟生的《中國文學ＡＢＣ》則嫌過於簡略，胡懷琛的《中國文學史略》則簡直是一本流水帳簿，皆有不可掩護的缺點。嚴格點說來，我們認為滿意較多的實只有吾家教授胡小石的《中國文學史》及吾家博士胡適的《白話文學史》。胡小石先生的《中國文學史》講稿，敘述周密，持論平允，是其特色；其缺點則亦嫌忽視民間文學的發展。胡適先生的《白話文學史》，論其眼光及批評的獨到，實是最進步的文學史；只可惜過於為白話所囿，大有「凡用白話寫的作品都是傑作」之概，這未免過偏了。如王梵志的詩究竟有什麼了不得之處，竟勞胡先生在珍貴的篇幅上大書特書而加以過分的讚美呢？這真令我百讀百思都不得其解！

中國到現在還沒有一部理想的完善的文學史，其原因並不在這些文學史家沒有天才和努力，實因中國文學史的時期太長，作者太多，作品太繁，遂使編著中國文學史成為一件極困難的工作。淺學如我，自然更不敢冒昧來擔負這樣重大的責任。但因自己六年前曾經寫過一部《中國文學概論》（其上卷已由上海啟智書局出版），內容過於簡陋，自己時常想改作；去年夏天又重受書局之託，囑我編寫一部給大學和高中學生參考的文學史，乃決計著手編著。中間曾因事停頓數次。現因預備用為學校教本，遂將全書在短期中寫定付印。我自知這本書必有許多偏枯的地方，但我也自信我的編輯方法，取材，見解，是比較進步的。為求讀者的深切了解，還有幾點淺薄的意思，似乎必要向讀者加以說明：

第一、文學向有廣狹二義，廣義的文學即如章炳麟所說「著於竹帛之謂文，論其法式謂之文學」，即是說一切著作皆為文學。這樣廣泛無際的文學界說，乃是古人對學術文化分類不清時的說法，已不能適用於現代。至狹義的文學乃是專指訴之於情緒而能引起美感的作品，這才是現代的進化的正確的文學觀念。本此文學觀念為準則，則我們不但說經學、史學、諸子哲學、理學等，壓根兒不是文學；即《左傳》、《史記》、《資治通鑑》中的文章，都不能說是文學；甚至於韓、柳、歐、蘇、方、姚一派的所謂「載道」的古文，也不是純粹的文學。（在本書裡之所以有講到古文的地方，乃是藉此以說明各時代文學的思潮及主張。）我們認定只有詩歌、辭賦、詞曲、小說、及一部美的散文和遊記等，才是純粹的文學。

第二、文學史的分期向無公認一致的說法。因為要把脈絡一致的文學史，硬劃斷為幾個時期來敘述，本是很勉強的事。有許多人很反對用政治史上的分期，來講文學。他們所持最大的理由，就是說文學的變遷往往不依政治的變遷而變遷。此說固未嘗全無理由，但我覺得中國文學與政治實有至密切而不可分離的關係。各種文體因得到政治的厚援而發達，那是很明顯的，如漢賦、唐詩、宋詞、元曲皆然。我們又看，每一個比較長期的時代，其文學都形成一條與政治相呼應的「初、盛、變、衰」的起伏線。又，每一個時代的初期的文學，都不免仍襲前代的舊作風（至秦、隋、五代等短促的時代，則完全浸沒在前代的作風裡）；每一個時代的中期，都能確立一種新的文學作風；每一個時代末期，則都不免形成文派紛歧的變格，或向後開倒車。各種文學盛衰變遷的關係，都可以從政治的時代背境去求解釋。處處都可以看出文學受各不同的政治時代的推移而進化的痕跡。所以，我認定中國文學史的分期，最好還是以依據政治時代的分期較為妥當。此外，實更無較完善的分期法。

第三、過去的文學史多偏重於死板板的靜物的敘述，只知記述作家的身世，批評其作品。至於各個時代的文學思潮的起伏，各種文體的淵源流變，及關於各種文學的背景及原因的分析，皆非其所熟知。如胡懷琛的《中國文學史略》，竟是一部名詞目錄，真是可笑。其他的文學史亦頗多散漫瑣碎，無法統率一致者。我在這本文學史上最注意的就是糾正這方面的錯誤。

我要把各時代散漫的材料設法統率起來；在可能的範圍內，要把各種文體，各種文派，作家及作品，尋出它們相互間的聯絡的線索出來，作為敘述的間架；同時，我注意各個時代文學思潮的形態及其優點與缺點，注意各種文體的發展及各種文派的流變。總之，我盡力的使我的文學史能夠成為一部活的脈絡一致的文學史，雖然這也許是我一個力不勝任的妄想。

這上面所說的三點，是我對於編著文學史幾個重要的信念。這本十餘萬字的文學史就是根據這幾個信念寫成的。此外，普通所認定對於文學史的敘述，應抱持謹慎、客觀、求信的態度；對於文學史上所下的批評，應求其正確，恰合於現代的文學賞鑑觀念。關於這些，我也不曾忽略。不過像這樣一部複雜廣大的文學史，寫定的時間還不到半年，其中疏漏錯誤之處，自所不免。那都請高明之士加以指正吧。

胡雲翼二十，八，四

〔簡評〕本書行文明暢，敘事亦簡潔得要領，所引作品選擇頗精。故流傳甚盛，有井東憲日譯本，昭和十六年（一九四一）十二月東京高山書院版。書中偶有疏失。第三十三頁以司馬相如〈哀二世賦〉為可疑，其實此篇見於《史記》、《漢書》相如本傳，豈尚不足傳信。又武帝始見相如之〈子虛賦〉，而以為〈上林賦〉，不知〈上林〉乃後為獻武帝而作。一九四頁引陸游妻唐氏和〈釵頭鳳〉，乃文人戲作，殊不足信。一三二頁謂：「白居易一般人能夠認清文學與人生的關係，總算是文學觀念一大進步。」一七一頁說：「宋代古文運動的理論，最障礙純文學的發展，這自然是文學史上不幸的事。」「文章合為時而著，歌詩合為事而作」（白居易語）「文所以載道也」（周敦頤《通書》中語），本質上並無區別，而評價迥異，則亦不免「名實未虧，喜怒為用」也。

八　趙景深著《中國文學史新編》

《中國文學史新編》全一冊，三五二頁，約二十萬字，民國二十五年（一九三六）北新書局初版。全書三編：古代編，宋元編，明清編。共四十八講。第一講起於《詩經》。最後一講終於現代文學。每編後附參考近人著作要目。

〔作者〕趙景深（一九〇二—）四川宜賓人，天津南開中學畢業，以翻譯外國文學成名。曾任上海開明書店、北新書局編輯，上海復旦大學、中國公學、藝術大學教授。著有《童話學ＡＢＣ》（世界書局版），《童話論集》（開明書店），《民間故事研究》，《民間故事叢話》，《文學概論講話》（亞細亞書店），《現代文學雜論》（光明書店），《現代世界文學》（現代書店），《歐美現代作家》（良友圖書公司），《小說原理》（商務版）等書。

〔自序〕一九三三年秋到一九三四年冬，這一年半之間，為了環境的壓榨，又榨出了我一部《中國文學史新編》，編制與《文學概論講話》（亞細亞書店版）一樣，也是十六講，每講也是恰巧三千字。分量雖有《文學概論講話》的三倍，字數不過虛數十五萬字而已。字數既少，空話就不能多說，因此我就盡我的能力，多容納一點材料進去，讓它稍微充實一點，不要顯得過於單薄了。

一九二六年我曾寫過一本《中國文學小史》（上海光華書局版），那本小書在量上只有現在這本的一半，內容上也有很多遺漏，不知怎麼竟能銷到十五版。或許是為了文筆還輕鬆，不大有沉悶的地方吧？當時評者認為那本書裡沒有把《詩經》、樂府詩、五代十國詞收進去，是一個缺憾。這缺憾現在是用我自己的手補好了。在這本新編裡，有六七講專講這三種文藝作品。此外諸宮調、戲文、散曲、傳奇、花部戲等部門的特別注重，也是以前所沒有的。我在編著的時候，隨時都在當心著，生怕有重複的地方；即使見解仍與從前一致，舉例上總要另外重舉，方纔安心。詩一般的語句是很少有了，大都是一些簡單的句子。圖表卻特別增多，以便記憶。

我得自招，這一本書仍舊不是我自己的理想的書。我能夠寫得比這本書好，可是環境不容許我。我不願只做一個「編」書的人，又不能完全沒有倚傍的獨抒己見；結果是既不能顯示編書的技巧，又不能成為一種獨立的著作：弄得左右都不是。所以，你能夠從我這本書裡看到許多新的小意見；但是同時你也能夠看到引用他人論斷的處所，約占全書的七分之一。作為一種著作來看，引用他人意見是偷懶取巧；但作為一種教科書看，這種「論文提要」式的複述，也許對於學者的時間經濟上是有用的。我每每把一本五六萬字的書中的要義，容納在一兩千字裡面。凡遇這種地方，我在每編之末「參考近人著作要目」裡都已特為拈出。至於我自己的許多小意見，我想可以不必在此處繁舉了。總之，我雖是抱愧，覺得不能完全使讀者和我自己滿足，我卻確已竭盡了我的能力，把我所知道的一切都寫了出來，大約不會使讀者完全感到空虛的。我還只是中年，錯誤自是難免；我誠懇的希望同好者的指教；這並不是具文或歉辭。

趙景深，一九三五年十月

〔簡評〕以教科書觀點言，則去取偏頗，全書四十八講中戲劇占十五講，散文完整者只有一講（明代散文），附在小說中者只有二講（唐散文與小說合講，宋散文與詩小說合講），述漢賦僅千數百字，明代八講有五講談戲曲，清代七講中以四講談戲劇，分配實欠均衡。一八一頁講宋詩簡而不明，抄入宋詩對清詩人之影響表，穿鑿支離，殆無可取。二〇〇頁抄《雍熙樂府》中天寶遺事諸宮調五十五套曲全目，亦屬冗贅。作者喜列表，所表大率為隨時讀書筆記，缺乏重要意義。本書特點為一依教學時間分配，詳今略古，首尾完整。二詳於純文學，對於有新資料之戲劇小說方面，尤為注意。諸宮調花部戲皆獨占一講，即其著例。三述及中國文學之國外流傳翻譯。

九　林庚著《中國文學史》

林庚著《中國文學史》全一冊，四百零八頁，約十五萬字，民國三十六年五月國立廈門大學叢書初版。五十二年十一月臺北廣文書局重印，刪序文，全書共三十六章。第一章起於蒙昧的傳說，第三十六章文藝曙光，以五四之來臨作結束。

〔作者〕林庚字靜希，閩侯人，父志鈞，號宰平，曾為梁任公編《飲冰室合集》。林庚清華大學畢業，曾授中國文學史於廈門大學。

㈠〔朱自清序〕中國文學史的編著，有了四十多年的歷史，但是我們的研究實在還在童年。文學史的研究，得有別的許多學科做根據，主要的是史學，廣義的史學。這許多學科，就說史學罷，也只在近三十年來才有了新的發展，別的社會科學更只算剛起頭兒。這樣我們對於文學史就不能存著奢望。不過這二十多年來的文學史，的確有了顯著的進步。早期的中國文學史大概不免直接間接的以日本人的著述為樣本，後來是自行編纂了，可是還不免早期的影響。這些文學史大概包羅經史子集，直到小說劇曲八股文，像具體而微的百科全書，缺少的是「見」，是「識」，是史觀。敘述的綱領是時序，是文體，是作者；缺少的是「一以貫之」。這二十多年來，從胡適之先生的著作開始，我們有了幾部有獨見的中國文學史。胡先生的《白話文學史》上卷，著眼在白話正宗的「活文學」上。鄭振鐸先生的《插圖本中國文學史》，著眼在「時代與民眾」以及外來的文學的影響上。這是一方面的進展，劉大杰先生的《中國文學發展史》上卷，著眼在各時代的主潮和主潮所接受的文學以外的種種影響。這是又一方面的發展。這兩方面的發展相輔相成，將來是要合而為一的。

林靜希先生（庚）這部《中國文學史》，也著眼在主潮的起伏上。他將文學的發展看作是有生機的，由童年而少年而中年而老年；然而文學不止一生，中國文學是可以再生的，他所以用「文藝曙光」這一章結束了全書。他在〈關於寫中國文學史〉一篇短文裡說他的「書寫到五四以前，也正是計劃著，若將來能有機會寫一部新文學史的時候，可以連續下去。」這部新文學史該是從童年的再來開始。因此著者常常指明或暗示我們的文學和文化的衰老和腐化，教我們警覺，去「摸索光明」。照那篇文裡說的，他計劃寫這部文學史，遠在十二年以前，那時他想著「思想的形式與人生的情緒」是「時代的特徵」，也就是主潮。這與他的生機觀都反映著五四那時代。他說：「熱心於社會改造的人們，以為偉大的文藝就是有助於理想社會的文藝，但愛好文藝的人們，卻正以為那理想的社會，必然的須是接近於文藝的社會。」他

「相信，那能產生優秀文藝的時代，才是真正偉大的」，因此「只要求那能產生偉大文藝的社會」。明白了著者的這種態度，才能了解他的這部《中國文學史》。

著者有「溝通新舊文學的願望」。他說：「這原來正是文學史應有的任務，所以這部書寫的時候，隨時都希望能說明一些文壇上普遍的問題，因為普遍的問題自然就與新文學特殊的問題有關。」這確是「文學史應有的任務」，在當前這時代更其如此；著者見到了這一層，值得欽佩。書中提出的普遍問題，最重要的似乎是規律與自由，模倣與創造——是前兩種趨勢的消長和後兩種趨勢的消長。著者有一封來信，申說他書中的意見。他認為「形式化」或「公式化」也就是「正統化」，這是衰老和腐化的現象。因此他反對模倣，模倣傳統固然不好，模倣外國也不好。在上面提到的那篇文裡，他說：「我們應當與世界上尋覓主潮的人士，共同投身於探尋的行列中；我們不應當在人家還正在未可知的摸索著的時候，便已經開始模倣了。」信裡說，他要求解放，但是只靠外來的刺激引起的解放的力量是不能持久的，得自己覺醒，用極大的努力「喚起一種真正的創造精神」，而「創造之最高標幟」是文學。

著者認為《詩經》代表寫實的「生活的藝術」，所歌詠的是一種「家的感覺」，後來變為儒家思想，卻形成了一種束縛或規律。《楚辭》代表「相反的浪漫的創造的精神」，所追求的是「一種異鄉情調和驚異」，也就是「一種解放的象徵」。這兩種勢力在歷代文壇上是此消彼長的。這裡推翻了傳統的詩騷一貫論，否認騷出於詩。騷和詩的確是各自獨立的，這是中國詩的兩大源頭。但是得在《詩經》後加上樂府，樂府和《詩經》在精神上其實是相承的。書中特別強調屈原的悲哀，個人的悲哀；著者認為這種悲哀的覺醒是劃時代的。這種悲哀，古人很重視，班固稱為「賢人失志」，確是劃時代的。是從屈原起，才開始了我們的自覺的詩的時代。著者在那信裡認為中國是「詩的國度」，故事是不發展的；「《楚辭》的少年精神直貫唐詩」，可是少年終於變成中年，文壇從此就衰歇了。唐代確是我們文化的一個分水嶺，特別是安史之亂。從此民間文學稍帶著南朝以來深入民間的印度影響，抬起了頭，一步步深入士大夫的文學裡。替代衰歇了的詩的時代的是散文時代，戲劇和小說的時代；故事受了外來的影響在長足的進展著。著者是詩人，所以不免一方面特別看重文學，一方面更特別看重詩；但是他的書是一貫的。

著者用詩人的銳眼看中國文學史，在許多節目上也有了新的發現，獨到之見不少。這點點滴滴大足以啟發研究文學史的人們，他們從這裡出發也許可以解答些老問題，找到新事實，找到些失掉的連環。著者更用詩人的筆寫他的書，雖然也敘述史實，可是發揮的地方更多；他給每章一個新穎的題，暗示問題的核心所在，要使每章同時是一篇獨立的論文，並且要引人入勝。他寫的是史，同時要是文學；要是著作也是創作。這在一般讀者就也津津有味，不

至於覺得乾燥，瑣碎，不能終篇了。這在普及中國文學史上是會見出功效來的，我相信。朱自清　三十六年五月於北平清華大學

㈡〔自序〕我計劃寫一部文學史，大約在十二年以前，那時我開始擔任中國文學史這門功課，當時的感覺可以說有兩方面：一方面覺得大學裡中文系的課程，歷來偏重於舊的，而中文系學生們的期望，卻往往是新的；但實際上，就新文學已有的歷史與材料上來說，的確又沒有多少課程可開；這事實上的缺陷，催促著我發生了溝通新舊文學的願望，這原來正是文學史應有的任務，所以這部書寫的時候，隨時都希望能說明一些文壇上普遍的問題，因為普遍的問題自然就與新文學特殊的問題有關。書寫到五四以前，也正是計劃著，若將來能有機會寫一部新文學史的時候，可以連續下去。

另一方面的感覺，是近世文壇上派別與糾紛之多，其所以有這許多糾紛的緣故，便因為缺少了一個主潮。自然一個主潮是不會憑空而來的。歐洲文學自寫實主義，自然主義，象徵主義，唯美主義，以至於稍後的新寫實主義，新浪漫主義，都莫非在尋覓這主潮的努力中；而今還是各是其所是，似乎仍沒有一個大家可以公認的結果。非特文學如此；即在藝術的其他部門，如近世繪畫上派別的奇特紛紜，音樂上之走向歌劇與利用不諧和的半音的嘗試，凡此種種，也都還在尋覓這主潮的過程中。我們要知道這將來的主潮如何，自然要參照過去主

潮的消長興亡。我們應當與世界上尋覓主潮的人士，共同投身於探尋的行列中；我們不應當在人家還正在未可知的摸索著的時候，便已經開始模倣了。我們對於自己這一份尋覓的工作，不覺得太懶惰了嗎？

我又常想，我們如果要獲得一個大的答案，必須先要解決無數較小的答案；否則便不免流於主觀，武斷，與不完全。我因此開始注意中國文學史上許多沒有解決過的問題。例如中國何以沒有史詩？中國的戲劇何以晚出？中國歷來何以缺少悲劇？《詩經》之後二百年文學上何以竟無詩篇產生？〈天問〉與〈九歌〉同為《楚辭》，何以前者與《詩經》反更為相似？詞的長短句如果像歷來所認為的，是解放的形式，則何以詞的範圍反較詩更狹小？李白有詩的復古，韓愈有文的復古，何以後者成功而前者無結果？本同於《詩經》的四言詩在魏晉間何以又竟能復活？……這些乃都必須有一個一貫的解釋，而要解釋這一大串問題，又絕非一條線索所可以說明。把許多條線索挼成一根巨繩，這便是一個文學史上主潮的起伏；他雖在顯示舊的，卻正可以預言新的。我因此對於每一章，都用一個主題來寫，借此使問題的核心得以更為清楚明白。我以為時代的特徵，應該是那思想的形式與人生的情緒。盛唐之世，與北宋時期，同為太平盛世，在生活上可謂相差無幾，然而唐人解放的情操，崇高的呼喚，與人生旅程的憧憬，在宋代都不可復見；這正是唐宋文藝的分野。我們如果希望一個偉大文藝時代的來臨，便必須從那錯誤的思想形式與錯誤的人生情緒中醒覺。我在這裡似乎又牽扯到許多文化上的問題，尤以談思想的篇幅似乎佔去太多，這是不得不首先聲明的。

所謂偉大的文藝正如偉大的時代，人們常常有其不同的解釋；熱心於社會改造的人們，以為偉大的文藝就是有助於理想社會的文藝，但愛好文藝的人們，卻正以為那理想的社會，必然的須是接近於文藝的社會。人生的意義是什麼，社會的理想也就是什麼；西漢是一個史稱承平富產的時代，甚至於我們至今還以漢人自豪，可是漢代就產生不出文藝的果實；所以漢代的社會也就最沒有意義，最沒有理想。我很想說明這一點人生的憧憬，至少我在寫文學史時，更使我相信，那能產生優秀文藝的時代，才是真正偉大的。沒有文藝的時代，無論如何，離開那理想的社會必然還遠；所以我正如一些社會學家之要求某一種文藝，我則只要求那能產生偉大文藝的社會。

文藝是領導人生的，但它並不就是幸福，然而我們的幸福能有其他的保證嗎？我們愈是想保證幸福，幸福就常常離我們而去，正如同我們如果緊抱住和平，戰爭不久就會走來一樣。人類的文明，在這一點上幾乎沒有進步。中國的儒家思想一直想保證人生，於是在儒家的手裡人生就愈弄愈糟。愈想保證的，最後便必須放棄；因為那放棄是不可避免的，而且是創造必具的條件。偉大的文藝時代，常產生在我們失去保證的時候：東周失去了西周從容的憑藉，於是有了大量〈國風〉的歌唱與《楚辭》；建安以來失去了漢代平靜的生活，於是有了從五七言詩到宋詞這一段時期。這歷史的事實，將顯示給我們人類文明的又一階段，那也便是社會要向文藝學習的時候。

我寫這部文學史，只有這一點初衷，我以為在黑暗裡摸索著光明的，正是文藝；有文藝就有光，就有活力，然後一切問題才可以解決。文學史正如其他的歷史，雖然它不會再來，卻可以給我們以更多的警覺。

這部書的前三編，民國三十年曾由廈大出版組，以油印本裝釘成書，當時是用來發給班上的學生，並分贈與友人的。去年廈大復員後，計劃出版大學叢書，並願先印這一部文學史，因把第四編一併寫去。書成，又承朱佩弦先生厚意寫序，尤其使我十二分的感謝。此外汪伯明校長與廈大出版委員會諸位先生對於這部書的好意，以及王雲波先生在事務方面許多的幫忙，使得於印刷條件極端困難的情形下，終能讓這部書與世人見面，都在此敬表謝忱。

三十六年（一九四七）五月在廈門

〔簡評〕本書無時間觀念，既不用朝代帝王紀年，亦不用西曆紀年，任意糅合史料，可謂混亂一團。以黃帝至建安為啟蒙時代，以東漢五言詩出現至韓愈為黃金時代，以白居易至宋儒為白銀時代，以唐小說興起至清為黑暗時代，其斷限均互相牽混。各章標題，多抽象而意義不明，如「知道悲哀以後」（內容述楊朱墨翟及屈原宋玉）、不平衡的節奏（內言古詩十九首至西晉末詩人）、凝靜的刻畫（內言晚唐五代詞）、夢的結果（內言崑曲至孔尚任、洪昇戲曲），標題與內容缺乏顯著意義配合。唐人傳奇併入元明時代，與戲曲同講，散曲列入詩的發展中，元雜劇併入散文小說中。一人之事散在兩處（如梁辰魚、沈璟分見第二十六章三一〇頁、三十三章三七四頁，先引作品，後論其人，如一六一頁引沈佺期、宋之問詩，一六七頁始介紹其人，均缺乏倫次）。論《三國演義》，不知有元至治新安虞氏刊《全相三國志平話》，論《水滸》未讀胡適考證，多作臆說，羌無根據。全書校勘甚疏，誤字叢出，使人不堪卒讀。本書雖形式堂皇，兩序均大言壯語，高自期許，內容殊少可取之處，更不適於用作大學課本。

十　英國翟理斯著英文本《中國文學史》

翟理斯 (Giles) 作過英國劍橋 (Cambridge) 大學的中文教授。他在英國和美國，以中國文學研究者著名。他零星的介紹了不少的中國的詩歌及其他文學作品到英國去。在一九〇〇年（清光緒二十六年庚子），他還出版了一本《中國文學史》。據他在這本書的序上說，在這個時候，在無論那一種文字裡，都還沒有這樣的一本講中國文學的書出現過，就是中國自己國裡的文人，也只知片段的研究，沒有想到去做這種時代的系統的研究工夫。這些話大概是很確實的。

中國自己國裡，那時實在還沒有一部中國人著的中國文學史出現。其他國裡，除了日本以外，也沒有什麼人去專門研究中國文學，所以 Giles 的這部書，可以說是中國文學史中的一部最初的著作。

「創始者難」，我們自然不能十分的求全責備他。但讀了這本書後，我心中卻禁不住有許多話要說；我覺得 Giles 的敘述，有許多地方未免太誤會了，有許多地方並且疏漏得厲害。我們固不能由理想的文學史的標準去批評他，但就中國文學而論，他這部書實在是沒有完全的研究。他的謬誤顛倒的地方，又到處遇得見。在英文中，這部書算是一部唯一的中國文學史。Giles 最近且因研究中國文學的功績，受了尊貴的勳位。如果任他以誤傳誤，則中國文學恐將要受不少的誤會了。所以我現在大略的把他批評一下，批評的文字本來不是「專尋人家錯處」的，但現在卻不得不把他錯處列舉出來，雖不欲而不能自已。

這部書共分八卷：第一卷講封建時代的文學，第二卷講漢代文學，第三卷講兩晉、六朝文學，第四卷講唐代文學，第五卷講宋代文學，第六卷講元代文學，第七卷講明代文學，第八卷講清代文學，每卷各分數章。

他的最大的錯謬，約有四點：

㈠**疏漏**　全書共四百四十八頁，其中引例的文字幾占一半。於小小的二三百頁的篇幅中，當然不能求其把中國文學講得完備。但敘述一國的文學，至少也應把所有影響較大的作家與派別，都略略的敘出來。Giles 此書於古代則只敘孔子、孟子及其他孔門弟子，以至孫子、管子、吳子、屈原、宋玉、老子、莊子、列子、韓非子諸人。於漢則只敘孔安國、鼂錯、李陵、路溫舒、劉向、劉歆、揚雄、王充、馬融、蔡邕、鄭玄、司馬相如、枚乘、武帝、班婕妤、司馬遷、許慎、班彪、班固諸人。於元、明則只敘文天祥、劉因、劉基、羅貫中、施耐庵諸人。於清則只敘蒲留仙、康熙、乾隆二帝、朱用純、藍鼎元、張廷玉、陳宏謀、袁枚、陳扶搖、趙翼、阮元諸人，及《紅樓夢》諸書。如墨子、董仲舒、劉勰、陳壽、張華、陸機、左思、謝靈運、鮑照、沈約、江淹、徐陵、庾信、范曄、沈佺期、韋應物、元微之、李義山、溫庭筠、杜牧、韓偓、柳宗元、李後主、柳開、秦觀、陸游、晏殊、柳永、周邦彥、辛棄疾、李清照、元好問、關漢卿、馬致遠、高啟、李夢陽、王世貞、歸有光、湯若士、魏禧、吳偉業、王漁洋、朱竹垞、蔣士銓、黃景仁、李漁、方苞、姚姬傳諸人，或則為一派開山之祖，或則其影響極大，或則其作品粹然精純，足以自立於不朽之境。無論如何簡略的中國文學史，都應把他們包括進去的，而此書則連姓名都沒有提及，真未免太疏略了！

㈡濫收　一方面把許多應該敘及的人，都刪去不講，一方面卻又於文學史之中，濫收了許多非文學作品的東西。文學作品的範圍，本來不易嚴密的劃定。但有許多文字，如法律條文，博物學書之類，一看就可以決定他不是文學作品的，Giles 則連這種書也都收了進去，而且敘述的很詳細。如陳扶搖的《花鏡》一書，講的是種植花木之事，如課花十八法，花木類考及天文、節氣、分栽、移植、壓條之類，本是一部園藝學一類的書籍，即使用了一萬多倍的顯微鏡來看，我們也不會看出這書含有文學元素在內，而 Giles 則不惜費二頁以上的篇幅來敘述他。又如《感應篇》和《玉歷鈔傳》二書，本為近代道士造作以愚庸夫庸婦的，不要說是要占文學史上的重要地位，恐怕還要與《三國演義》等通俗小說同等並列，也都附攀不上呢。而 Giles 則直率不疑的費了七頁的地位，來把他們詳述了一下。其餘濫收的地方，還有許多，都比這二節稍為過得去些，所以這裡不一一舉出了。

(丙)詳略不均　此書詳略亦極不均，敘《詩經》不過九頁，《史記》不過六頁，李白不過四頁，杜甫不過二頁，而唐詩人中不甚重要之司空圖則反占了九頁，清文人中不甚重要之藍鼎元反占了十頁以上，袁枚也占了八頁，《紅樓夢》則幾占有三十頁。尤其奇怪的是蒲留仙之《聊齋誌異》，在中國小說中並不算特創之作，事實既多重覆，人物性格亦非常模糊，而 Giles 則推崇甚至，敘之至占二十頁之多，且冠之於清代之始，引例至五六則以上。《笑林廣記》多無稽猥瑣之言，事實既不感人，文筆也不足列於文壇之上，Giles 雖知其為並無價值之小說，而仍引例多至十一則。至唐代之短篇小說，宋世之諸詞家，皆至美之作品，反不得於此書之中占一二頁的篇幅。又如楊繼盛妻的上訴文，李陵的〈答蘇武書〉，藍鼎元的《女學》，朱柏廬（用純）的《治家格言》，文學史上本可以不必特舉的，而 Giles 則不惜篇幅以譯之。袁枚之作品，風格本不甚高，而 Giles 於其詩，其文並不推論，獨詳敘其為庸俗人所喜的《小倉山房尺牘》一書，所占篇幅幾與《詩經》相等。這種詳其所不當詳，略其所不當略的舉動，我們真是百思不得其解。

(丁)編次非法　此書編次極不得當。以斷代分卷，故不能詳述文學潮流的起訖，而各卷之中，所敘的時代亦多顛倒，事實亦多錯亂。其最甚的，如於元代「戲劇」一章之中，不敘元曲之興衰，與關漢卿、馬致遠、王實甫、高則誠諸人之性格，及其作品之影響，反支蔓旁及，犬牙錯出，遠敘中國戲曲之原，下及清代末葉劇場中瑣事，且至述及《轅門斬子》一劇之內容。王實甫《西廂記》之名，則不過於篇末敘及之而已。又於敘清代文學之末，忽敘淳于髡及漢唐宮廷弄人之語，這都是編次極不對的地方。

其他關於作家及作品的批評的不合理，與事實上的小錯誤之類，如誤「告子」為「許子」等，因為不甚重要之故，這裡不詳說了。

總之，Giles 這本中國文學史，百孔千瘡，可讀處極少。全書中最可注意之處：(一)是能第一次把中國文人向來輕視的小說與戲劇之類列入文學史中；(二)能注意及佛教對於中國文學的影響；這兩點足以矯正對於中國文人的尊儒與賤視正當作品的成見，實是這書的唯一的好處。

除了這兩種好處以外，Giles 此書實毫無可以供我們參考的地方。

他的疏漏與濫收等等，實原於㈠對於中國文學沒有系統的研究；㈡對於當時庸俗的文人太接近了。因此他所知道的中國文學，恐除了被翻譯過的四書、五經及《老》、《莊》以外，只有《聊齋》、《唐詩三百首》，以及當時書坊間通行的古文選本等等各書。這在他書中所舉出的各種引例裡，可以看出來的。

現在 Giles 此書在英國已經絕版，我希望在這書第二版未出來以前，我們中國人能夠做出本英文的中國文學史矯正他的錯失，免得能說英文而喜歡研究中國文學的人，永遠為此不完全的書所誤。

但這恐怕是一種空幻而不易實現的希望，因為中文的中國文學史到現在也還沒有一部完備的呢。

錄自鄭西諦《中國文學論集》，民國二十三年三月上海開明書店版。翟理斯 (Allen Herbert Giles 1845–1934) 所著《中國文學史》，近有民國五十二年十月臺北文星書店景印本。翟理斯自清同治六年（一八六七）來華，任領事館員，歷任汕頭、廈門、淡水、寧波、上海等地領事副領事。光緒十九年（一八九三）辭職。越四年任教於劍橋大學。著有《中國畫史》、《中國古代宗教》、

《中國人名辭典》、《中國文化》、《中國與中國人》等書。曾譯《千字文》、《莊子》、《老子》為英文。平生精力所瘁為《英華大字典》之編纂（一八九二—一九一二）。主劍橋講壇約三十年，年八十九而卒。

十一　陳受頤著英文本《中國文學史略》

原書名"*Chinese Literature: A Historical Introduction*"，六六五頁。一九六一年紐約刊，附索引，定價美金八元七角五分，現有臺灣翻印本。

〔作者〕陳受頤，廣東番禺人（一九〇〇—），陳澧（蘭甫）曾孫，嶺南大學史學系畢業，一九二六至二七年留學美國支加哥大學，研究比較文學，得博士學位，曾任嶺南大學、北京大學史學系教授。一九三七年赴美，曾任夏威夷大學教授。現任美國加州彭孟拿學院(Pomona College)東方學系主任。

(一)〔林語堂序言〕本序言為呂惠連譯文，原載《新時代》雜誌五十一年元月十五日第二卷第一期。

在中國文學的研究方面一個重大的缺陷，如今已在陳教授的這本著作裡，以稱職、博學而令人欽佩的手法彌補了。這對於所有研究遠東的學者，該是極受歡迎的消息。我們一向缺乏一部中國文學史，一部關於中國散文詩歌體裁和創作動機的文學史；甚至據我所知，連一部關於中國文學的各個時期及其發展的基本綱要的著作，都不存在，翟理斯教授（Herbert A. Giles）在半個世紀以前所寫的《中國文學史綱》(*Outline of Chinese Literature*)，乃是一部名不符實的著作；它祇是一系列關於若干中國作品的嘗試性的論文，根本不是一部包含各個時代的文學史綱。該書中雖有不同詩人作品的翻譯，對於某些有趣的文學方面的研究，以及若干迫切需要的參考材料的編列，然而關於中國文學史的一個綜合性的概述，該書顯付闕如。

本書中所包含的，並非祇是對於事實的簡略敘述；非常令人欣慰的是，本書乃是一部完全的、綜合的和有雄心的著作，它包含了作者在這方面畢生研究與領悟的成果。我知道這本書費了他八九年的工作餘暇，方始完成。撰寫如此一部文學史，確是一件艱難的工作；它在每一處都要運用個人的判斷與評價。這不像受人雇用來搜集大家認為「可靠」的事實；在本書的每一章，都可看出作者直接的見解與判斷。這顯然是一部值得閱讀和發人深思的著作，如同飽學鴻儒良夜晤談，常會使人愛不忍釋，讀後猶有餘興。

當我發現陳教授能夠超脫過去三百年來「清代文獻家」狹隘的門戶之見時，我特別感到快慰。那些文獻家熱衷於維護漢學的純正；他們有其「正統」與「師承」的妙見，他們認為古代經典祇可能有一種正本，而不承認有不同版本的存在（譬如馬哥波羅的《東遊記》也許有許多不同的版本）。他們對於經典的詮釋是傑出的，可是他們對於其內容的批評卻是不科學而且不得當的。使得此派變得惡毒而危險的是，他們公然抨擊一切異本，他們不稱其為異本，而斥其為偽本，並且倡導一種高呼「偽本」的風氣，而完全拿不出適當的證據來。這種風氣直至今日，依然流行。這正如為了有人懷疑，便索性要全英國的人都接受「培根就是莎士比亞」作為最後的定論一樣，僅僅為了有人「懷疑」，這種懷疑也許是基於後來的竄改，便一口咬定某一重要的著作為「偽造」，而不再去費心求證。直到今日，這種風氣已經演至荒唐之極的程度。我明白陳教授是清代鴻儒陳蘭甫的曾孫，蘭甫公自己也早已超脫了前述學派的門戶之見。陳教授在本書中說，在公元後數百年間對古經新本的強烈攻擊，乃是由於漢代十四個經典講座的占有人（博士）的既得利益所引起，他們都享有優厚的俸祿。

我覺得本書的完成，是一件值得誇耀的偉大工作。中國學者一向疏於將浩瀚的古籍，用英文來傳之於世。我樂於看到這種工作，至少已經第一次有人在做了。關於中國思想的歷史，不應該祗有一部，而應該有幾部，俾使才智之士能對儒家和道家以外的中國哲學，有一點比較詳盡的知識。（馮友蘭教授的《中國哲學史》，曾被譯成英文，可惜也受了上述清代學派的局限。）在本書中可能有許多有關各種文體的高見不為其他學者所同意；然而我知道本書作者是有能力和資格來為他的見解辯護的。他的意見值得我們傾聽。在未來一段長時期內，本書將一直是一部用英文寫成的有關中國文學史的權威著作。

英國牛津大學 David Hawkes〈評陳受頤著中國文學史〉一文，見亞洲學會出版之《亞洲研究學報》(*The journal of Asian studies*) 二十一卷三號，一九六二年五月刊。

(二)〔赫克斯評文〕正如陳教授於其序言中所指，自翟理斯 (Herbert Giles) 刊行其簡略不備——但仍清晰可讀——之《中國文學史》以來已經有五十餘年了。一本範圍細節皆遠勝於翟著及時下諸作的新的中國文學史的出現，該是值得欣慰的，但我卻不得不指出，陳教授的大作卻絕非如此。

誠然，懂得如何去利用的人將會由本書中尋出許多資料來，但假若真如林語堂先生於其不實之前序中所斷言（此序之大半在對清朝語言學作無的放矢，不負責的抨擊）「本書將會有一段很長的時間，保持其為有關中國文學史的權威著作」。那我們倒不如完全放棄了對中國文學的研討，而將此時間致力於其他較為清楚且合意的問題上。

本書不好的大部分責任該由發行者擔負，照現在的樣子他們實不應把它付印。事實上的錯誤及編次上的失當應該歸咎於作者，但對作者偶然的英文錯誤的修訂，卻是發行者的義務。如：

違反語法者：

"my five internals"（第一三六頁）

"in oblivion of gains and losses"（第一七七頁）

"shackles...difficult to surmount"（第一九一頁）

"his motive...was entirely motivated by the soil of that district"（第二二〇頁）

"a rustic oldster"（第二五七頁）

字的誤用：

"the vulgate language of the people"（第一二五頁）

"quietism was fervently desired be the rulers"（第一四二頁）

"the importance and finality of nonentity"（第一七八頁）

"ceremonious occasions"（第四三九頁）

文法上的不可通：

"despite its rhythmical cadences were extremely pleasant to the ear"（第一八二頁）

這些錯誤只要一個尋常的原稿審定者就會把它剔除掉，同時一個原稿審定人對於標題之類排印完整方面的十分疏忽也該盡點兒力。本書對斜體字、羅馬字、及引用符號（大寫及連字符不算）的應用真是馬虎極了。

羅馬字拼音真把陳教授害苦了，他所用的拼法有些是從來沒有的，如：

“Hsuo-Wên”（《說文》・第一五二頁）

“t’uo”（第一五八頁）

“Suang-mên”（桑門・第一九六頁）

不合慣例的，如：

以“Wang Ch’an”代“Wang Ts’an”（王粲・第一六二頁）

以“P’an O”代“P’an Yüeh”（潘岳・第一六七頁）

以“Lao-ch’an Yu-chi”代“Lao Ts’an yu chi”（《老殘遊記》・第六一八頁）

另有一些則是錯誤讀音的結果，如：

以“Ts’ao T’iao”代“T’sao Fu”（曹頫）——小說家曹雪芹之父（第五八七頁）

在許多用羅馬字拼音不一致的例子中，最引人注意的出現於第二九五頁，我們在第一段第三行之中發現了

“Liu Tsung-Yüan”，而在同頁的七行之下又發現了

“Liu Chung-Yüan”（同是「柳宗元」的音譯）

在一本超過六百五十頁，由甲骨卜辭至胡風的被清算整肅止，包羅了整個中國文學發展的大書中，作者難免要依靠相當多的間接資料——這可解釋為本書某些錯誤事實的原因。在

一二五頁上對王褒〈僮約〉的任意竄改便是一個例子。但在對某一故事情節的顯著錯誤解說之後，卻夾著一大段原文的翻譯，像這種情形又該如何解釋？不錯，在二八〇頁〈李娃傳〉的譯文中的確包含了幾個可笑的錯誤，但作者至少曾看過原文卻是很顯然的，那為什麼卻又在前面的解說中將故事誤述了呢？

無疑的，到目前為止，我們所討論的只是本書純表面的錯誤。陳教授的某些錯誤直荒謬到了驚人的程度，試看一五七頁上來自《世說新語》的翻譯：「張季鷹……被他同時的人稱為江東的步兵」，而《世說》之原意實為「張翰……時人稱為江東阮籍」，當然，大部分研究中國文學的學生一定聽說過「阮步兵」❶的吧？

本書令人失望之真正原因實在其材料之處理及組織。不幸是難以想像的混亂，若無相當長度的引證，則無法把它表明。但不管怎樣，本人將盡力舉出一、二實例來。

①在第十章「魏晉」，由一七〇至一七七頁中對陶潛有一相當完備的論述，包括了由一七六至一七七頁上對〈五柳先生傳〉的記載。但在第十一章「中古文學」中作者又再次介紹到陶潛說：「王羲之之後有陶潛。」而對五柳先生則說：「他的〈五柳先生傳〉是一幅動人的自畫像……」等等。

②第十一章二〇八頁，在「正如王褒，庾信（五一二—五八一）也在五五二年被擄之後，

開始完全改變了其文學風格」之下，隨著便是對其詩歌的討論及引證，緊接著則是關於其名賦〈哀江南〉（*Lamenting the Southen Area* ——陳氏原文）的敘述。在第十二章，又發現了三頁半以上（由第二二三至二二七頁）關於庾信的討論，這次他說：「新賦的傳統在庾信（五一三—五八一）手中而登峰造極」，並在二二五頁上又開始了對其名賦〈哀江南〉（*Lamenting the Southern region* ——陳氏原文）的極其詳備的論述，據這前後兩論述，我們將會注意到，庾信的壽命隨了本書之進展也逐漸減縮了。同時任何一位編纂本書索引的人都會記錄下庾信的兩次出現，但此兩篇名賦的前一篇——稱 Area 的那一篇——則總由他的手上遺漏。

③在第二十三章（中國戲曲的興起）四六三頁上，作者說：「（早期戲文）最受歡迎的《琵琶記》（*P'i P'a Chi or Record of the Balloon Guitan* ——陳氏原文）是出自名作家高明之手（享盛名於元末，即一三四五—一三七五）……」同時由四六三至四六五頁上有一極詳的劇情解說。但假如我們翻至二十七章（明代戲曲）五二二頁上，我們發現：「南戲發展初期最偉大之劇作家便是高明（一三一〇?—一三八〇?）……主要是因《琵琶記》而享名（*P'i P'a Chi or the Record of the Stringed Instrument* ——陳氏原文）……」在此之下又是一長達五十三行的劇情詳解。

④本書最值得注意的例子發生在第二十四章（早期白話小說），在面對面的兩頁上，作者兩次言及一部早期白話小說集，而似乎並不知道他所提到的是同一本集子。在四六八頁的中間

他說：「這類書中最早的樣本已經在中國亡失了，幸好有五本仍保存於日本政府圖書館中，這五本書所選擇的都是中國歷史上動人的小插曲，如武王伐紂……」本頁的下半部則為對話本文學的概略敘述，四六九頁的上半部討論到《宣和遺事》，而在此頁的末尾他說：「由話本發展至完全成熟的小說的轉變過程，我們可由五本早期的平話中看出，此五種平話的原版現皆保存於日本，這五種發行於元英宗至治年間（一三二一—一三二三）的平話，供給了我們元代腳本的譯本。」我認為，極明顯的，作者在此兩處所指的都是《全相平話五種》，雖然他一直沒有說出「它」的名字❷。

天哪！這未免是從清代考訂之學的束縛中解放得太過火了，雖然，為了金錢我也寧願賣點兒野人頭來充充學問（假如只知道你所談的幾個書名就算數的話）。

我們可無限的繼續找出本書的缺點來，總之，我們只須說這是一本極大、極繁瑣、極混亂、而又極不正確的間接資料的關於中國文學的大雜燴。我熱烈的盼望，在「它還沒有造成太大的災害前，能有一更好的著作來代替它。」

【附記】

赫克斯曾全譯王逸本《楚辭》十七卷，一九五九年由倫敦牛津大學出版。一九六二年有美國版。哈佛大學 I. R. Hightower 為作序，謂氏之《楚辭》翻譯可比美於 A. Waley 的《詩經》全譯。日本竹治貞夫有長文評介，見《支那學研究》第三十號（廣島支那學會一九六五年出版）。

❶《世說新語・任誕》第二十三：「張季鷹縱任不拘，時人號為江東步兵……」，《晉書》卷九十二〈張翰傳〉文略同。步兵指步兵校尉阮籍，二人性形相似。陳書死譯為「江東的步兵」。

❷《新刊全相平話武王伐紂書》三卷（別題《呂望興周》），《新刊全相平話樂毅圖齊七國春秋後集》三卷，《新刊全相秦併六國平話》三卷（別題《秦始皇傳》），《新刊全相平話前漢書》三卷（別題《呂后斬韓信》），《新刊全相平話三國志》三卷。以上五種均元至治間建安虞氏刊，上圖下文。日本內閣文庫藏，近年有影印本。（李華元譯，曾刊《文壇》雜誌）

中國文學重要選本目錄

序言

歷代文學作品，極為繁賾。觀史志目錄，一朝別集多者達數千種，一人之詩或逾萬首。篤學之士，望洋興歎。其中良莠猥雜，真偽混淆。即一人之作品，亦工拙懸殊。等量齊觀，非惟勢不可能，抑亦無此必要。澄汰莠稗，乃見菁華。宣聖刪詩，僅存十一，實為文學選本之祖。其後劉向編《楚辭》，訂《戰國策》，諒亦有所去取。唐勒與宋玉並稱，〈漢志〉有其著作，而《楚辭》不收，可見鑑別之精。戰國策士之文，總雜不類。更生輯奇策異智，可喜可觀者為書，用能聳動後世。非縱橫家之文，皆能闡衍要眇，引人入勝也。《昭明文選》網羅春秋至蕭梁之美文，如李密、劉伶以一文傳，荊軻、劉邦以一歌傳。其不入選之作，多澌滅無存。不得主名之傑作，如〈孔雀東南飛〉始見於《玉臺新詠》，〈木蘭辭〉始見於《古文苑》，皆選本也。故古今重要選本，實為文學代表作品之結晶。

《全唐詩》、《全唐文》、《全金詩》、《全上古三代秦漢三國六朝文》等書，意在博蒐旁采，賅備無遺，似不合精選之意。然此等書皆成於清人之手。凡一代作品，歷數百年，乃至數千年之淘汰，而僅存者不過若干分之一，大率為較優越者。是其所收者為群眾選存之結果。雖未必如私家之精核，而自有客觀之因緣。

藉選文倡導某種文學作風，如《昭明文選》、《駢體文鈔》之推重駢儷，如《唐文粹》、《古文辭類纂》之歸仰古文，如《文章正宗》、《斯文正統》之側重道義，如楊億《西崑酬唱集》，孫鑛《今文選》之各有所宗師。苟能言之成理，自有徒黨景附。其選愈精，其行自廣。未流偏宕，新書代興。苟可以代表一時風會，即自有不可磨滅之歷史價值。

李東陽《懷麓堂詩話》云：「選詩誠難，必識足以兼諸家者，乃能選諸家；識足以兼一代者，乃能選一代。一代不數人，一人不數篇，而欲以一人選之，不亦難乎！」坊間最流行之通俗選本，如《古文觀止》，《千家詩》，《唐詩三百首》等，未必出於名家，然多由各家選本中複選。集多數人之趣味觀點，以通俗易解，便於揣摩為依歸，用能家弦戶誦，雅俗共賞。如今傳《千家詩》，稱「信州謝枋得疊山選」者，固非全屬事實，疊山有《註解章泉澗泉二先生選唐詩》（見《四庫未收書目》）、《懸鏡千家詩》二書，為採摭所本，劉後村分門《類纂唐宋時賢千家詩選》，亦供抄撮，是劉謝二家固隱操選政，非斗方名士與書賈可以奔走天下也。

助成選本之流行，校勘注解，敘論評點，均有重要關係。《昭明文選》得李善注，《古文辭類纂》得吳汝綸、高步瀛等點勘箋釋，乃更便於初學。此種迭經整理之選本，與原刊白文，面目懸殊。亦有注本行而古本白文僅供參校者。今茲著錄，以適於初學之讀本為重，故亦有不列原刊者。

唐姚合《極玄集》，始附作家小傳，於別字爵里登科年代，一一臚列，供知人論世之資，用意甚善。元好問《中州集》，人為傳記，具詳始末，既資解詩，亦以存史。朱彝尊《明詩綜》，作者里貫略歷之外，並附評論。其有名選本未記作者生平者，注釋者亦多為補入。世或謂中國古代無文學史，不知此等選本，實具備文學史各種性質，惟例證獨多，傳記評論較簡而已。

今輯重要選本目錄，標準有四：一包羅宏富，為作品總彙。二特徵鮮明，為風會代表。三通俗流行，影響深遠。四祕笈珍篇，有裨論史。不在此列者，暫從省略。就所選目錄研討，竊以為文學史主要資料，燦然大備。一般社會，多年流行之國文教材，亦包舉無遺。

依選本性質，分為八類：一詩文合選，二文（辭賦古文駢文）選，三經世文選，四詩歌樂府選，五詞選，六戲曲選，七小說選。同一類中首列通貫古今之選本，斷代者以時代先後為序，同一時代者以選本出現先後為序，同一人之選本，以成書先後為序。每一書皆舉其名稱、卷數、編選者、重要序跋人、校注評點者、成書年月、主要版本（特重初刊，修訂本，流行易得本）、內容介紹等。

一人專集選本，頗有鑑別精嚴，卓具別裁者。類量過多，美不勝收。地域性選本，極便於區域文學史研究，價值亦高，惟或與一般選本重複。編者聞見寡陋，多有知其名未見其書者。暫從割愛，情非得已。近年來新文藝選本，門類繁多，琳瑯滿目，當另編專目，發揚國光。此目除選入大中學課本之作品外，暫未涉及。

今之才士，好為高論。或推重專集，厭薄選本；或表彰幽隱，睥睨名家，對一人之作，亦或摒棄名篇，甄錄小品，見仁見智，具有千秋。今輯此目，意在博綜群言，介紹常識，由家弦戶誦之作，進而及人間珍祕，海外奇書，惟門徑之洞開，期堂室之可望。匆遽成篇，用便初學，疏失之處，誠恐難免。明達君子，哂而教之。再本篇蒐羅抄撮實出郭宣俊君，體例定稿則由愚負責云。

民國五十年四月十五日

一　詩文合選本

文選　六十卷　梁昭明太子蕭統編，唐李善注，清嘉慶十四年胡克家刻仿宋尤氏本，上海文瑞樓、掃葉山房、臺北藝文印書館均影印此本。唐呂延濟、劉良、張銑、呂向、李周翰五臣注合刻為六臣注本。明吳郡袁褧仿宋廣都裴氏刻本，四部叢刊影印此本。《文選》輯周至梁詩文作者凡百三十家，皆「事出於沉思，義歸乎翰藻」。始春秋時卜子夏，終梁徐悱。陸游《老學庵筆記》云：「《文選》爛，秀才半。」可見其風行。駱鴻凱有《文選學》(民國二十六年中華書局版)，詳述《文選》源流撰人掌故等。高步瀛有《文選李注義疏》八卷，民國十八年至二十六年北平直隸書局排印本。

古文苑　二十一卷　編者不明，宋章樵注。民國十二年商務涵芬樓影印明成化張世用刊本，又四部叢刊景鐵琴銅劍樓宋刊本。宋淳熙六年（一一七九）韓元吉序，紹定五年（一二三二）章樵序。守山閣叢書本附清錢熙祚〈校勘記〉一卷。

本書傳孫洙於佛寺經龕中得之，為唐人所藏。內容收東周至南齊詩賦雜文二百六十餘首，皆史傳《昭明文選》所不載。然所錄漢魏詩文，多從《藝文類聚》、《初學記》刪節之本，石鼓文亦與近本相同，疑由宋人輯選而成，飾詞以重其書耳。章樵字升道，宋臨安昌化人，嘉定元年（一二〇八）進士，官至知處州。

續古文苑　二十卷　清孫星衍編。嘉慶冶城山館刊本，江蘇書局本。

星衍字季逑，號淵如，江蘇陽湖人，乾隆五十二年（一七八七）榜眼，官至山東督糧道。

文苑英華　一千卷　宋李昉等編。明會通館活字本。平津館有影宋嘉泰間刊本，《四庫全書》

本。民國五十四年五月臺北華文書局景明隆慶元年刻本，精裝十三冊，附索引一冊，並附彭叔夏辨證。有林尹序。

李昉字明遠，河北饒陽人，太宗時官至同平章事，卒謚文正。事見《宋史》卷二六五。

宋太平興國七年，李昉、扈蒙、徐鉉、宋白等奉敕編，續又命蘇易簡、王祐等參修，至雍熙四年（九八七）書成。梁昭明太子輯《文選》，迄於梁初。此書所錄，則起於梁末，蓋即以上續《文選》。其分類編輯體例，亦略相同，而門目更為繁碎。唐人文集，今日十不存一，是書為著作淵海。南宋彭叔夏有《文苑英華辨證》十卷，知不足齋叢書第十九集收之。

文章正宗　二十卷，續集二十卷　宋真德秀編。元刊二十一卷本，明嘉靖二十三年孔天允刊本、清江西刊本。

德秀字希元，福建浦城人，慶元五年進士，官至參知政事，有《西山文集》。《宋史》卷四三七〈儒林〉有傳。書成於理宗紹定五年（一二三二），所輯以明義理切世用為主。其體本乎古，其指近乎經者，然後取焉。否則辭雖工亦不錄。其目凡四，曰辭命曰議論曰敘事曰賦。錄《左傳》、《國語》以下，至唐末之作。續集皆北宋文，缺詩歌辭命二門，末卷議論之文，有目無書，蓋未成之本。

漢魏六朝百三家集　一百十八卷　明張溥編。汲古閣刊本。清光緒十八年善化章經濟堂重刊本，杭州林氏刻本。民國五十二年臺北新興書局景印本，精裝四冊，首付便查表。

張溥字天如，江蘇太倉人，崇禎四年進士，官庶吉士，為復社領袖，有《七錄齋集》。《明史》卷二八八〈文苑〉有傳。

本書輯漢魏六朝之遺文遺詩匯於一篇，以張燮《七十二家集》為根柢，而取馮惟訥《詩紀》、梅鼎祚《文紀》排比附益之，以成是集。始賈誼，終薛道衡。卷帙既繁，不免務得貪多，失於限斷，編錄亦或無法。考證時有未明，有本係經說而入之集者，有本係子書而入之集者。

唐文粹　一百卷　宋姚鉉編。宋寶元二年（一〇三九）初刊本，四部叢刊影印元翻宋刻小字本。光緒庚寅仁和許增校刻本。民國五十一年二月臺北世界書局景印本，精裝一冊。

鉉字寶臣，安徽合肥人，太平興國進士，官至兩浙轉運使，《宋史》卷四四一〈文苑〉有傳。

是書文賦惟取古體，而四六之文不錄，詩歌亦惟取古體，而五七言近體不錄。蓋詩文儷偶，皆莫盛於唐，盛極而衰，流為俗體，亦莫雜於唐，鉉欲力挽末流，故體例如是。於歐陽脩、梅堯臣以前，提倡古文古詩，與穆修、柳開相呼應。名為文粹者，蓋精選《文苑英華》十分之一。

元文類　七十卷，目錄三卷　元蘇天爵編。元統二年（一三三四）成書。光緒十五年蘇州官書局本，四部叢刊影印元至正二年（一三四二）西湖書院刻本，商務國學基本叢書本，民國二十五年十二月初版。民國五十一年二月臺北世界書局景印本，精裝一冊。

天爵字伯修，河北正定人，由國子生公試第一，官至江浙行省參知政事。著有《滋溪文稿》三十卷。事見《元史》一八三、《新元史》二一一。

是篇去取精嚴，具有體要。自元初以逮中葉，作品英華採擷略備。分四十三類。天爵博學能文，長於鑑別，所輯多關係一代文獻之作。

皇明文衡　一百卷　明程敏政編。明嘉靖刻本，有淮康盧煥書後。涵芬樓影印明刊本，四部叢刊本。民國五十一年二月臺北世界書局景印明刊本，精裝一冊。

敏政字克勤，安徽休寧人。成化二年進士，官至禮部右侍郎，著有《篁墩集》、《新安文獻志》。事見《明史・文苑傳》。

是書收明洪武至成化，一百五十六家，文詞之精者，分類錄之得九百七十二篇。分三十八類，悉從《玉臺新詠》之例，題作者姓名。

明文在　一百卷　清薛熙編。康熙三十二年古滌水園刊本，光緒十五年蘇州書局本。民國二十五年商務印書館國學基本叢書本。

薛熙字孝穆，江蘇常熟人，以布衣遊孫永祚、汪琬之門，肆力古文辭，有《依歸集》。是書仿《昭明文選》體例，各以類從，輯詩文二千餘首，所錄頗能別擇。

注音詳解古今文選　梁容若、齊鐵恨主編。創刊於民國四十年九月，迄五十年八月共出平裝本二十冊（精裝本四冊）。臺北國語日報社出版。第四冊精裝本有毛子水、戴君仁、巴壺天、成惕軒、孫克寬等序文。

編法：一、原文根據善本足本，校勘精密，標點分段。

二、注解求明瞭則酌用白話，為切實則全舉出處；深入淺出，兼籌並顧。

三、凡古文及古體詩詞，均附有白話翻譯或講疏，用標準國語講述。

四、全部注標準國音，照注音符號誦讀，可以溝通國語國文。

五、附入題解、文法分析、段落大意、修辭說明、文章解剖、讀後感等資料，便於研究及練習作文。

六、作者傳記務求詳審，期為讀文知人之一助。附記著譯圖書目錄版本，及傳記資料，以便參考研究。

七、作家畫像照片，及與文章或注解有關之圖版儘量收入，期能圖文相輔，增與趣而便理解。

二　文（辭、賦、古文、駢文）選本

楚辭章句補註　十七卷　漢劉向編，王逸章句，宋洪興祖補注，陳直拾遺。四部叢刊影印明翻宋補注本。民國四十五年臺北世界書局排印本。

王逸字叔師，南郡宜城人，安帝元初中舉上計吏為校書郎，順帝時為侍中。事見《後漢書》卷一百一十〈文苑傳〉。

興祖字慶善，丹陽人，紹興中試策第一，南宋初知真州饒州。《宋史》卷四三三〈儒林〉有傳。

楚辭集注　八卷，辨證二卷，後語六卷　宋朱熹撰。明成化十一年吳氏刻本，民國十九年上海掃葉山房石印本，民國四十五年三月臺北藝文印書館景宋端平刊本。

前五卷共七題二十五篇定為屈原著。後三卷八題十六篇為宋玉景差等所著。序曰「蓋自屈原賦〈離騷〉而南國宗之。名章繼作，通號《楚辭》。……而獨東京王逸章句與近世洪興祖補注並行於世。其於訓詁名物之間則已詳矣。顧王書之所取舍，與其題號離合之間，多可議者。而洪皆不能有所是正。至其大義則又皆未嘗沉潛反復，嗟歎詠歌，以尋其文詞指意之所出，而遽欲取喻立說，旁引曲證，以強附於其事之已然。是以或以迂滯而遠於性情，或以迫切而害於義理。……予於是益有感焉……聊據舊編粗加隱栝……庶幾讀書得以見古人於千載之上。」後語錄《荀子・成相》至呂大臨〈擬招〉共五十二篇，近似《楚辭》之作。

古文關鍵　二卷　宋呂祖謙編。明嘉靖刊本，退補齋刊本。金華叢書本。同治九年古閩晏湖張氏勵志書屋刊本。

祖謙字伯恭，金華人，隆興進士，復中博學弘詞科，官至國史院編修，學者稱東萊先生。卒諡成，著有《東萊集》。事見《宋史》卷四三四〈儒林傳〉。

《提要》卷一八七云：「取韓愈、柳宗元、歐陽脩、曾鞏、蘇洵、蘇軾、張耒之文凡六十餘篇。各標舉其命意布局之處，示學者以門徑，故謂之關鍵。卷首冠以總論看文作文之法。」《宋史・藝文志》載是書作二十卷誤。

崇古文訣　二十卷　宋樓昉編。寶慶二年（一二二六）陳振孫序。明刊大字本，清四庫全書本。

昉字暘叔，號迂齋，浙江鄞縣人，紹熙四年進士，歷官守興化軍，卒追贈直龍圖閣。

《提要》卷一八七云：「是集所選古文，凡二百餘首。陳振孫書錄解題，稱其大略如呂氏關鍵，而所錄自秦漢而下，至於宋朝，篇目增多，發明尤精，學者便之。……宋人多講古文，而當時選本存於今者，不過三四家……，世所傳誦惟呂祖謙《古文關鍵》，謝枋得《文章軌範》及昉此書而已，而此書篇目較備，繁簡得中，尤有裨於學者。蓋昉受業於呂祖謙，故因其師說，推闡加密。正未可以文皆習見而忽之矣。」

文章軌範　七卷　宋謝枋得編。明王守仁龍場刊本，清咸豐二年溧陽萬氏套印本。同治三年望三益齋刊本。《百家評注文章軌範》七卷，附〈閱古隨筆〉二卷，明茅坤注，清常熟顧充集評，蔣時機訂正，乾隆刊本。日本海保元備補注本，日本明治萬青堂刊本。續編明鄒守益輯，焦竑評，李廷機注，日本寬政六年（一七九四）刊本。

枋得字君直，號疊山，江西弋陽人，宋寶祐中進士乙科，卒年六十四。《宋史》卷四二五有傳。

《提要》卷一八七云：「是集所錄漢晉唐宋之文，凡六十九篇，而韓愈之文居三十一。柳宗元、歐陽脩之文各五。蘇洵之文四。蘇軾之文十二。其餘諸葛亮、陶潛、杜牧、范仲淹、王安石、李覯、李格非、辛棄疾人各一篇而已，前二卷題曰放膽文，後五卷題曰小心文，各有批注圈點。……前有王守仁序，稱為當時舉業而作。然凡所標舉，動中窾會，要之古文之法，亦不外此矣。」

四六法海　十二卷　明王志堅編。天啟七年（一六二七）自序。吳郡王氏自刊本，清乾隆間補修本，廣州重刻本。

志堅字弱生，江蘇崑山人，萬曆三十八年進士，官至湖廣提學僉事。《明史》卷二八八〈文苑〉有傳。

此篇所錄由魏晉下迄於元。

評選四六法海　八卷　清鉛山蔣士銓評選。咸豐元年蔣立昂跋。同治八年方濬師序。忠雅堂文集本，民國間上海文瑞樓石印本。

士銓字心餘，江西鉛山人，乾隆二十二年進士，官御史，著有《忠雅堂集》。

古文析義　十六卷　清林雲銘編注。康熙間芥子園巾箱本。嘉慶六年重刊本、三讓堂刊本。

雲銘字西仲，侯官人，順治進士，官徽州府通判，有《莊子因》、《挹奎樓集》、《吳山鷇音》等著。

古文辭類纂　七十四卷　清姚鼐編。清嘉慶末興縣康紹鏞刻七十四卷本先出，係姚氏乾隆中葉主講揚州梅花書院時訂本，有評點。道光五年金陵吳啟昌刻七十五卷本，據姚氏晚年主講鍾山書院定本，有評無圈點，較康刻為善。北平有民國間徐樹錚諸家輯評本。高閬仙（步瀛）先生有《古文辭類纂注》七十九卷，最為詳贍。吳興王文濡有《評校音注古文辭類纂》，民國十二年上海中華書局版。臺北世界書局民國四十五年十月初版。原序作於乾隆四十四年。

姚鼐字姬傳，乾隆進士，散館授主事，遷郎中告歸，主講鍾山書院，卒年八十五。有《惜抱軒全集》。

續古文辭類纂 三十四卷 清王先謙編。長沙思賢講舍本。王文濡校注本，民國十三年上海文明書局排印本。民國四十九年十一月臺北世界書局重印本，二冊。

先謙字益吾，號葵園，長沙人，同治四年進士，歷官至國子監祭酒、江蘇學政、內閣學士。著有《虛受堂詩文集》。

自序略曰：「道光末造，士多高語周秦漢魏，薄清淡簡樸之文為不足為。梅郎中曾文正之倫，迺相為修道立教，惜抱遺緒，賴以不墜。其《古文辭類纂》一書，廣收而慎取，學者至今猶遵守之。余輒師其意，推求義法淵源，采自乾隆迄咸豐間，得三十九人，論其得失，區別義類，竊附於姚氏之書，亦當世著作之林也。」

續古文辭類纂 二十八卷 清黎庶昌編。光緒二十一年江寧李光明書莊刻本。民國五十三年臺北世界書局印行本精裝二冊。

庶昌字蒓齋，貴州遵義人，廩貢生，官至川東道，出使日本，影抄唐宋舊籍，成古逸叢書，有《拙尊園叢稿》。

是書錄古文四百四十九篇，總二十八卷，分上中下三篇。起於上編論辨類《書・洪範》，迄敘記類下之《湘軍志・營制篇》。黎續受曾氏《經史百家雜鈔》影響，多所補選，失姚氏原意。

古文觀止　十二卷　清吳乘權、吳大職編。康熙間刊本，光緒三十二年會友堂重印本，上海國學研究社梁溪曹國鋒譯釋本十二卷，有甲申（民三十三）年吳陵王紓運天恨序，民國三十八年香港萬象書店本。姚文翔譯注本，四十七年臺北大中國圖書公司版，前有作者傳略，附註釋，語譯。一九五五年北平文學古籍刊行社據映雪堂刊本排印。

吳楚材，浙江山陰人。

所選古文自周秦，迄明末為止。共二百二十二篇。起自《左傳》「鄭伯克段于鄢」，迄於明張溥〈五人墓碑記〉。

續古文觀止　四集（一冊）　東方出版社編。民國四十五年十二月初版。

例言略稱：《古文觀止》自周秦文迄明文為止；本書專輯有清一代之文，以與《古文觀止》相銜接。所選作家及文章，依時代之先後排比。自清初迄清季選作家一百十八人，文章一百五十三篇。第一集明末清初作家；第二集順治迄康熙、雍正三朝作家；第三集乾隆、嘉慶兩朝作家；第四集清道光迄咸豐、同治、光緒數朝作家。起自顧炎武〈與友人論學書〉，迄於薛福成〈答友人論禁洋煙書〉。附注釋，有語體譯文。

駢體文鈔　三十一卷　清李兆洛編。清合河康紹鏞刻本，同治六年晏江徐氏刊本，民國四十五年二月臺北世界書局印譚獻評本兩冊，有吳江吳育序，李兆洛序。

兆洛字申耆，江蘇武進人，嘉慶十年進士，官鳳臺知縣，工詩古文。罷官後，主講江陰書院，著有《李申耆五種》。譚獻字仲修，浙江仁和人，同治六年舉人，著有《復堂類稿》。所選自秦起，至隋止。序曰：「少讀《文選》，頗知步趨齊梁，後蒙恩人庶常。臺閣之製，例用駢體，而不能致工，因益搜輯古人遺篇，用資時習。區其巨細，分為三編。」上編十八類，起於李斯〈嶧山刻石〉，迄於劉孝儀〈彈賈執傅湛文〉。中篇八類，起自司馬遷〈報任安書〉，迄於庾信〈思舊銘〉。下篇五類，起於淳于髡〈諷齊威王〉，迄於梁簡文帝〈為人作造寺疏〉。

六朝文絜　四卷　清許槤評選。道光五年刊本，光緒八年蘭陵薛氏朱墨套印本，德化黎經誥箋注本十二卷，光緒十五年自序，民國十三年成都志古堂重刊本，四十八年十月臺北新興書局版。

許槤字叔夏，號珊林，浙江海寧人，道光十三年進士，官至江蘇江安糧道。

經史百家雜鈔　二十卷　清曾國藩編。光緒間長沙傳忠書局刻曾文正公全集本。《經史百家簡編》二卷。吳汝綸《曾氏百家雜鈔點勘記》一卷北京排印本。宋晶如、章榮同注本，民國三十七年上海世界書局初版。

曾氏自序略曰：「咸豐十年，余選經史百家之文，都為一集，又擇其尤者四十八首，錄為簡本；以貽余弟沅甫，重寫一冊，請余勘定，乃稍以己意，分別節次，句絕而章乙之。間亦釐正其謬誤，評隲其精華，雅與鄭並奏，而得與失參見。」

全上古三代秦漢三國六朝文 七百四十六卷 清嚴可均輯。光緒十三年黃岡王毓藻廣州刻本。民國十九年武進沈乾一校點，上海醫學書局影印本。民國五十年三月臺北世界書局景印王氏原刻本，精裝九冊本。

可均字景文，浙江烏程人，嘉慶五年舉人，官建德教諭，博聞廣識，精考據之學，著有《鐵橋漫稿》，事見《清史稿・儒林傳》三、《清儒學案》一一九、一一〇。

是書經九年編選，拾遺補闕，十八年成書。共收三千四百九十七人，分代編次。蒐采宏富，備載出處，唐以前文咸萃於此。各人皆為小傳，亦得要領。

涵芬樓古今文鈔 一百卷（百冊） 清吳曾祺纂。商務印書館排印本。宣統二年嚴復序，侯官吳曾祺序。無註釋無傳略。

例言曰：「是集選自上古之時，迄於國朝同光之間而止，為文八千餘篇，分為百帙。是集凡十三類，於每類之中，因其為體之異，別為子目，凡二百一十三。起於論辨類，論目彭祖攝生養性論，迄於哀祭類，青詞目。」

中華文彙 八冊 總編纂高明。民國四十六年起中華叢書委員會陸續出版，臺灣書局經售。

凡例曰：不收詩詞曲小說戲劇等文。兼收駢散，不加軒輊。每類之文，略依作者先後為序。作者小傳，則彙編於每部之首，所輯之文，俱注原書出處於題目之下。又所輯各文，酌分段落，並加標點。「其編次曰論說、曰辭賦、曰頌銘、曰序跋，皆所謂著述文也；曰詔令、曰奏議、曰書牘、曰贈序、曰哀祭，皆所謂告語文也；曰傳誌、曰敘記、曰典志，皆所謂記載文也。」各冊主編人如下：先秦文（李曰剛），兩漢三國文（林尹），兩晉南北朝文（巴壺天、戴培之），隋唐五代文（張壽平），遼金元文（江應龍），宋文（方遠堯），明文（袁奐若），清文（祝秀俠、袁帥南）。

欽定全唐文 一千卷，附姓氏韻編二卷 清嘉慶十九年董誥等奉敕編。嘉慶十九年內府本。揚州官本。廣州局本。民國五十一年十二月臺北匯文書局景印本，精裝二十冊。

董誥字雅倫，富陽人，乾隆進士，官至太子太傅，卒諡文恭。

御製序云：「仍從《四庫全書》及《永樂大典》、《古文苑》、《文苑英華》、《唐文粹》諸書內，蒐羅採取，普行甄錄。而原書內亦有誤收之文，及有關風化之作，悉刪除不載。

偽周編造之字，皆改正之。累月經年，共成書千卷，文萬有八千四百八十八篇，命名曰《全唐文》……。有唐一代，人文蔚起，書中撰文者三千四十三人，亦有言行相符者，亦有言與行違者，舍短取長，不以人廢言也。」五代文附入，釋道章呪偈頌等不收。

唐文拾遺　七十二卷，續十六卷　清陸心源輯。光緒十四年十萬卷樓刻本。民國五十一年臺北文海出版社景原刻本精裝二冊。此書專錄《全唐文》漏收之文。有俞樾序。

心源字剛甫，號存齋，浙江歸安人，咸豐舉人，官福建鹽運使，富藏書。刻有十萬卷樓叢書，著有《皕宋樓藏書志》，《儀顧堂集》。

唐文評註讀本　上下兩冊　吳興王文濡選。民國五年上海文明書局初版，十八年第十四版。序曰「竊謂古今文質升降，唐握其樞，肩三代秦漢之傳，袪齊梁陳隋之弊，衍宋元明清之緒，不朽盛業，矞矞皇皇，前驅後援，唐賢之功不為小矣。」是編以論辨、序跋、奏議、書牘分錄楊炯、韓愈、柳宗元、元結、司空圖等家古文六十篇。

唐宋文醇　五十八卷　乾隆三年御選。內府刊五色套印本，廣州重刻大字本，蘇州局本。浙江書局重刻本。

是書錄八家及李翺、孫樵之文。卷首凡例云：「是編所采古今人評跋及詩文論說……在本朝為張英勵、杜訥、李光地、儲欣、蔡世遠，皆取其於文有所發明者……其文中所載姓名事跡有須考者，間採錄本史以備參詳……是編始雖取材於儲欣選本，復有欣本所遺，而不可不采者，亦並錄入，通計十之二。」

唐宋八大家文鈔　一百六十四卷　明茅坤編。明萬曆刊本，清康熙三十年刊本。

茅坤字順甫，號鹿門，浙江歸安人，嘉靖十七年進士，官至大名副使，有《白華樓藏稿》、《玉芝山房稿》。《提要》一八九云：「《明史．文苑傳》稱，坤善古文，最心折唐順之。順之所著文編，唐宋人自韓、柳、歐、三蘇、曾、王八家外無所取，故坤選八大家文鈔。」每家各為之引。所選錄各篇，尚得繁簡之中。集中評語，亦足為初學門徑。家弦戶誦，固亦有由。鍾惺有《唐宋八大家選》二十四卷，為是書精選本。清呂留良《晚村先生八家古文精選》八卷，張伯行《唐宋八大家文鈔》十九卷，沈德潛《纂評八大家文》三十卷，均為此書約選本。

唐宋文舉要箋證　甲編八卷，乙編四卷　霸縣高步瀛編。民國二十三年北平直隸書局排印本、臺北藝文印書館影印本六冊。

序曰：「今約取唐宋文若干首加以箋釋，分為甲乙編，用備學者習肄，竊嘗謂今日為學，門戶之見不可存，而門徑之辨則不可不審。區區文藝，特其一端云爾。」甲編為古文，自魏徵〈十漸不克終疏〉起，迄於朱熹〈送郭拱辰序〉止。計唐文一百篇，宋文七十八篇。乙編為駢文，起於王績〈答刺史杜之松書〉，迄於文天祥〈賀侍郎月山啟〉。

唐駢體文鈔　十七卷　清陳均編。嘉慶間陳氏家刻本，廣州局重刻通行本。

宋文鑑　一百五十卷　宋呂祖謙編。上海涵芬樓四部叢刊影印鐵琴銅劍樓藏宋刊本，光緒十二年蘇州局本。民國五十一年二月臺北世界書局景印本。

宋孝宗時，命祖謙編輯，取祕府及士大夫所藏北宋諸家文集，旁採傳記他書，悉行編類，凡分六十一門。

南宋文範　七十卷　清莊仲方編。道光十七年活字版本，附外編四卷，蘇州局本。

仲方字芝階，浙江秀水人，嘉慶舉人，官內閣中書，有《映雪樓文稿》。

宋四六選　二十四卷　清彭元瑞、曹振鏞編。乾隆四十二年刻本。

元瑞字掌仍，號雲楣，江西南昌人，乾隆二十二年進士，官至工部尚書協助大學士，諡文勤。振鏞字儷笙，安徽歙縣人，乾隆四十六年進士，官至武英殿大學士，卒諡文正。

金文最　一百二十卷　清張金吾編。光緒七年廣州粵雅堂刊本，二十一年江蘇書局刊本。

金吾字慎旃，江蘇昭文人，道光諸生，輯詒經堂續經解，藏書至八萬餘卷，有《愛日精廬藏書志》。

丁丙輯《善本書室藏書志》：「嘗以《文選》而後，《唐粹》、《宋鑑》、《元類》、《明衡》

四編之外，尚闕金源一代，因采《金史》、《金集禮》、《弔伐錄》、《三朝北盟會編》諸書，凡山經地志金石牌版醫書譜錄雜家小說，旁及二氏之藏，外藩之書，無不甄錄，合之拙軒等五集，分類編次，勒成一百二十卷，取《公羊傳》注，最聚也之意，名其書。」自序後列凡例十六條。有阮元、英和、陳揆、黃廷鑑四序。

金文雅　十六卷　清莊仲方編。道光二十一年印本，光緒十七年蘇州局本。

仲方字芝階，浙江秀水人，嘉慶舉人，官內閣中書，有《映雪樓文稿》。

遼文存　六卷，附錄二卷　清繆荃孫編。藝風堂家刻本、上海來青閣影印本。

荃孫字筱珊，晚號藝風老人，江蘇江陰人，光緒二年進士，官學部候補參議。著有《藝風堂詩文集》。

遼文匯　十二卷（四冊）　陳述編。一九五三年中國科學院出版，中國圖書發行公司發行。一九三六年十一月陳述序。

序曰：「以本所所藏之拓本，與今存之繆氏拓本（繆荃孫輯《遼文存》六卷）互為勘校，又取諸家輯自群書者，一一按其來源，是正文字，兼著別見之異同，益以晚近新得者若干篇，匯為一編。」諸汗別為一卷，其他以時代先後為序，書末附類目，以便尋檢。附錄類目及作者索引及事跡考。所錄起自〈太祖清理獄訟詔〉（太祖七年），迄於十二卷契丹文

〈宣懿皇后哀冊〉。

國朝二十四家文鈔　二十四卷（八冊）　清徐斐然輯。上海掃葉山房民國十二年版。嘉慶元年歸安吳蘭庭序，嘉慶元年泰順曾鏞序。

是編所錄自王猷定〈元日冒雨尋詩序〉起，迄袁枚〈駁侯朝宗于謙論〉止，共五百三十八篇。

國朝文錄　八十二卷　姚椿編。清咸豐元年華亭張代南山館刊本，民國五十四年二月臺灣士林大新書局景印本，精裝六冊。

姚椿字春木，江蘇婁縣人，監生，學於姚鼐。道光元年舉孝廉方正不就。有《通藝閣詩錄》，《晚學齋錄文集》。本書分十五類，文取正大雅潔，能明道記事，考古有得，言詞深美者。論與書取舍尤不苟，惟序跋所取較濫。

國朝文徵　四十卷　清吳翌鳳編。咸豐元年吳江沈楙德世美堂刊本。

翌鳳字伊仲，江蘇吳縣人，嘉慶諸生。有《吳梅村詩集箋注》。

國朝文錄　八十二卷，續編六十六卷　清李祖陶撰。道光十九年瑞州府鳳儀書院刊本，同治七年刊本。

祖陶字邁堂，江西上高人，嘉慶十三年舉人，博覽經史百家，著有《邁堂文略》四卷。

道光十八年仲秋朱錦琮序曰：「復遵雲汀師意，取我朝文集之行於世者，次第讀之，得其卓然可傳者約數十家，而一代文章源流，升降之故，亦略可窺焉。」錄八十八家文，體例未精，評語亦陋。

八家四六文註　八卷　清吳鼒選。侯官許貞幹注。光緒十七年刊本，民國二十三年掃葉山房印行。光緒十年秋陳寶琛序。

吳鼒字山尊，安徽全椒人，嘉慶進士，官侍講學士，歸田後主講揚州書院，有《夕葵書屋集》。

是書收孫星衍、洪亮吉、孔廣森、劉星煒、邵齊燾、曾燠、袁枚、吳錫麒八人文一百六十九篇。

國(清)朝駢體正宗　十二卷　清曾燠編。嘉慶十一年刊本，光緒十三年上海蜚英館本。上海鴻章書局石印本。

燠字庶蕃，一字賓谷，江西南城人，乾隆四十六年進士，官至貴州巡撫，著有《賞雨茅屋集》。

序曰「國朝雲漢為章，璧奎應象，人稱片玉，家有聯珠，唯駢體別於古文。豈知古文喪真，反遜駢體，駢體脫俗，即是古文，跡似兩歧，道當一貫。」所選自毛奇齡迄陳黃中。

共文百七十二篇凡四十三家。

國（清）朝駢體正宗續編　八卷　清嘉興張鳴珂編。光緒十四年寒松閣自刻本。

鳴珂字公束，一字玉珊，浙江嘉興人，咸豐十一年拔貢，官江西德興縣知縣。

三　經世文選

皇朝經世文編　一百二十卷　清賀長齡輯。道光原刊本，同治癸酉歲撫郡雙峰書屋重校刊本八函八十冊。（袖珍本）民國五十三年六月臺北世界書局景印本，精裝八冊。

長齡字耦耕，湖南善化人，嘉慶十三年進士，官至雲貴總督，著有《耐庵文集》。

本書成於道光六年，邵陽魏源助編，前有姓名總目記作者里貫。收自清初迄道光初，有關世道之文凡七百餘篇。道光六年自序曰：「本朝以來碩公龐儒，俊士畸民之言，都若干篇，為卷七百有二十，為綱八，為目六十有三，言學之屬六，言治之屬五，言吏之屬八，言戶之屬十二，言禮之屬九，言兵之屬十二，言刑之屬三，言工之屬九。」起自張爾岐〈辨志〉，迄於趙宏恩〈請石塘外增築土塘疏〉。

皇朝經世文續編　一百二十卷　清葛士濬編。光緒十四年圖書集成局木活字本。光緒十四年俞樾序。南匯于鬯香跋。

士濬字子源，學禮（字恪庭）之子，上海人。好談經濟，不屑為章句訓詁之學。本書始編於光緒十二年四月，至次年十月成書。例言曰：「八綱六十三目均仍賀編之舊，惟自道光壬寅（一八四二）後中外交涉益繁，立洋務一綱，繫以七目，曰洋務通論……曰培才。」始於宗稷辰之〈養源篇〉，迄於張之洞吳大澂〈粵省創設水陸學堂以儲群材疏〉（光緒十三年）。張鵬飛有《皇朝經世文編補》，饒玉成、盛康均有《皇朝經世文續編》，邵之棠有《皇朝經世文統編》，未收。

皇朝經世文三編 八十卷（十六冊） 清陳忠倚編。光緒二十八年四月上海書局石印。光緒二十四年陳忠倚（自署淞南香隱）序。壬寅四月俞樾序言。選文以開源節流，富國強兵為四大端。

是書共選文八百餘首，起於〈上恭親王奏請開設同文館疏〉，迄於陳忠倚〈輯外洋通論卮言〉。末十二卷均論洋務。

皇朝經世文四編 五十二卷 清瀛州何良棟選序。光緒二十八年四月上海書局石印。凡例云：「此編之續，皆取中西名人偉論，有關經世之用，為初二三編所無者，莫不蒐采。初二三編半前賢偉論，泰西名士之作，殊歎寥寥，此編詳采無遺，以見華夏同文之盛。」分治體、學術、吏、戶、禮、兵、刑、工、外交等類。起自道光三十年羅惇衍〈勸求治理疏〉，迄於〈洋務憤言〉。所選文有不具名者。

皇朝經世文新編　三十二卷（十六冊）　清麥仲華編。光緒二十四年仲夏上海書局石印。梁啟超敘作於光緒二十四年，未署名。

麥仲華字曼宣，廣東順德人，康有為弟子。梁敘曰：「吾友麥君曼宣過海上，出其經世文新編相示，某已讀竟乃喟然歎曰，其庶幾吾孔子新民之義哉。書分通論、君德、官制、法律、學校、國用、農政、礦政、工藝、商政、幣制、稅則、郵運、兵政、交涉、外史、會黨、民政、宗教、學術、雜纂二十一門。中多通達時務之言，其於化陋邦而為新國有旨哉。」

求是齋有《皇朝經世文五篇》，甘韓有《皇朝經世文新編續編》，《皇朝經世文新編時務續編》，宜今室有《皇朝經濟文新編》，于驌莊有《皇朝畜艾文編》，經世文社編譯部有《民國經世文編》，附記於此。日本近代中國研究委員會編有《經世文編總目錄》二冊索引一冊。

四　詩歌樂府選

毛詩注疏　二十九卷　漢毛亨傳，鄭玄箋，唐孔穎達疏。臺北藝文印書館影印嘉慶二十年江西南昌府宋本《毛詩注疏》附校勘記，即十三經注疏本。

詩集傳　八卷　宋朱熹注。朱子遺書本、明司禮監本、清武昌局本、香港啟明書局影印粹芬閣本。書成於淳熙四年。

毛詩傳疏　三十卷　清陳奐撰。道光二十七年刊本、續經解本、商務國學基本叢書簡編本。

陳奐字碩甫，清江蘇長洲人，咸豐元年舉孝廉方正，同治二年卒。

詩經釋義　二冊　近人屈萬里著。中華文化出版事業委員會出版，民國四十一年八月初版。

一冊為釋國風，二冊釋雅頌。書為集解性質，不主一家，以簡明為主。凡採用舊說之屬於通訓性質者，概不著出處。著明出處時，或但著人名，或但著書名，或併著人名及書名。附有古器物、星象等圖，以助了解。

玉臺新詠　十卷　陳徐陵編。四部叢刊影印明五雲谿館活字本。清吳江吳兆宜《玉臺新詠箋》十卷，康熙十四年自序，程琰刪補，乾隆三十九年刻本。臺北世界書局民國四十五年二月排印本。

徐陵字孝穆，南朝東海郯人。仕梁為通直散騎常侍，入陳官至尚書僕射太子少傅，卒謚章。文辭綺麗，與庾信齊名。今傳《徐孝穆集》六卷。陵事見《陳書》卷二十六，《南史》附《徐摛傳》。吳兆宜字顯令，康熙中諸生，曾注徐孝穆，庾子山集。

所選前八卷為自漢至梁五言詩，第九卷為歌行，第十卷為五言二韻之詩。玉臺以喻婦女之貞，所取皆綺羅脂粉之詞。劉肅《大唐新語》云：「梁簡文為太子時，好作豔詩，境內化之。晚年欲改作，追之不及，乃令徐陵為玉臺集，以大其體。」則是此書作於梁時。

樂府詩集　一百卷　宋郭茂倩編。元至正初彭萬元刊本、清湖北書局本。四部叢刊影印汲古閣本。一九五五年北平文學古籍刊行社用北平圖書館藏宋刊本景印。民國五十年十月臺北世界書局重印此本。精裝三冊，首集序錄，末附補字表，及近人樂府箋一卷。

茂倩字德粲，渾州須城（今山東東平）人，元豐七年，河南府法曹參軍。《建炎以來繫年要錄》載，茂倩為侍讀學士郭褒之孫，源中之子，其仕履未詳。

是集總括歷代樂府，上起陶唐，下迄五代，凡分郊廟、燕射、鼓吹、新樂府等十二門。其解題徵引浩博，援據精審。宋以來考樂府者，無能出其範圍。每題以古詞居前，擬作居後，使同一曲調而諸格俱備，不相沿襲，可以藥剽竊形似之失。

瀛奎律髓　四十九卷　元方回編。元至元二十年初刊本、清康熙五十二年石門吳氏刊本、佩文書社民國四十九年影印河間紀昀批點刊誤本，光緒六年莫愁宋氏檝花龕叢書本。吳汝綸《評選瀛奎律髓》四十五卷，民國十七年邢之襄刊本。

方回字萬里，號虛谷，安徽歙縣人，宋景定進士，入元為建德路總管，著有《桐江集》、

《桐江續集》等。

是書選唐宋詩，分四十九類，皆五七言近體。故名律髓。大旨排西崑而主江西，倡一祖三宗之說。宋代諸集，不盡傳於今者，頗賴以存，而當時遺聞舊事，亦往往多見於其註。起於登覽類五言陳子昂之〈度荊門望楚〉，迄於傷悼類七言劉後村之〈挽陳師復〉。

增補重訂千家詩注解　二卷　題信州謝枋得（疊山）選，瑯琊王湘（晉升）注，莆陽鄭漢（濯之）梓。有香港永新書局石印本。

枋得字君直，江西弋陽人。宋寶祐中舉進士乙科，仕至江東提刑，知信州。宋亡，賣卜建陽市，元吏迫脅至北京，遂餓死，著有《疊山集》十六卷。事見《宋史》卷四二五。宋劉克莊有《分門纂類唐宋時賢千家詩選》二十二卷（見《四庫未收書目》卷一，有楝亭十二種本），分時令節候氣候晝夜等十四門。翟灝《通俗篇》云：「宋劉後村有《唐宋千家詩選》，所錄惟近體，而趣尚顯易，本為初學設也。今村塾所謂千家詩者，上集七言絕八十餘首，下集七言律四十餘首，大半在後村選中。蓋據其本增刪之耳，故詩僅數十家，而以千家為名。下集綴明祖送楊文廣征南之作，可知其增刪之者，乃是明人。」今本終於明世宗送毛伯溫，與翟灝所云又不同。日本寬文刊有《懸鏡千家詩》二卷，題宋弋陽謝枋得選（見《國學圖書館》總目卷三十九）。寬文當清康熙初（一六六一—一六七二）。疑今本乃疊山就劉後村書精選，而明人又迭有增刪。清遵義黎恂有《千家詩注》二卷，光緒間黎氏自刊本。

古今詩刪 三十四卷 明李攀龍編。明嘉靖中刊本、徐中行訂，萬曆間新都汪時元刊本，烏程閔氏刊朱墨套印本。清《四庫全書》本、日本寬保刊本。

攀龍字于鱗，號滄溟，山東歷城人，嘉靖二十三年進士，官至河南按察使，母喪以毀卒，著有《滄溟集》。事見《明史》二八七。

是書選歷代詩，每代各自分體，始於古逸，次以漢魏南北朝，次以唐，唐以後繼以明。多錄同時諸人之作，而不及宋元。蓋自李夢陽倡不讀唐以後書之說，攀龍是選，猶承其說。嘉靖七子論詩之旨，不外此編，可以代表一時風會。

詩紀 一百五十六卷 明馮惟訥編。明嘉靖三十九年刊本，鄣郡吳琯萬曆間重刻金陵本。方天眷等重訂本。

惟訥字汝言，山東臨朐人，嘉靖十七年（一五三八）進士，官至江西左布政使，事跡附見《明史・馮琦傳》。

《提要》一八九云：「其書前集十卷，皆古逸詩，正集一百三十卷，則漢魏以下，陳隋以前之詩。外集四卷，附錄仙鬼之詩。別集十二卷，則前人論詩之語也。時代綿長，採摭繁富，其中真偽錯雜，以及牴牾舛漏，所不能無。……然上薄古初，下迄六代，有韻之作，無不兼收。溯詩家之淵源者，不能外是書而別求。……厥後臧懋循古詩所，張之象《古詩類苑》，梅鼎祚《八代詩乘》相繼而出，總以是書為藍本。」

詩紀匡謬　一卷　清馮舒著。乾隆刊本，知不足齋叢書本。馮舒號默菴，清常熟人。

古詩源　十四卷　清沈德潛編。書成於康熙五十八（一七一九）夏，民國四十四年萬國圖書公司評注標點本。四十五年十月臺北世界書局排印本。民國四十五年臺北商務版國學基本叢書本。

德潛字確士，號歸愚，江蘇長洲人，乾隆四年進士及第，年已六十七，官至禮部尚書，卒贈太子太師，謚文愨。事見《國朝耆獻類徵》卷八十四、《國朝先正事略》卷十八。

序曰：「是編也，於古逸存其概，於漢京得其詳，於魏晉獵其華，而亦不廢夫宋齊後之作者。」起自古逸〈擊壤歌〉，迄於隋詩無名氏〈雞鳴歌〉。

古唐詩合解　十六卷　吳郡王堯衢選註。光緒二十八年新化三味書局刊本、民國四十一年香港永新書局版，序作於雍正十年（一七三二）春，門人李模、李桓同校。

堯衢字翼雲，江蘇長洲人。

編排次序首卷五言古，次七言古，五七言絕句，五七言律，五言排律。作家略依時代排列。唐詩十二卷，古詩四卷。此書流傳頗盛。

今體詩鈔　十八卷　清姚鼐編。嘉慶十三年重刊本、江寧局版本、民國四十六年臺北中庸出版社排印本。

姚鼐字姬傳，乾隆二十八年進士，官至刑部郎中，著有《惜抱軒全集》。

是書錄唐至五代一百五人五言律詩五百五十二首，七言律詩二百二十六首，宋二十三人，七言律詩一百八十二首；共九百六十首，起自五言王績之〈野望〉，迄楊萬里之〈送邱宗卿帥蜀〉。又五言七言絕句一百二十首。起自上官儀之〈洛堤曉行〉，迄於韋莊之〈臺城〉及佚名之〈杜秋娘所歌〉。由門人梅曾亮校印。

十八家詩鈔　二十八卷　清曾國藩選。同治長沙傳忠書局刊本。民國四十五年二月世界書局排印本。

國藩字滌生，湖南湘鄉人，道光進士，官至大學士兩江總督，卒謚文正。

是編分體錄曹植、阮籍、陶潛、謝靈運、鮑照、謝朓、李白、杜甫、王維、孟浩然、韓愈、白居易、李商隱、杜牧、蘇軾、黃庭堅、陸游、元好問等十八家詩共六五七九首。

起自曹子建五古〈箜篌引〉，迄於陸放翁七絕〈示兒〉。略有簡單評校語。

全漢三國晉南北朝詩　五十四卷　近人無錫丁福保輯。民國五年上海醫學書局印本。臺北藝文印書館影印本共六冊。張祖翼序。民國五十一年四月臺北世界書局重印本，全三冊，有楊家駱序。

福保字仲祜，號疇隱居士，卒業日本千葉醫學專門學校，經營醫學書局於上海。編有《說文解字詁林》。事見《疇隱居士自訂年譜》（醫學書局版）。

各朝詩第一卷收帝王郊廟燕射鼓吹舞曲等歌辭，末卷收清商曲辭及雜歌謠辭等。全漢詩選五十六人共五卷。全三國詩六卷，魏二十六人，吳蜀共選五人。全晉詩八卷選一四七人。全宋詩五卷五十二人，全齊詩四卷四十人，全梁詩十四卷六十五人，全陳詩四卷七十四人，全北魏詩一卷三十二人，全北齊詩一卷二十四人，全北周詩二卷十五人，全隋詩四卷九十三人。起於漢高祖〈大風歌〉，迄於隋無名氏〈崔李歌〉。共收六二九人。是書出處不詳，校勘欠精，不足與嚴可均所輯全文媲美。

八代詩精華錄箋註　一冊　近人無錫丁福保編。上海文明書局民國五年六月再版。

是書起自漢高帝〈大風歌〉，迄於呂讓之〈和入京侯夫人之自感〉。

唐宋詩舉要箋證　八卷　近人高步瀛選注。民國二十年北平直隸書局排印本、一九五九年九月上海中華書局重排刪節本，二冊。民國五十一年四月臺北廣文書局影印原本。

步瀛字閬仙，河北霸縣人，清光緒二十年舉人，師吳汝綸，曾任北平師範大學、輔仁大學教授。

本書選唐詩八十四家計六一九首，宋詩十七家一九七首，主由王士禎《古詩選》、姚鼐《今體詩鈔》及唐人《萬首絕句精選》。作者有傳，附題解詳註及論評。考史地及典章制度尤詳。謹嚴而精密。

小學弦歌　八卷（五冊）　清李元度編。書成於光緒五年。光緒八年文昌書屋重刊本、二十八年重刊本。

元度字次青，湖南平江人，以諸生入曾國藩幕，官至雲南按察使，著有《國朝先正事略》，《天岳山館文鈔》。事見徐世昌《清儒學案》一七八。

本書序曰：「摭古今詩之可以厚人倫、勵風俗者，博觀而約取之。彙為一編，以教小學，凡為教者十有六，為戒者十有二，而以廣勸戒終焉。計得詩凡九百三十餘篇。名曰《小學弦歌》。冀附小學以行，而因以求合孔子教人學詩之旨。」起自卷一教孝晉束皙之〈補南陔〉三章，迄於卷八廣勸戒薩哈岱之〈苦樂無常歌〉。合肥王錫元有《童蒙養正詩選》，有排印本。

詩選　一冊　近人戴君仁編。中華文化出版事業委員會現代國民基本知識叢書第一輯。民國四十一年七月初版，四十三年六月再版。

共選詩六百首，例言曰：「所錄咸為古今選家所習選者，美惡從眾，不標宗趣。」自漢迄唐止，詩後附注解，未採詩評詩話。計漢詩十五人，魏詩十三人，晉詩十一人，宋四人，齊二人，梁六人，陳二人，北齊二人，北周二人，唐四十六人。起自漢高帝，迄於韋莊，按各人時代先後編排。

古詩評註讀本　上中下三冊　近人王文濡評選。上海文明書局印行。吳興金熙海寧汪處廬註釋。民國五年四月初版。十二年十一月八版。

王文濡字均卿，浙江吳興人，曾任上海文明書局編輯主任。參看本書一六八頁。

上卷錄詩起自古詩十九首，迄於晉謝靈運〈石壁精舍還湖中作〉，共選一二七首。中卷自宋謝靈運〈西陵遇風獻康樂〉，迄隋明餘慶〈從軍行〉，共選六十八首。下卷錄漢高帝〈大風歌〉，迄無名氏〈木蘭辭〉，共詩十四首。

王所編書尚有《秦漢三國文評注讀本》二冊，《南北朝文評註讀本》二冊，《唐文評註讀本》二冊，《宋元明文評註讀本》二冊，《清文評註讀本》四冊，《近代文評註讀本》三冊。《唐詩評註讀本》，《宋元明詩評註讀本》二冊，《清詩評註讀本》三冊，均由文明書局出版。

唐百家詩選　二十卷　宋王安石編。宋乾道中倪仲傳刊本、清康熙四十二年宋犖翻宋本，民國商務印書館萬有文庫本。日本昌平叢書本。

是書未收杜甫、李白、韓愈等詩，世多以為不可解。晁公武《讀書志》云：「《唐百家詩選》二十卷，皇朝宋敏求次道編，次道嘗取其家所藏唐人一百八家詩選，擇其佳者凡一二四六首為一編，王介甫觀之因再有所去取，世遂以為介甫所纂。」《臨川集》載序文，寥寥數語，似隨筆題記。其書世久不傳，清宋犖續刻以行，今本所錄，共一二六二首，較晁氏所記多十六首。

萬首唐人絕句　一百一卷　宋洪邁編。序作於紹熙元年（一一九〇），原書半刊於會稽，半刊於鄱陽。明嘉靖二十年姑蘇陳敬學仿宋刊本、清《四庫全書》本。一九五五年北平景明嘉靖本。

洪邁字景盧，鄱陽人，紹興十五年進士，以端明殿學士致仕卒，謚文敏。著有《容齋隨筆》、《夷堅志》。《宋史》卷三七三附〈洪皓傳〉。

序曰：「時時教稚兒誦唐人絕句，則取諸家遺集，一切整彙，凡五七言五千四百篇。又取郭茂倩《樂府》與稗官小說所載僊鬼諸詩，撮其可讀者，合為百卷。」此書初輯五千四百首，曾於孝宗淳熙中呈閱，復輯至萬首，紹熙三年呈奉褒嘉。

唐詩鼓吹　十卷　不著編者，據趙孟頫序，稱為金元好問編，其門人中書左丞郝天挺註。元至大元年江浙儒學司刊本，明有經廠本，明廖文炳解，清錢朝鼒、王俊臣同校注本，清王清臣、陸貽典同參解，日本寬永七年京都刊本。民國十三年南宮邢之襄刊本評點《唐詩鼓吹》十五卷，清桐城吳汝綸評點。

所錄皆唐人七言律詩，凡九十六家，共五百九十六首，書與方回《瀛奎律髓》同出元初，而去取謹嚴，軌轍歸一。天挺系出多羅，遺山弟子，為仁宗時名臣。事見《元史》卷一七四。註頗簡略，但釋出典，不涉穿鑿。

三體唐詩　六卷　宋周弼編。元釋圓玉注，清高士奇補正。《四庫全書》本、康熙間錢塘高氏朗潤堂刊本。

周弼字伯弜，汶陽人，宦遊吳楚，名振江湖，卒寶祐五年（一二五七）以前，著有《汶陽端平詩雋》四卷。

《提要》云：「是編乃所選唐詩，其曰三體者，七言絕句七言律詩五言律詩也。首載選例，七言絕句分七格，七言律詩分六格，五言律詩分七格。宋末風氣日薄，所錄者無非近體，弜此書亦復相同。蓋以救江湖末派，與《滄浪詩話》，各明一義，均所謂有為言之者也。」此書由僧中巖圓月輸入日本，流行甚盛，有萬里著《曉風集》，桂林著《三體詩注》，均注此書。參看拙著《中國文化東漸研究》一六三頁。

唐詩選 八卷 明李攀龍編，陳繼儒箋釋。明萬曆間東壁軒李洪宇藏版。清康熙刊吳山老人評注本。日本刊本。

此摘錄李選《古今詩刪》之唐詩部分成書。又或與唐汝詢注，蔣一葵直解併合為書。《四庫提要》一九二入總集存目二，言「至今盛行鄉塾間，亦可異也。」

御定全唐詩 九百卷 清康熙四十二年敕編，揚州詩局本，光緒十三年上海同文書局景印本，民國四十九年臺北藝文印書館影印本。

《四庫提要》卷一九〇云：「明海鹽胡震亨《唐音統籤》，始蒐羅唐詩成帙。是編以震亨書為稾本，而益以內府所藏《全唐詩集》，又旁採殘碑斷碣、稗史、雜書之所載，補苴所遺，凡得詩四萬八千九百餘首，作者二千二百餘人，冠以帝王后妃，次以樂章樂府，殿以聯句逸句名媛僧道外國仙神鬼怪諧謔及諸雜體。其餘皆以作者先後為次，而以補遺六卷，詞十二卷別綴於末。網羅賅備，細大不遺……自有總集以來，更無如是之既博且精者矣。」日本上毛河世寧有《全唐詩逸》三卷，收入知不足齋叢書中。

唐詩別裁集 二十卷 清沈德潛選注。書成於康熙五十六年，教忠堂刊本，民國間商務國學基本叢書本。俞汝昌備注本，道光十八年序，資善堂刊本。

是書按詩體選錄，得詩一千九百二十八章。各詩人按時代先後為序，前各有小傳，各詩後略附評語。

唐詩三百首　一冊　清孫洙（蘅塘退士）編。序作於乾隆二十八年（一七六三），清章燮注疏本六卷，民國二十五年上海掃葉山房石印本，儲菊人譯注本，民國四十四年臺北力行書局版。清陳婉俊補注本，一九五五年北平文學古籍刊行社據光緒十一年四藤唫社刊本排印。原序曰：「世俗兒童就學，即授《千家詩》，取其易於成誦，故流傳不廢。但其詩隨手掇拾，工拙莫辨。且止七言律絕二體，而唐宋人又雜出其間，殊乖體製。因專就唐詩中膾炙人口之作，擇其尤要者，每體得數十首，共三百餘首，錄成一編為家塾課本。」起自五言古詩張九齡〈感遇〉，迄於樂府杜秋娘之〈金縷衣〉。傅斯年先生謂此書為佳選，超越眾家，可以用為課本，惟偏辭藻而略力氣。（〈臺灣大學國文選擬議〉，見《傅孟真先生集》第六冊）

晚唐詩選　八卷（四冊）　近人吳興王文濡編。民國七年中華書局印行，序作於民國七年六月。序曰：「嘗聞先輩之言曰，學詩不經晚唐入手，必至流入麤疏浮滑一路……為初學計，爰進是以藥之。自太和迄天祐得一百三十六人，詩一千百有餘首。」凡例曰「入選之人，自宣宗太和起至昭宗天祐止。本篇雖以欽定《全唐詩》為本，而五代末人概不羼入。簡首附小傳。按詩體分卷。」

西崑酬唱集　二卷　宋楊億編。商務叢書集成據粵雅堂叢書本排印，四部叢刊影印明嘉靖本。

楊億字大年，福建浦城人，年十一，太宗聞名召試，授祕書省正字。後賜進士第，官至工部侍郎。卒謚文，著有《武夷新集》。見《宋史》卷三〇五。

本書不著編者名氏，考田況《儒林公議》云：「楊億兩禁變文章之體，劉筠、錢惟演輩從而效之，以新詩更相屬和，億後編敘之，題曰《西崑酬唱集》。」是書凡收億及劉筠、錢惟演等十七人之詩，詩皆近體，上卷凡一二三首，下卷凡一二五首，其詩宗法李商隱。以妍麗雕鏤為能事。西崑者，群玉山在崑崙西，為古帝王藏書之地。楊等皆在館閣，比於在仙人冊府。今本有常熟馮武序。

江湖小集　九十五卷　《四庫全書》本，清顧修讀畫齋刊《南宋群賢小集》一七二卷，多館本十二家，又刊補遺二卷。

《提要》卷一八七云：「舊本題宋陳起編，起字宋之，錢塘人，開書肆於睦親坊，亦號陳道人……是集所錄凡六十二家……內惟姚鏞、周文璞、吳淵、許棐四家有賦及雜文，餘皆詩也。……宋末詩格卑靡，所錄不必盡工，然南渡後詩家姓氏不顯者多，賴是書以傳，其摭拾之功，亦不可沒也。」

江湖後集　二十四卷　《四庫全書》本，讀畫齋叢書本。

《提要》卷一八七云：「宋陳起編，案起以刻《江湖集》得名，然其書刻非一時，版非一律，故諸家所藏……少或二十八家，多至六十四家，輾轉傳抄，真贋錯雜，莫詳孰為原本。今檢《永樂大典》所載，有《江湖集》，有《江湖前集》，有《江湖後集》，有《江湖續集》，有《中興江湖集》諸名，其接次刊刻之跡，略可考見。……當時所分諸集，大抵皆同時之人，隨得隨刊。稍成卷帙，即別立一名以售。其分隸本無義例，故往往一人之詩，而散見於數集之內，……諸集悉以人標目，以詩繫人，合為一編，統名之曰《江湖後集》。」

宋詩別裁　八卷　清張景星等選。臺灣商務印書館國學基本叢書本。乾隆二十六年傅玉露作序，以詩體分卷，無傳記及註釋。

宋詩選　一冊　近人戴君仁編。中華文化事業委員會現代國民基本知識叢書之一，民國四十三年八月初版。

例言謂：「本編選宋三十八家，附金一家，共錄詩五百首。本編著重大家，故於梅、歐、臨川、東坡、山谷、後山、簡齋、以及范、楊、陸、元諸人采錄較多。略附注解，作者小傳，視詩選略詳，亦間采詩評、詩話。起於徐鉉，迄於謝无，附元好問詩。」

中州集　十卷，附《中州樂府》一卷　金元好問編。元至大三年平水進德齋刊本、涵芬樓影元刊本、四部叢刊本。《中州樂府》又收入彊村叢書中。《提要》卷一八八云：「是集錄金一代之詩，首錄顯宗二首，章宗一首，不入卷數。其餘分為十集，以十干紀之。辛集目錄，旁註別起二字，其人亦復始於金初。似乎七卷以前為正集，七卷以後為續集。（序作於哀宗天興二年）……其例每人各為小傳，詳具始末，兼評其詩。或一傳而附見數人。……其選錄諸詩，頗極精審。……後附《中州樂府》一卷，今考集中小傳，皆兼評其樂府，是樂府與《中州集》合為一編之明證。」

全金詩　七十四卷　康熙五十年敕編。揚州詩局本。

《提要》卷一九〇略謂：郭元釪以元好問《中州集》為本，重加葺綴。收作者四百八十餘人，詩近六千首，用好問所作小傳，而取劉祁《歸潛志》，以補其遺，又雜取《金史》及諸家文集說部，以備考核，別題曰附。元釪有所論說，亦附見焉。康熙帝御製序刊行。詳《清文獻通考》卷二三七。

元詩別裁集　八卷補遺一卷　清張景星、姚培謙、王永祺同選。務本堂巾箱本，商務印書館國學基本叢書本。書有乾隆二十九年（一七六四）沈鈞德序。

卷一，五言古，起於元好問迄李序；卷二，七言古，起自元好問迄吳師道；卷三，七言古，自周權迄周砥；卷四，五言律，元好問迄瞿智；卷五，七言律，元好問迄楊維楨；

卷六，七言律，張昱迄陸仁；卷七，五言排，馬祖常迄李裕；卷八，五言絕，七言絕及補遺。無小傳，無註釋。

明詩綜　一百卷　清朱彝尊編。康熙四十四年吳清來堂版。康熙四十四年序。

彝尊字錫鬯，號竹垞。浙江秀水人，康熙十八年舉鴻博，授檢討，與修《明史》。三十一年乞假歸，卒年八十一。著有《曝書亭全集》。事見《清史稿．文苑》一。

序曰：「合洪武迄崇禎詩甄綜之，上自帝后，近而宮壼宗潢，遠而蕃服，旁及婦女宦寺，僧尼道流，幽索之鬼神，下徵諸謠諺，入選者三千四百餘家。間綴以詩話，述其本事，期不失作者之旨，析為百卷，庶幾成一代之書。」所採起自太祖，迄於歌謠里諺。作者里貫之下，各備載諸家評論，而以所作《靜志居詩話》分附於後。彝尊淹博篤實，品評頗能持平。

明詩別裁集　十二卷　清沈德潛、周準選。清乾隆間友德堂刊本，商務國學基本叢書本。乾隆三年秋沈德潛序，周準序，四年蔣重光序。

周準字欽來，號迂村，江蘇長洲人，諸生。

沈序云：「得詩十二卷，凡一千一十餘篇，皆深造渾厚，和平淵雅，合於言志永言之旨，而雷同沿襲，浮豔淫靡，凡無當於美刺者屏焉。」起自劉基，迄於周同谷，並附方外名媛外國等詩。按詩人時代先後排列，前附小傳，共三四〇人。

宋元明詩三百首　二卷（一冊）　清丹徒朱梓（梅谿）、冷昌言（謙庵）原編。道光辛丑（二十一年）冷鵬序。光緒元年虞山鮑氏抱芳閣刊本、光緒季光明書莊刊本。

「讀唐人詩者，類多由蘅塘退士（孫洙）所編三百首入門，取約也……因復請於朱梅谿師，家謙庵叔。檢宋元明詩，刪輯校訂，仍仿三百首之例，彙作一篇。」

起自宋五言古詩，蘇軾〈送運判朱朝奉入蜀〉。迄於明七言絕句，占城貢使之江樓留別。共錄詩三百零九首。

清詩別裁集　三十二卷　清沈德潛選。乾隆二十四年重訂，教忠堂刊本，巾箱本。臺灣商務國學基本叢書本共四冊。

凡例曰：「國朝選本詩，或尊重名位，或藉為交遊結納，不專論詩也。陳檢討《篋衍集》，較諸本為善，然祇及康熙，癸丑以下闕如。茲補癸丑後八十餘年詩，而名位交游之念，不擾於中，此差可自信者。」是選以詩存人。起自慎郡王，迄於李葂。三十一卷為閨秀詩。三十二卷為僧詩。各人附小傳，按各人年代先後排列，共選七九五人。

晚晴簃詩匯　二百卷，目錄三卷，姓氏韻編一卷　近人徐世昌、夏孫桐編。民國十八年退耕堂刻本八十冊。民國五十年五月臺北世界書局影印縮本八冊，改名《清詩匯》。

世昌字菊人，天津人，清光緒十二年進士。民國七年至十一年曾任北京政府總統。孫桐字潤枝，江蘇江陰人，光緒十八年進士，以編修官至湖州知府，著有《觀所尚齋詩存》。晚晴簃為北平總統府旁休息室。世昌民七任總統時，延名流修書其中，徵訪清代著述凡萬數千種，據以纂修本書。退位後移修書處於天津，歷時十二年，凡收清詩人六一六八家，詩二七六六九首。每家各冠小傳，傳後有詩話評語。

清詩評註　七卷　近人王文濡編。臺北中華詩苑社印行，吳興王懋、郭希汾註釋。全一冊，民國四十六年二月版。

本書輯順康至嘉道之各體詩四百餘首。

近代詩鈔　三冊　近人陳衍編輯。商務印書館民國十二年十一月初版，二十四年五月國難後第一版。

陳衍，號石遺，閩侯人，曾任北京大學教授，著有《石遺室詩話》，《石遺室詩集》，《遼金元詩紀事》等。

本書凡例云：「是鈔時代斷自咸豐初年生存之人，為編者所及見者。無卷數，仿《宋詩鈔》，《元詩選》例，人各為卷。其先後之次，編一總目。有科第者，次以科第，無則略準其師友之輩行次焉。各姓名下載字號爵里集名外，間綴詩話，仿《明詩綜》，《湖海詩傳》之例，偶摘斷句，並略附評品焉。」起自祁寯藻，迄於張宗楊，共三二七人。

五　詞選

花間集　十卷　後蜀趙崇祚編。宋紹興十八年晁謙之刊本、清光緒十四年臨桂王鵬運四印齋校刻本。四部叢刊影印明萬曆間玄覽齋刻本。民國四十五年二月世界書局排印本。華連圃注本，民國二十四年上海商務版，李冰若評注本，民國二十四年上海開明書店版。

崇祚字宏基，事孟昶為衛尉少卿，不詳其里貫。

《花間集》為詞選之最古者，唐末名家詞曲，俱賴以僅存。於作者不題名而題官。惟一人之詞，時割數首入前後卷，以就每卷五十首之數，則體例為古所未有。陳振孫謂所錄自溫庭筠而下十八人，凡五百首，今逸其二。前有蜀翰林學士中書舍人歐陽炯序，作於孟昶廣政三年（九四〇）。

尊前集　二卷　不著編者名氏。前有明萬曆十年顧梧芳刻序。民國間彊村叢書刊本（藝文印書館影此本），啟明書局世界文學大系收入。

是書選詞，起自唐明皇〈好時光〉，迄於徐昌圖〈河傳〉。朱彝尊跋則謂於吳下得吳寬手抄本，因定為宋初人編輯。《樂府指迷》曰：「至唐人則有《尊前》、《花間集》。」似乎此書與《花間集》，皆為五代舊本。《樂府指迷》或云張炎作，一云沈義父作，又云顧阿瑛作，其時代難定，其說亦可疑。

花菴詞選　二十卷　宋黃昇撰。汲古閣本。商務四部叢刊影印萬曆間舒氏刻本。書成於淳祐九年（一二四九）。

黃昇字叔暘，號花菴詞客，閩人，早棄科舉，雅意歌詠。閩帥樓秋房稱為泉石清士。著有《散花菴詞》。

《提要》卷一九九略稱：「前十卷曰唐宋諸賢絕妙詞選，始於唐李白，終於北宋王昂，方外閨秀，各為一卷附焉。後十卷曰中興以來絕妙詞，始於康與之，終於洪瑹，昇所自作詞三十八首亦附錄於末。前十卷內頗有已入南宋者，後十卷內亦雜有北宋舊人，不知其以何斷限。觀其序蓋欲以繼趙崇祚《花間集》、曾慥《樂府雅詞》之後，故蒐羅頗廣。……昇本工詞，故精於持擇。每人名下各註字號里貫，每篇題下，亦間附評語，俱足以資考核，在宋人詞選要不失為善本。」

絕妙好詞箋　七卷　宋周密編。道光八年杭州愛日軒刊本。臺北世界書局本。清查為仁、厲鶚箋。

周密字公謹，號草窗，宋末元初人，原籍濟南，寄籍吳興。宋亡隱居杭州癸辛街。著有

《草窗詞》，《浩然齋雅談》等書。事見《新元史》二三七〈文苑〉上。

此書選南宋詞，始於張孝祥，終於仇遠，凡一百三十二家，詞約四百首。去取謹嚴，於詞選中最為善本。查為仁之箋於作者各詳其里居出處，或因詞而考證其本事，或因人而附載其佚聞，以及諸家評論之語，鶚曾以資料助之。為仁字心穀，號蓮坡，宛平人，康熙五十年舉人。是集成於乾隆十四年，刻於十五年。有康熙三十七年高士奇序，乾隆十三年厲鶚序。厲鶚字太鴻，錢塘人，康熙五十九年舉人，著有《樊榭山房集》。

宋六十名家詞　九十卷　明毛晉編。汲古閣本。上海博古齋影印汲古閣本，民國十三年上海中華書局倣宋聚珍版印本。商務民國二十二年萬有文庫本。民國四十五年臺北商務國學基本叢書本。

毛晉原名鳳苞，字子晉，江蘇常熟人，博覽強記，藏書至八萬冊，多精本祕笈，家有汲古閣，刊印流傳，著有《汲古閣祕書目》。曾刻十三經、十七史、津逮祕書等。

本書起自《珠玉詞》之〈點絳唇〉，迄於《琴趣外篇・洞仙歌》。

詞綜　三十四卷　清朱彝尊編。原刻本。民國四十五年世界書局版。前有康熙十七年（一六七八）休寧汪森序。

是書錄唐宋金元詞五百餘家，起於唐昭宗，迄於元張仲仁。所錄詞於專集及諸選本外，凡稗官野紀，中有片詞足錄者，輒為採掇，故多他選未見之作。其詞名句讀為他選所淆舛，及姓氏爵里之誤，皆詳考而訂正之。論詞主雅，以姜夔為正宗。汪森為之增定。

詞綜補遺　十二卷　清陶梁編。原刻本。

陶梁字寧求，號鳧鄉，江蘇長洲人，諸生，有《紅豆樹館詞》。

詞選　二卷　清張惠言編。金應珪校。道光間宛鄰書屋刻本，臺北世界書局排印本，近人李次久校讀本，民國四十八年八月藝文印書館本。姜亮夫箋注本，民國二十二年上海北新書局排印本。

惠言字皋聞，江蘇武進人，嘉慶四年進士，官編修，著有《茗柯全書》。

本書收唐詞三家二十首，五代詞八家二十六首，宋詞三十三家六十八首，共四十二家一百十六首。起自李太白〈菩薩蠻〉，迄於宋無名氏〈綠意〉。嘉慶二年（一七九七）自序。指發幽隱，創為寄託之說，為常州詞派宗師。

續詞選　二卷　清董毅編。世界本與惠言書合印。道光十七年（一八三七）張琦序。姜亮夫箋注本，民國二十三年北新書局排印本。

毅武進人，士錫子，惠言外孫。張琦，惠言之弟。

計收唐詞四家九首。五代詞六家十三首。宋詞四十二家一百首。凡五十二家，詞一百二十二首，起自李太白〈憶秦娥〉，迄於徐君寶妻〈滿庭芳〉。

白香詞譜箋 四卷 清舒夢蘭編。半厂叢書初編本，臺北世界書局世界文庫收謝朝徵箋，張蔭桓校之《白香詞譜箋》。

夢蘭字香叔，號香山居士，江西靖安人。著有《遊山日記》十二卷。

嘉慶三年怡親王訥齋序曰：「吾友舒白香頗留意聲律之學，曾選佳詞一百篇，篇各異調，於其旁逐字訂譜……於初學不無小補。」凡例曰：「今既為之箋，自不得不先標姓名，後列本詞。自唐至本朝計五十九人，原本以詞為主，故時代不分，今則序列後先，一依朱竹垞先生《詞綜》。」自李白〈菩薩蠻〉起，迄於黃之雋〈翠樓吟〉。各人有小傳。

宋詞三百首箋 一本 清朱孝臧輯，唐圭璋註。民國三十六年上海神州國光社版。吳梅箋序，況周頤原序。民國四十九年七月臺北廣文書局重印本。

朱孝臧一名祖謀，字古微，號彊村，浙江歸安人，清光緒九年進士，官至禮部侍郎。入民國，隱居上海，輯刻唐宋金元百六十三家詞為彊村叢書。

本書選詞起自徽宗皇帝〈宴山亭〉，迄於李清照〈浣溪沙〉。附錄起自張孝祥〈念奴嬌〉，迄於柳永〈臨江仙〉。箋序曰「圭璋據厲查二家箋《絕妙好詞》例，疏通而暢明之。晨夕抄錄，多歷年所，引書至二百餘種……彊村（朱古微）所尚在周吳二家，故清真錄二十三首。君特錄二十四首。」

唐宋名家詞選　近人龍沐勛輯。民國二十三年十一月自序，開明書店出版。

沐勛號忍寒，江西萬載人，曾任暨南大學、中山大學教授，主編《詞學季刊》。是書收唐五代詞溫庭筠至張泌十九家九十首，宋潘閬至周密二十六家三百八十首，金元好問十九首。附作者小傳，標句讀及韻，兼錄評語。

明詞綜　十二卷　王昶編，原刻本。嘉慶八年三泖漁莊刊本。

王昶字蘭泉，號述庵，江蘇青浦人，乾隆十八年進士，官至刑部侍郎，著有《春融堂詩文集》。

國朝詞綜　四十八卷，二集八卷　王昶編，嘉慶間原刻本。海鹽黃燮清《國朝詞綜續編》，二十四卷，湖北刻本。《倚晴樓全集》收之。

近三百年名家詞選　一冊　忍寒居士（龍沐勛）編。一九五六年上海古典文學出版社版，民國四十六年九月臺北世界書局排印本。

所錄各家，以能卓然自樹，或別開風氣者為主。各家有小傳，間採評語。起自陳子龍，迄於呂碧城。共錄詞六十七家五百一十八首。

詞選　一冊　近人鄭騫選。中華文化事業委員會現代國民基本知識叢書之一。民國四十一年七月初版。

鄭騫字因百，遼寧鐵嶺人，燕京大學畢業，曾任臺灣大學教授。

書分八編。一至六編選唐、宋三十人之作品三五一首。起自溫庭筠，迄於蔣捷。其餘不成家數之名篇佳作，收入七八兩篇，共八十首。起於李太白，迄於鄧剡。附錄三十家詞評語錄要。例言曰：「粗獷纖佻二者於詞為魔道，亦詞之敵也。」故在屏除之列。有標點並標韻字。

續詞選　一冊　鄭騫編。中華文化事業委員會現代國民基本知識叢書第三輯，民國四十四年六月初版。

例言云：「是書為《詞選》之續，共分四編。一、三兩編選錄金元清代表作家之作品，其餘不成家數之作，收入二、四兩編，明詞佳者甚少，僅於第二編中選錄九首。」計收金人詞五十六首。元人詞六十二首。明人詞九首。清人詞二三五首。成家者有金蔡松年、元好問。元劉秉忠、劉因、張翥。清朱彝尊、陳維崧、成德、項鴻祚、蔣春霖、鄭文焯、朱祖謀。附錄十二家詞評語錄要，各詞人傳記註釋頗詳。

六　戲曲

樂府新編陽春白雪　十卷　元楊朝英選。元至正刊本，商務萬有文庫民國二十五年三月版，任訥輯散曲叢刊十五等本。隋樹森校訂輯附錄本，一九五七年北平中華書局版。

朝英字澹齋，青城人。本書至正十一年（一三五一）編成。

是書分調著錄詞曲，起自大樂錄蘇東坡之〈念奴嬌〉及〈商調蝶戀花〉，迄於黃鐘關漢卿之〈侍香金童〉及〈願成雙〉等。前有貫雲石序，後有復翁（黃丕烈）嘉慶十四年記。

朝野新聲太平樂府　九卷　元楊朝英輯。四部叢刊影烏程蔣氏密韻樓藏元刊本。盧前校本，長沙商務印書館民國二十八年三月初版。國學基本叢書之一。

至正十一年（一三五一）鄧子晉序曰：「澹齋楊君新選《太平樂府》一編，分宮類調，皆當代朝野名筆。」起於正宮馮海粟之〈鸚鵡曲〉，迄於馬致遠張玉嵒草書。前附《太平樂府》姓氏，計收白無咎關漢卿迄行院王氏珠簾秀歌者等八十五人。盧前因此書以牌調為主，不便翻撿，因附分人目錄一卷。可與原目相輔而行。

覆元槧古今雜劇三十種　黃蕘圃舊藏，民國三年日本京都大學影印士禮居舊藏元刊本、上海中國書店影印京大本，鄭騫校訂元刊雜劇三十種，臺北世界書局本。

起自關漢卿《關張雙赴西蜀夢》，迄於無名氏《小張屠焚兒救母》。姓氏可考者有關漢卿、馬致遠、尚仲賢、鄭廷玉、張國賓、王伯成、石君寶、金仁傑、紀君祥、鄭光祖、高文秀、范康、孔文卿、楊梓、孟漢卿、狄君厚、武漢臣、宮天挺、岳伯川等十九人。

此元刊諸雜劇合訂本，版式不一。三十種中，十七種在臧刻元曲選外。其他十三種，亦與臧刻面目大異，可代表元劇本來面目。

永樂大典本戲文殘本三種　明永樂間敕編。傳寫本，民國北平古今小品書籍刊行會排印本。

內容《小孫屠》、《張協狀元》、《宦門子弟錯立身》，均為無名氏作。

元曲選　十集，一百種　明臧懋循編刊。萬曆四十四年（一六一六）雕蟲館刊本。民國七年商務印書館影印博古堂本。民國四十七年十二月臺北藝文印書館影印原刊本。

臧懋循字晉叔，長興人，萬曆八年進士，官國子監博士，著有《負苞堂稾》九卷。

是書始自關漢卿《救風塵》，迄於無名氏《憑玉蘭》，共一百種曲。作者可考者，關漢卿、王實甫、高文秀、鄭廷玉、白樸、馬致遠、李文蔚、鄭光祖、喬吉及明初人楊文奎、賈仲名、谷子敬、王子一等四十人。

盛明雜劇　初集、二集，六十種　明沈泰（林宗）編刊。武進董氏誦芬室重刻本，第一集有石印本影印董刻。一九五八年北平戲劇出版社影印董氏本。

此書原刊本絕少，初集為王國維所藏（據《錄曲餘談》），二集為日本內閣文庫藏書。

起自汪道昆《高唐夢》，迄於吳中情奴（或云王伯穀）之《相思譜》。作家計有汪道昆、徐渭、陳與郊、沈自徵、葉憲祖、孟稱舜、康海、王衡、梁辰魚、梅鼎祚、卓人月、許士俊、汪廷訥、王驥德、蘅蕪室、徐復祚、竹癡居士、周憲王、許潮、徐元暉、王九思、僧湛然、袁于令、馮惟敏、淩濛初、陳汝元、祁元孺、車任遠、王澹翁、王應遴、王伯穀等三十一人作品。

汲古閣六十種曲　明毛晉編刊。明刊本、清道光間補刻本。上海開明書店排印本。

本書起沈鯨《雙珠記》，迄無名氏《節俠記》。作家計有沈鯨、汪道昆、王玉峰、柯丹邱、姚茂良、梁辰魚、高明、李日華、王實甫、施惠、陸采、高濂、張鳳翼、湯顯祖、汪錂、孫梅錫、朱鼎、屠隆、葉憲祖、梅鼎祚、陳汝元、謝讜、沈受先、王世貞、徐復祚、徐回叔、袁于令、薛近袞、顧大典、周履靖、單本、許自昌、鄭若庸、汪廷訥、張午山、沈璟、沈采、徐畛、楊珽、邵文明等四十人作品及無名氏作品十種。

奢摩他室曲叢　初集、二集　吳梅編輯。民國十七年上海商務印書館景印本。

吳梅字瞿安，號霜厓，江蘇吳縣人，曾任北大、中山大學、中央大學教授。

初集六種，起自嵇永仁之《揚州夢》，迄於沈起鳳之《伏虎韜》。二集二十八種，起自周憲王之《牡丹品》，迄於吳炳之《情郵記》。

孤本元明雜劇　民國三十年長沙商務排印本，線裝三十二冊，有辛巳（一九四一）王季烈序，附提要一卷，此係選印明趙琦美脈望館抄校古今雜劇之別無傳本者，共一四四種。趙琦美脈望館抄校本（即清錢曾也是園藏本）古今雜劇二百四十二種，《古今戲曲叢刊》四集，收影印北平圖書館藏本。

綴白裘　十二集，四十八卷　清玩花主人輯。吳縣錢德蒼沛恩續選，輯於乾隆中葉，乾隆刊本。嘉慶十五年五柳居刊本，道光重刊本。掃葉山房石印本。汪協如女士標點本，一九三一年九月校讀後記，有民國二十六年五月胡適序，商務版。中華書局版。

選最流行上演劇本，刪存精華，改北京道白為蘇州白，第十一集保存梆子腔等俗曲。此選曾風行百數十年。

散曲叢刊　近人任中敏輯。上海中華書局聚珍倣宋版。民國五十三年四月臺北中華書局重印本，精裝四冊。

任訥字中敏，號二北，江都人，北大文科畢業，學曲於吳梅。

此書元人選集兩種，專集四種，明人專集五種，清人選集五種。有己巳吳梅序、民國十九年盧前序。

全元雜劇　近人楊家駱輯。民國五十一年六月至五十二年二月臺北世界書局印行。

初編收正本雜劇八十三種，別錄三十二種，共十三冊。二編收正本二十五種，別錄十種，共五冊。三編收正本四十三種，別錄三種，共六冊。外編收正本六十一種，全八冊。

楊氏述例云：「纂《全元雜劇》，先錄存劇，以見於《錄鬼簿》上卷諸作家為初編，下卷諸作家為二編，佚名諸作之出於元者為三編，出於元明間者為外編。次輯散見於曲選曲譜之存劇異文及佚劇遺文為補編。復彙刊有關元劇史料諸籍為徵獻編。」本書彙編各種刊本，景印行世，最便讀者。

曲選　一冊　近人鄭騫編。現代國民基本知識叢書第一輯，中華文化事業委員會民國四十二年六月初版。

本書專選散曲，分五卷，一元明小令。二元人北套數。三明人北套數。四明人南小令。五明人南套數。注解限於訓釋名物、典故、考訂本事、辨析格律、審定牌名。作者小傳附於卷後。

七　小說

太平廣記　五百卷　宋李昉等輯。明嘉靖四十五年談愷刊大字本，民國二十三年北平文友堂影談刻本，四十八年一月臺北新興書局本、又臺北世界書局本。太平興國三年（九七八）李昉序。

本書輯漢魏至五代野史傳說小說家言，分五十五部，引書至三四五種，性質為小說彙選。

唐人小說　二卷（一冊）　近人汪國垣校錄。民國四十五年十一月臺北遠東圖書公司初版。

國垣字辟疆，江西彭澤人，京師大學畢業，歷任江西大學、北京女子大學、中央大學教授。

題辭曰：「茲為重加董理，俾復舊觀，勘斠則諟正於舊槧，疏說則備徵於往史；其所不知，竊附闕聞之義。」序例曰：「本編分上下二卷，上卷錄單篇，下卷錄專著……唐人小說，宋初修《太平廣記》，大部分已收入，本編取材即以《廣記》為主。其所不備，或有脫誤者，則用道藏、《文苑英華》、《太平御覽》、《資治通鑑考異》、《太平寰宇記》、明抄原本《說郛》……唐人專集小說校補……各篇之後將作者略歷及本篇來源，各加按語，分疏於篇末。」起自王度〈古鏡記〉，迄於張文成〈遊仙窟〉。

全像古今小說　四十卷　明馮夢龍編。民國三十六年商務印書館景印本，民國四十七年五月世界書局據日本尊經閣藏明末天許齋刊本景印二冊。綠天館主人敘。

夢龍字猶龍，一字耳猶，別署龍子猶，號墨憨齋，江蘇吳縣人，生於萬曆二年（一五七四）以貢生官福建壽寧知縣，明亡殉難。

夢龍就家藏宋元明話本一百二十種中選輯三之一為本書，後改稱《喻世明言》。起於卷一

〈蔣興哥重會珍珠衫〉，迄於卷四十〈沈小霞相會出師表〉。

警世通言　四十卷　明馮夢龍編。明金陵兼善堂刊本、嚴敦易校注本，一九五六年北平版，民國四十六年四月世界書局版。

天啟四年（一六二四）豫章無礙居士敘曰：「通俗演義一種，遂足以佐經書史傳之窮……事真而理不贗，即事贗而理亦真，不害於風化，不謬於聖賢，不戾於詩書經史，若此者其可廢乎！……隴西君海內畸士，與余相遇於棲霞山房……因出其新刻數卷佐酒……余閱之，大抵如僧家因果說法度世之語。譬如村醪市脯，所濟者眾。遂名之曰《警世通言》。」起自卷一〈俞伯牙摔琴謝知音〉，迄於卷四十〈旌陽宮鐵樹鎮妖〉。

醒世恆言　四十卷　明馮夢龍編。明葉敬池刊本，首天啟七年丁卯隴西可一居士序。通行衍慶堂刊本，顧學頡校注本，一九五六年北平版。民國四十六年臺北世界書局排印本。二十三卷為〈金海陵王縱慾亡身〉，過於猥褻，整篇刪去。此書刊行較晚，創作成分較多，修訂處較精。〈賣油郎獨佔花魁〉，為馮氏創作。

拍案驚奇　三十六卷　明淩濛初編。明尚友堂原刊本，近人王古魯編注本，一九五七年上海版，民國四十六年四月世界書局據清初姑蘇萬元樓覆刊本排印，二冊。

濛初字稚成，一字玄房，號初成，別署空觀主人，浙江烏程人，崇禎副貢，官上海縣丞、徐州通判。崇禎十七年正月守徐州抗李自成，殉職。鄭龍采為作有〈凌初成墓志〉，見《光緒烏程縣志》。著有《詩逆》、《國門集》、雜劇《虬髯翁》等。

本書起於卷一〈轉運漢巧遇洞庭紅，波斯胡指破鼉龍殼〉，迄於卷三十六〈東廊僧怠招魔，黑衣盜奸生殺〉。

二刻拍案驚奇　四十卷　明凌濛初編。王古魯編注本，一九五七年上海版，民國四十七年三月世界書局版二冊。睡鄉居士原序。崇禎五年即空觀主人小引。

小引曰：「丁卯（天啟七年）之秋，事附膚落毛，失諸正鵠，遲迴白門，偶戲取古今所聞一二奇局可紀者，演而成說，聊舒胸中磊塊。非曰：『行之可遠』，姑以游戲為快意耳……為書賈所偵，因以梓傳請，遂為鈔撮成編，得四十種。」共收小說三十九篇，多取前人話本改作，盛言鬼神。末附〈宋公明鬧元宵〉雜劇。各篇後附註釋。

今古奇觀　四十卷　明姑蘇抱甕老人輯。初刊崇禎末年。民國二十二年上海亞東圖書館排印本，臺北世界書局編輯部編校本、民國四十四年十月初版。有光緒三十二年古董月湖釣徒原序。

原書由《通言》選十篇，合《恆言》十一篇，《古今小說》八篇，《拍案驚奇》一刻七篇，二刻三篇編成。另有〈念親恩孝女藏兒〉一篇，不知所出。姑蘇笑花主人漫題云：「墨憨齋增補《平妖》，窮工極變，不失本末，其技在《水滸》、《三國》之間。至所纂《喻世》、《醒世》、《警世》三言，極摹人情世態之歧，備寫悲歡離合之致，可謂欽異技新，洞心駴目，而曲終奏雅，歸於厚俗。即空觀主人，壺矢代興，爰有《拍案驚奇》兩刻。頗費蒐獲，足供譚麈，合之共二百種。卷帙浩繁，觀覽難周。且羅輯取盈，安得事事皆奇……余擬拔其尤百回，重加授梓，以成巨覽；而抱甕老人，先得我心，選刻四十卷，名為『今古奇觀』。」是書每篇一卷，起自卷一〈三孝廉讓產立高名〉，迄於卷四十〈逞多財白丁橫帶〉。

本文原刊於東海大學《圖書館學報》第三期（民國五十年七月出版）。現當重印，略加增補，各選本近年有臺灣影印本者，均分別記入，以便求書。五十五年十一月四日記。

中國文學百家傳序

在大學作學生的時候，從海鹽朱逖先先生讀中國文學史。先生曾鼓勵我們，通讀正史的文苑傳，尤其要玩味那些傳的序論，因為可以了解一代文學的大勢。基於這種指示，我曾經把《三國志》的〈王粲傳〉，和《後漢書》、《晉書》、《魏書》、《北齊書》、《北史》、《舊唐書》、《宋史》、《新元史》、《明史》、《清史稿》的〈文苑傳〉，《南齊書》、《梁書》、《陳書》、《南史》、《隋書》、《遼史》的〈文學傳〉，《新唐書》、《金史》的〈文藝傳〉，輯抄成一部書，按時代排列，分段標點，略加簡單注解，題為「中國文學家列傳」。輯這書曾費過我四個暑假的精力。後來寄給在上海的友人王禮錫氏，承他回信，允由神州國光社印行。但是很快就遇到民國二十一年的中日滬戰，神州國光社毀於砲火，我的原稿也一齊葬送。當時珍惜典籍，不知道就原書標點鉤畫，更沒力量請人幫助抄寫，所根據的底本，有許多也成問題，只是字字清書，句句細讀，用力很勤，收獲有限。接到禮錫的悲慘報告，雖曾黯然多日，想到皮之不存，毛將安附，也自無話可說。境過情遷，淡然忘懷，現在並不覺得是可惋惜的事了。

文苑傳的性質，是收「文雅知名當世，未裨世用者」。因而文學家在政治上軍事上，乃至教育上，經史學術上有重要貢獻的，就不入文苑傳；就是忠烈瑰奇，有方伎異能的人，也未必入文苑傳。例如班固、張華、韓愈、歐陽脩、蘇軾等人，都不入文苑傳。又如陶潛、林逋在〈隱逸傳〉，邵雍、朱熹在〈道學傳〉，楊萬里、葉適在〈儒林傳〉，郭憲在〈方伎傳〉，班昭、蔡琰在〈列女傳〉，酈道元在〈酷吏傳〉。所以文苑傳中所記，只是一部分文人，遺落很多重要作家。輯這些傳，而標以中國文學家，顯微落大，掛二漏三，是難免的。文苑傳以外的作家，史家雖曾作傳，而所述事實，常與文學無關，著作更散記在〈經籍志〉或〈藝文志〉。作品種類多的，還要分記在〈藝文志〉各部門。查出著錄，也僅有書名卷數，不足以理解作品的內容。〈藝文志〉漏記的作品也常有。有些極重要的作家如韋應物、劉長卿、李清照、董解元、關漢卿、馬致遠、羅貫中、曹雪芹等，在正史裡，根本無傳。就是有傳的人，記事也難免訛誤叢出，例如《舊唐書》記王維卒乾元二年（七五九），而《摩詰集》中〈謝弟縉新授左散騎常侍狀〉，末尾署「上元二年（七六一）五月四日」；《新唐書》、《舊唐書》均記杜甫在耒陽，死於久餓後飽啖牛肉白酒，而考之工部〈舟中書懷呈湖南親友詩〉，又絕不可信。史家注意的範圍大，照顧的方面多，精力分散，寫到文苑傳，已經成了強弩之末，草率簡陋，信筆成篇，是不足怪的了。幸而大作家，常有他的忠實讀者、崇拜者，補詳傳，蒐軼事，編年譜，考著作，輯評論，保遺跡，越來越多，越來越細密。這些研究，常常可以補正史的不足，訂正史的錯誤。可是軼聞逸事，隨時代而加增，隨流傳而演變，以訛傳訛，惟怪是好。評論感想，更是仁者見仁，智者見智。清梁廷枏纂《東坡事類》，分十七目，成二十二卷的大書，郢書燕說，玉石混雜，讀起來使人難以終卷。鑑別選擇，也不是容易的事了。

專記文人的書，晉張隲著《文士傳》五十卷，見於《隋書・經籍志》，內容全記作家，始於楚人屈原，終於曹魏阮瑀，可惜書已不傳。唐許敬宗編《文館辭林》，收有文人傳一百卷，見《新唐書・藝文志・雜傳記》中，這大概是選錄的文人傳記，書在北宋初已亡。元朝辛文房編《唐才子傳》十卷，收作家三百九十七人，見於《新唐書》、《舊唐書》者僅百人，因詩繫人，詳於逸事著作，略於功業行誼，傳後的評論，也多掎摭詩家利病，重點是在文學。這書在中土若存若亡者數百年。到日本林述齋（天瀑山人）刻的佚存叢書本倒流回來，阮元據以重刻，才大流行。文房出身西域，不以文名，考訂也多疏失，如以高武仲選的《中興間氣集》為高適選，把兩個韋應物的事跡合為一傳之類，造成不少錯誤觀念。他的作法是博蒐異聞，抄撮成篇，和《唐詩紀事》、《宋詩紀事》、《金詩紀事》、《元詩紀事》之類，並沒有大區別。而飣餖拖沓，文字蕪雜，還不能比上述各書。述作者之玄意，整百家之不齊；酌群言而取衷，慎褒貶於錙銖，更是談不到，也不宜責之於歸化人士了。

各省地方誌中的文苑傳，偶有可補正史的不足。作者關係人所作的碑銘傳狀，常常成為史傳的基本資料，也不少可以訂補史傳，甚至有代替史傳的價值，都是可以特別注意的。可是散在群書，蒐羅選擇也要時間和識解。讀天下書未遍，是不容易沙裡揀金，探驪得珠的。

現在我所編中國文學家傳，為了研究文學史參考的方便，用意和三十年前相同，方法卻大有變更了。人物的選擇，是以文學史上的重要性來決定，不以正史文苑傳有無名字來決定。這所謂重要性是客觀的，歷史的群眾的選擇，就是以作品的流傳，影響力的大小來定去取。例如樊宗師，在《唐書．藝文志》有集二百九十一卷，為韓昌黎所激賞，經時間淘汰，現在僅存文兩篇，重要性就有限了。相反的——關漢卿、曹霑等，正史雖無傳，而作品風靡天下，就應當詳細研求他們的事跡了。許多年來，我蒐求資料，準備為他們寫傳的，從孟子、莊子起，到現代，有五百多人。斟酌精力和時間，也許只能寫成百人左右。我是從大家名家寫起，材料最多的，地位最重要，有劃時代貢獻的，為一般人誤解最甚的，如柳子厚、王荊公、袁子才等，是我想儘先下筆的。原來沒有適當傳記，近年來關係資料叢出，研究者蜂起，如李開先、孔尚任、洪昇等的事跡，提要鉤玄，總合成篇，也是我覺得作起來容易而較有需要的。

歐美作家，以寫小說的筆法來寫文人傳，所以一篇傳，可以寫成一本書，洋洋灑灑，波瀾縱橫，使讀者很有趣味地看下去。我國的史家，卻極力追求簡要，避免枝蔓。史傳不必說，就是行狀家傳，也少有寫到多少萬字的。像慧立的《慈恩法師傳》，王懋宏的《朱子年譜》，要算少見的長篇了。這些長篇——學術價值很高，有多少讀者卻是成問題的。我所寫的文學家傳，是想作為和一部中國文學通史並行的參考書，希望每篇傳要在一小時到兩小時內看完，不用太多的時間，知道中國重要文學作家的全貌，每人篇幅自然要約束在一萬五千字以內。這比正史的文苑傳，已經放長到十倍以上。比西方流行的大作家傳，也許只得十分之一。正史的文人傳，較長的都原於整篇錄入作品，如《漢書・司馬相如傳》全文抄入〈子虛賦〉、〈大人賦〉、〈哀二世賦〉，《周書・庾信傳》全文抄入〈哀江南賦〉。把這些引用的作品除去，傳記就很短了。我想折衷傳統的史傳義法，和西人文人傳的寫法。私人生活，家庭環境，和作品產生，詮釋理解，有密切關係，所以多方鉤稽，儘量記入。為了增加趣味，無稽的想像，有意的誇飾，使歷史小說化，是我所不取的。涉及時間，要記得詳密具體，涉及地方，要說得正確清楚，提到官名，隨時附加說明。我想把漫畫的把握特徵手法，和工筆的寫生，混化為一，作到簡而不漏，繁而不誕。可以作為一般讀物，也可以作為專門研究的引路書。深入淺出，傳真求是，圖文相輔，情韻相生，是我所憧憬的境地，作到幾分，就不敢說了。

作家的生命，寄託在他的著作。作品的流傳情形，重要版本，注解選本的介紹，我用力較多，因為這是研究一個作家的中心問題。著作的介紹，常涉及一個作家的全部作品，不限於純文學方面。現在編文學史的人，常把一個作家的各體作品，如詩、詞、曲、散文，分散在許多章節講，豆剖瓜解，支離散亂，又常忽略他在純文學以外的作品，這樣難以看清一個作家的整體。例如歐陽脩，《新唐書》、《新五代史》都是他提倡古文的示範作品。撇開這些，六一翁的影響力，風靡天下，超越韓柳的地方，就體認不到了。我以每篇傳的三分之一地位談著作，作提要性的解題，雖較枯燥，也許是最有用的。

輯錄評論，多取有代表性的權威言論。類似的說法，可以互相發明的，依時代排比，適當歸納。師心自用，偏蔽侷慮的見解，仔細玩味以後，常從澄汰。編者想儘量避免主觀的評論，尤其警惕於「識同體之善，忘異量之美」。可是在去取詳略上、解釋說明上，總不能不有自己的別裁。這種別裁是全書一致的，各篇各節不相牴牾的。寫傳記本來是抄書，抄書而希望成為一家言，總不能避免走上最主觀的客觀。不著一字，進退百家，各造紛論，是非並見。這也是我奮筆寫此書的微意了。

表現一個作家，最直接最原始的資料，是他本人的詩文作品。「文章自傳道，不藉史筆垂。」這雖是韓昌黎自負的話，也極有其道理。我想儘量隱栝作者本人的詩、詞、曲、文有自傳性的地方，納入傳中。這樣自然就糅合了韻文散文白話文言的疆界，犯了桐城派古文家義法，乃至一切主張純淨文體者的大忌。然而這不是自我作古，司馬遷就是糅合古今，大治一爐，以寫《史記》的。《資治通鑑》的文體，比《史記》純淨一致的多，卻不一定比得上《史記》的傳真生動。作家批評家都是語妙天下的，有些文字，一加改寫翻譯，就變了味道。文學批評的話頭，很多是俗語裡沒有的，因而就無法改譯成純粹口語。像集錦，像螺鈿，有高級技巧的人，能把不倫不類的材料，鑲砌拼湊成五光十色，金碧輝煌。我作的也許失敗，這是天才匠心不足，不一定是方法不行。

清朝阮元創編《國史儒林傳》，都是就各家記述，集句成篇，並且分注出處於下。司馬光修《資治通鑑》，先作長編，再作考異，最後才成定本。阮元的分注法，實在等於溫公的長編。我的評傳務求語語有根據，可是如果全注出處，分量將數倍於本文，文字冗贅，印刷也困難。所取的辦法是，重要引用資料，或見段末，或注文中。異說之需要考訂的，或截篇別出，作為附錄。

正史文苑傳和近人所作文學史，多整篇抄入各作家代表作品，以便參證。本書引用原作，僅限於用作傳記資料及評論例證。膾炙人口的作品，原書具在，選本風行，均無迻錄必要。有些作品，離開注解，也難以讀懂，所以為節省篇幅，儘量避免抄長篇詩文。

作家本人的畫像攝影、墨跡、書影、室宇、祠墓、及其他有關的史跡史物，多方蒐求，適當插入。詳記來源，務求可信。十年前編者曾與師範大學藝術系教授孫多慈女士商議合作，創繪新歷史人物畫，當時理想欲將歷史的真，藝術的美，教育的善，合而為一。已繪成者凡數十幅，《中華畫報》曾將像傳同時發表若干幅。本書徵得孫教授同意，選用其畫像一部，均為有正確根據，而以現代技巧，加以美化者。在影片電視風行的今日，在印刷術高度發達的現代，全用文字構成的歷史書，已經感到時代落伍。可是當前的環境，文學家史物史跡的蒐求，是頗費周折的，印刷起來更增加勞費。本書第一輯收圖版五十幅多，看看來源就知道東到遼瀋，南及川桂，中朝的珍祕，海外的寶藏，歷劫猶新的名門舊物，神靈護持的人間奇書，咸歸驅使，並呈色相。八荒剪採，集腋成裘，不是一朝一夕之力了。

每一作家，除所作評傳外，均選錄有基本史料性質之文數篇，偶亦採錄與評傳觀點不同，可以互相參證之傳記文字，合印書中，以便比較研討。輯錄之文，均經選取善本，精校標點，必要時並附注解於篇末。凡有刪節，一律標明。為閱讀排印便利，極少數不通用之古體字，或改用今體。在正文中偶而增夾注數字，則用小字，並加括弧標明。

回想我開始寫〈文學批評家劉彥和評傳〉，登在商務出版的《中國文學研究》號，忽忽數十年，恍如隔世了。悠久的歲月，使我讀書漸多，膽量愈小。看見中外青年朋友們寫的紮實有見解的文章，都隨時抄記要點，補充我的新知。幾度的喪亂播遷，丟盡了祖傳的自置的有自己標記的珍貴典籍，卻帶出了叢殘的讀書筆記，和一部分史物史跡照片。這只有我自己看得懂，連得上，摩挲得有興致，更無任何商品價值。近年來山居多暇，長日難遣，沒有異書可讀的時候，就重抄連綴舊有的卡片，穿插圖像，略定體例，粗成片段，敝帚自珍，隨時改訂，集有相當數目。恰好東海大學有印書的辦法，就繳出十人的關係資料來，先行付排，作為本書的第一輯，傳之子女學生，也順便就正於友朋高明。假使健康允許，心情暢朗，繼續有機會印，我將續出九冊，以完成多年的預定計畫。東海的同事王天昌先生，為我校閱本冊全稿，查原書，訂筆誤，費力很多，友人莊慕陵先生為本書題簽，薛順雄助教幫助查書，都應當鄭重道謝。同學楊祖聿、鄒多悅、鄭期萱、楊浴星、鄭國柱、蔡國柱諸君，都曾細心幫我抄錄標點校勘一部分稿件，也應當記出作紀念。書中的一部分稿件，曾分別刪節發表於《大陸雜誌》、《新時代》、《文壇》、《書和人》、《東海文學》等刊物，重印時都經過增刪修訂。也有的是原刊物，限於篇幅，自由刪節的，自當以本書所收為定本了。

五十五年五月二十九、三十日臺北《中央日報》

附錄一：杜甫在日本

關於這個題目，至少可以研討三個問題。第一、從古到現在，日本如何研究杜甫作品，如何批評杜甫作品，這是杜甫研究史上的問題。第二、從古到現在，日本的漢詩作家，如何接受杜甫作品的影響，這是日本漢文學史上的問題。第三、杜甫作品，在純粹日本文學上有如何影響，這是比較文學上的問題。還有可以考究的，在日本美術上所表現的杜甫，例如杜甫騎驢圖，在室町時代水墨畫裡常常有。還有把杜甫的名作〈飲中八仙歌〉畫成畫的，江戶時代南畫裡，也不少出現。把這些作品拿來研究，也是一個問題。不過重要的還是先提出的三個問題。其中第三個問題，我全沒有討論的資格。所可討論的是前兩個問題。但是限於時間和篇幅，本文只談第一個問題。

日本從什麼時候才知道杜甫？在杜甫生存時代入唐，歷仕玄宗、肅宗、代宗三朝的阿倍仲麻呂（晁衡），和李白、王維、儲光羲等交際（官至秘書監鎮南都護）。不必說是知道杜甫的，可是並沒有留下什麼確實證據。縱然他知道杜甫，仲麻呂死在大陸，這知識也未必傳到日本本土。

到了平安朝時代，白樂天在日本可以說大為時興。通過了《白氏文集》，杜甫的名字在某種程度為人所知，是可以想像的，可是白居易說，杜甫和李白是「詩之豪者」，只是相當看重，並沒有高度評價，來引起日本人特別讀杜甫作品的慾望。讀白居易有名的〈與元九書〉，就可以明白。他說杜甫所傳的詩有一千多首，選出〈新安吏〉、〈石壕吏〉、〈潼關吏〉諸章，「朱門酒肉臭，路有凍死骨」等句，可取的不過三、四十首。當時的日本人，把白居易看作絕對權威，顧不到杜甫是當然的吧。

日本人的書，最初引用杜甫作品，是大江維時分類編排古今名句的《千載佳句》。維時死於村上天皇應和三年（五代晉天福元年，西元九三六年），享壽七十六，可以說是平安朝中葉略早些的人。《千載佳句》引杜詩只有六句，這是最古的東西，從什麼書引用，卻不明瞭。維時如果見過杜甫全集，從裡邊自行選擇，在日本的杜甫研究史上，算是打下基礎。可是這是很可疑的。也許根據了什麼選本吧，也許《千載佳句》這書就有中國底本，不過是根據底本抄錄。不能想作認識到杜甫作品價值的結果。原來《千載佳句》引用的作家有一百四十九人，句數到一千一百十首，杜詩僅占六句，不能認為對杜詩有什麼重大意義了。

最初特別注意杜甫作品的是大江匡房。他卒於鳥羽天皇天永二年（宋徽宗政和元年，西元一一一一年），活了七十一歲。他是平安朝末期的碩學，為大江維時的六世孫。《朝野群載》一書，收有匡房所作名為〈詩境記〉的一篇文章，特別提到杜甫作品在中國文學史上的意義，還有記錄匡房談話的《江談抄》裡也說：

《注王勃集》，《注杜工部集》等所尋求也。《元稹集》度度雖誂唐人不求得，云云。

《注王勃集》，《元稹集》，姑且不論。無論如何，熱心找《注杜工部集》是可以知道的。這所謂《注杜工部集》是指的什麼書呢？從匡房的年代考察，一定是北宋時代作成的書。也許是聽說有王洙本，打問尋求，在當時真可說是驚人的新知識。無論如何，到平安朝末期，院政時代，日宋交通相當頻繁，自然接受大陸新文學潮流的影響，杜甫的作品，特別引起一部分人的注意。

從這種情勢發展，到了鎌倉時代，可以想像，杜詩逐漸普及，但是還沒有發現確切證據。到了南北朝時代，情勢忽然一變。鎌倉時代末期，生於後宇多天皇弘安元年（元至元十五年，西元一二七八年），死於光明天皇貞治三年（元至正七年，西元一三四七年）的虎關師鍊，可以說是五山文學開山祖的一代學僧，實在是少見的杜詩愛讀者兼研究家。收集他的詩文的《濟北集》裡有一卷詩話，關於杜詩解釋，到現在讀起來，還有四條，可以說是優越的見解。……

這樣的大家出現，這時候杜詩成為智識分子必讀的古典的一種了吧。從中國輸入的刻本，不能滿足需要，所謂五山板的杜詩三種，才先後刻出。第一種是《集千家註分類杜工部詩》，宋徐居仁編，黃鶴補注，二十五卷本，北朝後圓融天皇永和二年（明洪武九年，西元一三七六年），京洛大藏坊法印永喜，用元皇慶元年（西元一三一二年）余志安的刻本翻刻，原刊記，翻刻記都有。第二種是《集千家分類杜工部詩》，二十五卷本，這是就余志安本除去註，只刻本文的。第三種是《集千家註批點杜工部集》，二十卷本，附有《杜工部文集》二卷，有元大德七年劉將孫序，元高楚芳編，劉辰翁評，是翻印的元會文堂刻本。以上三種，第二、三種，沒有日本刻印時間刊記，可是大概和永和二年本相距時代不遠吧！現在傳存最多的是第三種，到室町時代還是相當普及，可以看出當時杜詩的流行。這些註釋書以外，宋蔡夢弼箋魯訔編的《草堂詩箋》四十卷，也由中國傳入，廣有讀者。《經籍訪古志》卷六著錄的《草堂詩箋》有妙覺寺常住日典和日奧的圖章，這二人都是室町時代日蓮宗的學僧。清黎庶昌來日本，見到宋本《草堂詩箋》，收到古逸叢書裡，可以知道日本從來有不少讀者。

當時喜讀杜詩的，不必說都是五山和尚。搢紳之家像是並不一顧。五山學僧留下杜詩講釋書的人也有。心華元棣作有《杜詩臆斷》，雪嶺永瑾作有《杜詩抄》。此外還有無名僧的別本《杜詩抄》。……心華元棣是學於五山文學大家義堂周信的弟子，雪嶺永瑾是五山文學衰微的室町中期人，也是當時以文藻馳名的學僧。我讀過林羅山的隨筆（《羅山文集》卷六十五）提到，雪嶺評論《聯珠詩格》一書，名為詩格，和書的內容不相應，像是很有見解的人物。《杜詩抄》全部二十四卷，有十卷殘本，現有足利學校傳本，其他還像有一二種傳本。五山學僧的「抄物」，像桃源瑞仙的《史記抄》，笑雲清三的《四河入海》（蘇東坡詩的注釋書），我所讀過的，覺得對於中國學問是極有益的參考書，不該輕易看過的。

把杜詩當作重要古典之一來研究，到了江戶時代，由新興的儒學者，接續五山學僧的工作。這種研究，利用了明代新出的注釋書，以前廣範圍流行的集千家注，《草堂詩箋》的行市變了。明洪武初年，單復所著的《讀杜詩愚得》，曾經一度流行於朝鮮，文祿戰役（豐臣秀吉侵韓戰役）中曾有人帶回來，可是像是並沒有讀者。江戶初期很珍重的是邵寶著的《杜少陵先生詩分類集注》，邵寶是明成化進士，官至禮部尚書，以朱子學者著名。這書是二十四卷的大部，可是明曆二年（清順治十三年，西元一六五六年）很快就有翻刻本。這書和單復的書，在內容上並不是特別優越，邵寶的書只因為著者負大名，所以特被珍重。森槐南在《唐宋詩學》中說：「大抵補綴千家諸註，裁以己意，分類繁瑣，殊為可厭，想是坊賈託名之書。模倣集傳，又襲單復之陋。」槐南以為這書在中國亡佚，卻非事實。由於這些書，使日本杜詩研究特別進步，是不能想像的。直到明曆時期，不過是承襲五山以來的杜詩研究傳統罷了。到了元和寬永之交，新傳來明朝邵傅所作《杜律集解》，流行起來，日本的杜詩研究起了大的轉變。

《杜律集解》並不是什麼優越的注釋書。著者邵傅，也不是知名之士，他字夢弼，自署閩三山人，書前有萬曆十五年丁亥（西元一五八七年）自序。這書傳到日本，忽然普及起來，驅逐了過去很多流行的注釋書。林春齋的《鵝峰文集》卷三十七載有與寺尾吉通書說：「詩無盛於唐。唐多才子，以子美為最，杜詩多解，然千家分類箋註集註皆堆而不易讀也。近年邵傅《杜律集解》，簡而不繁，人人讀之。」這信署「己酉之冬」，就是寬文九年（西元一六六九年）。日本翻刻的《杜律集解》最早是寬永二十年（明崇禎十六年，西元一六四三年）本。現在所謂寬文書籍目錄，著錄只有《杜律集解》六冊一部，也許是寬永二十年本吧。二十年後，到元祿五年刊行的《元祿書籍目錄》，所著錄《杜律集解》及其解釋書，有以下六種：

杜律集解　閩中邵傅夢弼集，陳學樂以成校　六冊

杜律集解　宇都宮由的點，野村順成點　六冊

杜律集解小本　三冊

杜律集解　宇都宮由的考　十二冊

杜律集解抄　玄意作，七言五言均用和字　十二冊

杜律集解大全　七言五言均附集解，摭拾諸說故事　二十冊

第二種附訓點本，實為二書，實際共有七種。從寛文到元祿二十五年間，《杜律集解》的流行，可以概見。五山以來的杜詩研究是古今體全部注意。《杜律集解》流行以來，專注意五七言律詩。五山以來的傳統，把杜詩看作次於《楚辭》、《文選》的古典，《杜律集解》流行以後，把杜詩看作許久用為作詩規範的《三體詩》（宋周弼編）五七言律部的先導，對於杜詩的想法要算重大變化。

在《杜律集解》流行時代，另有種種新的杜詩注釋書輸入，使研究逐漸精密，也不可忽視。試看元祿八年（清康熙三十四年，西元一六九五年）刊行宇都宮由的作《鼇頭增廣杜律集解》，從清朱鶴齡的《杜工部集輯註》起，到清張遠的《杜詩會粹》，顧宸的《辟疆園杜詩註解》，大加引用當時新來的書。此外以前傳來，早在慶安四年（清順治八年，西元一六五一年）就有翻刻本的明趙汸的《杜律五言趙注句解》和薛益的《杜工部七言律詩分類集注》，當然也在利用。朱鶴齡的輯註比起以前的書是傑出的吧，利用他的書的宇都宮由的書也就有了特色了。宇都宮在元祿十年（西元一六九七年）用漢字和片假名夾用的文字著有《杜律集解詳說》，雖是通俗書，也有不容抹殺的好處。大體上以《杜律集解》為基礎的杜詩研究，全盛於元祿時代。大

成問題的是以《杜律集解》為基礎這一點。同時代元祿十七年翻刻的顧宸的《辟彊園杜詩註解》，所選註也只限於五七言律詩，不管古體詩和絕句。這樣，杜甫作品裡，古體詩漸次置於研究範圍以外。

到了正德、享保時代，杜詩研究，突然衰落。這時代荻生徂徠（物茂卿）倡導「文必秦漢，詩必盛唐」的古文辭學派，風靡一世，按說杜詩當然應該研究，可是這派人把明之李夢陽、何景明、李攀龍、王世貞的作品直接當作詩軌範，沒有上溯杜詩的必要。並且杜詩實際上具備格調派、性靈派兩種面目，偏重格調一面的古文辭派，並不喜歡把杜詩全部作為作詩軌範。還有一種原因，如前所說，從《杜律集解》流行以來，杜詩被看作《三體詩》五七言律部的先導，因而特別排斥《三體詩》的徂徠一派，理論且不說，在感情上是不大看重杜詩的。杜詩的刊行，以元祿時代為最後，暫時絕跡。勉強舉例，僅有清初陳廷敬的《杜律詩話》，有正德三年（清康熙五十二年，西元一七一三年）京都翻刻本。

杜甫再度引起多少注意，極有趣的是在古文辭派衰微以後，享和三年（清嘉慶八年，西元一八〇三年）昌平黌翻刻了清沈德潛的《杜詩偶評》算作開始。這書選杜甫古今體詩名作，極為簡便，流行一時，文化六年（西元一八〇九年）再版，促進杜詩研究，其結果，文化元年（西元一八〇四年）有僧大典的《杜律發揮》，接著天保五年（西元一八三四年）有津坂東陽的《杜律詳解》刊行。可是這兩書也只限於五七言律詩，仍然不過是用作作詩規範。並不像五山學僧，視杜詩為重要古典，作全部的高深研究，是特可注意的事。

杜詩不單是作詩的規範，是重要的古典，再認識不能不等明治時代的森槐南。槐南在他主持的吟社曾幾度講杜詩。筆記在他死後，由森川竹磎校訂，印出有《杜詩講義》三冊，這是根據《杜詩偶評》。比這再早的，有根據《唐宋詩醇》的講演錄，名為《杜詩諺解》，連載在明治三十二年（清光緒二十五年，西元一八九九年）四月發行的《新詩綜》初集到十三集。是相當詳細的講義，連乾隆皇帝的評語也引到。可惜講到〈自京赴奉先縣詠懷五百字〉，中途而止。以後鈴木豹軒（虎雄）先生的杜詩全部講義，收入《續國譯漢文大成》，昭和初年刊行，這裡不須介紹了。這樣杜詩完全以中國的重要古典，在日本知識界再生。

還有笹川臨風，在明治三十二年（清光緒二十五年），著《杜甫》一冊，作為《中國文學大綱》的第九卷出版，首揭杜少陵年譜，下分十二章為杜甫與時勢，杜甫的少年時代，杜甫的失意，杜甫與國難，杜甫之落魄，杜甫與嚴武，杜甫之晚年，杜甫與忠厚，杜甫與家庭，杜甫之詩，杜甫與李白，杜甫與盛唐詩人，凡百五十餘頁，在當時是優越的研究結集，其功不可埋沒。用近代的敘述方法，寫的杜甫傳記，也許是最早的著作了。

【附記】

本篇為神田喜一郎博士原著，刊於京都大學中國文學研究室出版的《中國文學報》第十七冊（一九六二年十月刊）「杜甫誕生一千二百五十年特刊」中。氏曾任臺北帝大、京都大學、大阪大學教授，國立京都博物館長等職，邃於目錄板本之學。近年日本出版關於杜甫，較重要的書有故鈴木虎雄博士《譯注杜詩》全八冊（東京岩波書店出版），藝術院會員土岐善磨《新譯杜甫詩選》全四冊（東京春秋社刊）。《漢詩大系》全二十四卷，第九卷為杜甫詩，九州大學教授文學博士目加田誠譯注（一九六三年東京集英社刊），京都大學教授吉川幸次郎、小川環樹主編之《中國詩人選集》第九第十冊為杜甫詩選，黑川洋一選注（一九六四年岩波書店刊）。吉川幸次郎教授先後著有《杜甫私記》（一九五〇年東京筑摩書房刊），《杜甫筆記》（一九五二年十二月東京創元社出版），《杜詩講義》（一九六三年四月東京筑摩書房出版）等書。東京大學名譽教授齋藤勇著有《杜甫與其時代》（一九五二年六月研究社出版），土岐善磨著有《杜甫草堂記》（一九六二年八月東京春秋社出版）。

森槐南名公泰，漢詩人森春濤子，名古屋人（一八六三—一九一一），先世為漢醫。槐南承家學，曾任圖書寮編修官，宮內大臣祕書官，東京帝大講師。主盟隨鷗吟社，稱為明治漢詩壇第一人。著有《槐南集》二十八卷，及《作詩法講話》，《古詩平仄論》，《唐詩選評釋》，《唐詩研究法》等書。《杜詩講義》三冊，三谷耕雲、森川鍵為之校訂，明治四十五年（一九一二）二月至大正元年東京會文堂刊行。

笹川臨風名種郎，東京人（一八七〇—一九四九），東京大學國史科畢業，著有《日本繪畫史》，《現代美術》等書，以研究文化史，評論美術知名。參看本書一五九頁。

鈴木虎雄字豹軒，新瀉人（一八七八—一九六三），東京大學漢學科畢業，授文學博士，曾久任京都大學教授。著有《中國詩論史》，《賦史大要》，《豹軒退耕集》等書。

梁一成編〈杜工部關係書目〉，刊《圖書館學報》第八期（民國五十六年五月東海大學出版）。日本文之杜甫研究項，共收十八書，可參看。

附錄二：白居易對日本文學的影響（節譯「白樂天和日本文學」）

一　王朝時代

據傳說，日本第五十七代嵯峨天皇（八一〇—八二三年，相當於唐憲宗元和五年到穆宗長慶三年）最愛讀白居易的詩，抄了許多白詩，他時常在暗地裡吟誦不已。有一次，嵯峨天皇行幸河陽館，將白居易詩中的兩句寫出：

閉閣唯聞朝暮鼓，上樓空望往來船。❶（按「唯聞」一作「只聽」）

把「空」字改為「遙」字，作為御製詩，拿給侍臣小野篁看。小野篁吟哦了一番以後，回奏嵯峨天皇說：「可惜遙字欠妥，如改為空字，就更好了。」嵯峨天皇對小野篁的眼力表示十分欽佩。

據《文德實錄》（菅原道真、都良香合編）卷三所載，承和五年（八三七）（仁明天皇時，嵯峨上皇尚在，當唐開成三年，白居易時年六十七）太宰少貳藤原岳守在檢查從中國來日船舶的時候，獲得了元、白文集，獻於朝廷，藤原即因此獲賞，授從五位上。

嵯峨上皇在仲春時候，駕駐西山離宮，命小野篁作詩，當時篁的詩中有句云：「紫塵嫩蕨人拳手，碧玉蘆寒錐脫囊。」上皇歎為好句，賞賜很厚。後來人們讀《白氏文集》中有「蕨嫩人拳手，蘆寒錐脫囊」一聯，大家才知道他的出處。此外據傳小野篁詩與白居易詩暗合之處還很多，但已無從辨別此種傳說是否完全真實了。

當《白氏文集》在日本廣泛流傳之後，王朝詩人，都改變作風，拋棄齊梁體的舊格調，向白氏清新平易的風格學習。具平親王〈贈心公古調詩〉說：

氣擬相如賦，理過桓子論。韻古潘與謝，調新白將元。

元稹、白居易的元和詩體，在日本詩壇上取得了重要的地位，由此可知。高階積善有〈夢中謁白太保、元相公詩〉，具平親王、藤原為時等都吟詩祝賀，錄藤原為時一律：

兩地聞名追慕多，遺文何日不謳歌。繫情長望遐方月，入夢終踰萬里波。靈膽雖隨天曉隔，風姿未與影圖訛。（原註云：我朝慕居易風跡者，多圖屏風。）仲尼喜夢周公久，聖智莫言時代過。

夢中得見白居易的，還不只高階積善一人，據說大江朝綱也曾經在夢中和白居易論詩，因此他的詩就更得香山的神態。

由於嚮往思慕的懇摯，更進一步變為崇敬拜倒，結局將白居易當成神佛的化身，十分虔誠地祭祀起來了。《十訓抄》裡有這樣的話：「樂天既為文殊化身，豈可不崇信乎？」在《山城名跡巡行志》這部書裡也記載著西京有「白樂天神社」。這樣不僅把白氏的詩當作楷模，而且把他當作偶像崇拜起來了。元慶元年（八七七）三月，南淵大納言年名，在小野的山莊舉行「尚齒會」，《菅家文草》中有〈暮春見南亞相尚齒會〉詩，其後安和二年（九六九），在大納言藤原在衡的粟田口山莊裡也舉行過，當時的詩集《粟田左府尚齒會詩》一卷至今尚存。後來不斷舉行「尚齒會」，甚至發展成為和歌的「尚齒會」。這些都是受了香山「九老會」的影響。

《白氏文集》中的詩句，在當時已成為一種金科玉律，詩人們相會，常常要吟誦白氏〈北窗三友〉詩；如果賞月，常常要朗吟「三五夜中新月色」；至於「香爐峰雪」、「草堂夜雨」更成了大家的口頭禪了。其中菅、江二家，得白氏詩神髓者，菅家有菅原道真、菅原道時，江家則有大江朝綱、大江匡衡等。菅原道真的《菅家文草》十三卷和《菅家後草》所收的詩，都是既平易又流麗，不用雕琢，而真實的感情自然流露。晚年遭遇貶謫，窮愁悲憤，不能自制，和白居易的安分知命恬淡為懷比較起來，似乎大有遜色，但從他的詩裡，可以看出他的風格和白居易十分相近。菅原道真曾與渤海國使臣裴頲相唱和，裴讀菅詩之後下一評語說：「讀公諸作，宛然又一樂天也。」

菅原道真有〈讀樂天北窗三友詩〉和〈後朝同賦秋思應制〉諸作，都是和白氏的〈北窗三友〉有關的作品。這幾首詩既模仿了白氏的風格，又帶有菅公獨特哀愁，此外，白居易中年以後有〈照鏡〉、〈歎白髮〉諸作，《菅家文草》中也有〈始見二毛〉、〈白毛歎〉、〈對鏡〉等詩。其他各古調詩，如格律詩以及題材各方面模仿白詩之處，隨處可見。白氏長篇詩極多，菅公也模仿他，如〈敘意一百首〉、〈寄白菊四十韻〉、〈哭奧州藤使君四十韻〉，都是好例。

由此可知日本王朝詩人中可以和白氏比肩的，當推菅公為第一人了。

菅公有子敦茂、孫文時，均長於詩文。尤其是文時，時人稱他為菅三品，有祖父風，著有許多模仿白體的詩，同時並滲入了晚唐李商隱、溫庭筠的色彩。但一般評他詩的人，都說他的詩平易暢達，獨具元、白遺響。

與菅家並稱的還有江家。自大江音人以來，江家世世著有文名，其後裔大江朝綱，與菅原文時齊名。兩人曾同時進謁天曆帝（即村上天皇）共論白詩，帝突然宣旨說：「爾等其各歸家，披閱《白氏文集》，各錄其中最優者一首進呈。」次日，兩人朝謁，各將選出之白詩一首呈覽，結果二人選出的白詩，都是〈送蕭處士遊黔南〉❷（《古今著聞集》）。

除菅、江二家以外，以白體著名的還有島田忠臣、都良香、紀長谷雄、源為憲等人。紀長谷雄有〈貧女吟〉，模仿白氏〈琵琶行〉、〈太行路〉的痕跡，是可以清清楚楚地看得出來的。

源為憲私淑白氏尤深，他有一首〈代迂陵島人感皇恩〉的詩：

> 遠來殊俗感皇恩，彼不能言我代言。一葦先摧身殆沒，孤蓬暗轉命纔存。故鄉有母秋風淚，旅館無人夜雨魂。豈慮紫泥許歸去，望雲遙指舊家園。

其中「故鄉」、「旅館」一聯，與白氏「蘭省花時錦帳下，廬山雨夜草庵中」一聯，不但同樣為日本的漢詩人所喜愛，甚至也受了和歌作者的愛誦。《清巖茶話》裡，在定家卿的逸話項下，曾特別把這兩聯並稱。又如他的〈秋夜對月憶入道尚書禪公〉一詩，很像白氏所作〈對月憶元九〉。林春齋評此詩云：「是學居易詩而感慨轉覺深切者也。」

得白詩風格的作家，大略有如上述。至於其他一些人，不過是以模仿白詩的片言隻語為能事，大都格調卑下，淺俗不足道。即以菅公來說，還有人嫌他的詩帶了濃厚的日本氣味，其他作家更不必說了。等到宴遊朗吟之風盛行以後，華麗綺靡的詩風，也就愈來愈為人所重，終於出現了像《和漢朗詠集》這類的詩選，這時專門模仿白居易以通曉全部《白氏文集》為能事的人，也就比較少起來了。當然《朗詠集》也是白詩體占篇幅為多，如公任卿所編的《和漢朗詠集》，和漢詩文的作者共收八十家，作品多達五百八十章，可是白居易一人的作品，就佔了四分之一的篇幅，可以很清楚看出一般的趨向來了。

到日本和中國的交通因故減少了以後，逐漸產生了民族的自覺，開始盛行了固有的民族文學——和歌，所謂國文的復興。在漢詩漢文全盛時代，這些民族文學，只不過做為男女交際的一種工具，在女人的閨房裡，維持它的一點生命。到了延喜朝，出現了敕選《古今和歌集》，而且很快地占了有力的地位；與漢詩同樣成為王公貴族們的消遣工具。在藤原氏外戚爭權時代，藤原氏各族競相收羅才媛，以圖伸張自己的勢力，於是紫式部、清少納言、伊勢、和泉式部等才女輩出，各入後宮，終於出現了所謂「後宮文學」。男子們也雜在她們中間，競相唱和酬答起來了。才女如紫式部、清少納言二人，對漢詩漢文的造詣很深，那些只背誦得幾句《朗詠集》，連《史記》、《漢書》都讀不懂的男子們，自然免不了常在她們面前出乖露醜。清少納言、紫式部這些人熟讀《白氏文集》，現在讓我們來看一下她們的著作和《白氏文集》的因緣：

清少納言的《枕草子》和紫式部的《源氏物語》，是日本文學中兩部著名的書。

《枕草子》是隨筆體裁，寫作者個人的一些見聞和感想。作者清少納言非常推崇《白氏文集》，並且用功甚深。由於熟能生巧，在交際的時候，一遇有機會，就隨時隨地信手拈來，以驚動四座。從這裡，我們也可以看出作者是如何在爭強好勝方面用盡心思了。

尤其是她利用白居易「蘭省花時」「廬山夜雨」一聯，贏得了「草庵」的雅號❸，以及在雪晨捲簾之際，機智的援用了香爐峰的故典❹，使得人們為之擊節驚歎，像這些佳話早已成為盡人皆知的了。

又例如在《枕草子》中有這樣一段描述：

在一個特別晴朗的永晝，中宮娘娘寫信給我說：「花心開了，你可想念我麼?」我於是回信說：「秋天雖然還遠，但我想念娘娘的心情，一夜裡有九回魂魄飛到娘娘您的身邊呢。」

文中所引的話都是援用白詩〈長相思〉中的句意：

九月西風興，月冷霜華凝。思君秋夜長，一夜魂九升。二月東風來，草拆花心開。思君春日遲，一日腸九迴。

像這類事都是清少納言所最擅長最得意的地方。《枕草子》中還有不少和這些例子相類似的。

此外也有提到其他女官的故事：

村上天皇時，有一次，在下雪之後，天皇命人拿來一個盛滿了雪的銀盌，上面插了一枝梅花，當時又恰好是個月明之夜，天皇用這插花的銀盌以賜命婦（五品職以上的女官）兵衛藏人說：「朕且試卿之才，卿能用此作和歌一首否？」兵衛藏人當時就朗誦了白詩「雪月花時最憶君」作為回答，天皇非常讚賞，認為這樣熟讀白詩而又能巧於援用，實在不是平常人所能企及的。

從上面引例，可以看到又是一個隨機應對、博得天皇青睞的聰慧之人，她援用的白氏詩句是「琴詩酒伴皆拋我，雪月花時最憶君」（〈寄殷協律〉）。

書中敘述西京荒廢情景的時候，曾經這樣說：

大家還說起了一件事：當頭中將說到「西京荒廢已極，宮垣傾頹，苔生幽徑，目覩這般光景的人定當傷感不盡。」宰相之君（皇后側近一個女官的名字）便接了一句道：「恐怕也是瓦有松了吧。」頭中將聽了不由得為之讚賞起來，接著便也口吟道：「西去都門幾多地。」

這段文字是援用了〈驪山高〉中的原詩句：

……牆有衣兮瓦有松。吾君在位已五載，何不一幸於其中。西去都門幾多地，吾君不遊有深意。……

又作者清少納言在三月三十日與宰相中將忠信閒談時，忽然問道：「明日君將吟何詩？」中將忠信稍為想了一下之後，回答說：「我將吟『人間四月』這首詩❺。」接著作者寫道：

若說宮中的女官們記憶力好，記得這些漢詩原不足為奇。至於一般男子，有的連自己作的和歌還記不住。而像中將這樣，記得許多漢詩，真是難能可貴了。

一般男子在記憶力方面大都不如女子，但是頭中將（指忠信）卻能博聞強記，又解風趣，所以作者很讚賞他。從這裡可以看出當時的男女文人是如何的爭相記憶白居易的詩了。

《枕草子》雖自古與《源氏物語》齊名，但《枕草子》只是一部隨筆，雖然作者的筆致清新，在內容上反映了當時宮庭的某些情況。可是終嫌是片段而零星的記載。《源氏物語》就不同了，它是真正的創作，純粹的小說，而《源氏物語》裡，也可以看出白居易的影響，就更為有趣了。

首先《源氏物語》的第一卷〈桐壺〉卷，就可以說大部分是摹倣〈長恨歌〉的。這一卷開頭就這樣寫道：

話說某一朝代，在內宮許多妃嬪之間，有一位更衣（更衣位在女御之下，女御相當於我國妃子，更衣相當於我國的貴人或才人），門第出身並不十分高貴，但卻深得君王的愛寵。

這明明是將桐壺更衣比楊貴妃，而將桐壺帝比唐玄宗了。

> 這位桐壺帝不怕旁人譏諷，竟破天荒地寵愛專房。連殿上的公卿們都側目而視，群相說道：「唐土也正是由於這種事，使天下都亂了，幾乎丟掉江山。」於是用楊貴妃的故事來作為桐壺帝的前車之鑑。……

作者並沒有將桐壺更衣寫成像楊貴妃一般的專橫逞性，相反，卻將她表現為符合當時理想的一個貞淑可愛的女性。

> 遇著什麼節令要宴樂的時候，皇上總是首先將桐壺更衣喚到身邊來，而且有時候把她留在寢殿裡，不上早朝，也不再放她回自己的宮院去，一直留在身邊。桐壺更衣深恐受到弘徽殿女御的嫉妒，加上自己身體又十分單弱，於是多愁善感，有些心灰意冷起來了。

這樣寫桐壺更衣淑靜恭謙的形象，接著寫更衣逝去後，桐壺帝的悲悼之情。

> 這些時候，皇上早晚都看〈長恨歌〉的畫屏——這屏風是宇多天皇命庭臣們畫的，並且由伊勢和紀貫之在上面題詠了和歌——並且口中不住地念誦屏風上的和歌和漢詩。

接著書中又寫道：

> 屏風上畫的楊貴妃的容貌，雖然出自名畫師的手筆，但似乎仍不能傳出真正的神態。

「太液芙蓉未央柳，芙蓉如面柳如眉。」豔麗是豔麗極了，但一想起桐壺更衣的婉轉依人，楚楚可憐的樣子，又絕不是芙蓉和楊柳所可比擬的。朝朝暮暮兩相誓語的比翼鳥、連理枝，到頭來還是成了空話，終不免「此恨綿綿無盡期」。

此外，如於葵上逝去之後，敘源氏悲悼愁怨之情時，引用了〈長恨歌〉中的「舊枕故衾誰與共」，又在文中使用了「霜華白」（「白」可能是「重」的轉訛）的句子，但「舊枕故衾」今本改作「翡翠衾寒」。

〈長恨歌〉作為重要資料，出現在《源氏物語》的情況，略如上述。至於篇中隨時隨地觸景生情，引用了當時膾炙人口的白詩中某些句，巧妙地點綴書中的情節，更是舉不勝舉了。

……

試以〈須磨〉卷為例，在敘述源氏流配地的時候，作者寫道：

> 回顧來時的路途，凡是走過的群山，已經隱沒在雲霞之中，真使人有「三千里外遠行人」的感覺。槳聲和淚聲交縈在一起，這情味太難忍受了。
>
> 源氏深宵獨醒，倚枕傾聽，狂風怒號，波浪彷彿就要拍擊到枕前一般。……月臨天空，清澈如鏡，他想到今夜月又圓了，過去宮中的絃管之樂，彷彿還在耳邊，不覺引起依戀之情。心裡泛起了種種的想像，「今夜正不知有多少人對月長歎哩！」他目不轉睛地

注視著明月，口裡吟道：「二千里外故人心。」旁邊的人也不免陪著他落淚，甚至發出嗚咽的聲音。……

源氏住所的環境，帶有十分濃厚的唐土風味。四周的景色，宛然如在畫圖中一般。以竹編牆，石階松柱，一切都簡單而樸素，但又楚楚有致。

根據以上所舉的幾段引文，可以看出這些都是從白居易的〈冬至宿楊梅館〉、〈對月憶元九〉、〈草堂初成偶題東壁〉等詩中脫化而來的。尤其是非常巧妙地援用了「石階松柱竹編牆」而不著痕跡。又如在〈蝴蝶〉卷中寫紫上游園的情景：

別處早已謝了春紅的櫻花，這裡還是嬌豔滿枝。繞廊紫藤花，正一串串從下端開到頂上去。

文中暗暗地套用了白詩〈傷宅〉中「遶廊紫藤架」的句意。

又如〈蓬生〉卷中敘常陸宮歿後，庭院荒蕪的情景：

很久以前就已經荒廢了的殿宇，這時更變成了野狐出沒的去處，庭院中的老樹，陰森閑寂，唯時聞梟鳥的哀鳴……

這也是隱隱地借用了白詩〈凶宅〉中的「梟鳴松桂枝，狐藏蘭菊叢」，巧妙地安排到敘景的文字裡去了。

以上這些都是暗中借用的一些例子，至於明引白居易詩句之處，更是多得非常。有的是通過作品中人物的口頭吟誦，有的則是作者逕自借用以敘景抒情，有的則引用以示其典故的出處。甚至由於引用白詩過於陷入常套，作者還要特別提出，聲明一下。例如〈須磨〉卷中敘源氏流配故事，在講到行前準備的情形：

當時帶走的有一箱書籍，內放《白氏文集》，並琴一張。

流配的人，在其簡單的行囊中，《白氏文集》還是不可缺少的隨身伴侶。而〈長恨歌〉一類的畫，最為哀感頑豔，動人心魄。……（〈繪合〉卷）

書中在寫到相契來世的時候寫道：

長生殿的故事殊不吉利，所以不要發「在天願為比翼鳥」的誓願，還是改做希求彌勒世的永契吧。（〈夕顏〉卷）

在追懷逝去的人的時候寫到：

當他看到群螢亂飛的情景，不由得信口吟詩道：「夕殿螢飛思悄然。」這雖是常誦的古詩，但此時此景中悲悼亡妻，更覺得有切身之痛，所以要反覆吟誦不已了。（〈幻〉卷）

在敘述到妙音傳情的時候：

於是說道：「那麼清音雅奏，必能傳出故人妙技，君試為我奏一曲，我正鬱鬱不樂，

聆君雅奏，將使我耳暫為明。」（《橫笛》卷）

這也是在描寫的過程中，信手拈來，就用了〈琵琶行〉中「如聞仙樂耳暫明」的詩句。又〈明石〉卷中，明石入道勸源氏聽琵琶以排遣流配中的寂苦，明石入道說的是：

殿下要聽，又有什麼不可的呢，就是將她叫來也無不可。古人從商人婦那裡，還聽到了絕妙的琵琶古曲呢。……

文中所說的「商人婦」，很明顯地是指白居易〈琵琶行〉中琵琶老妓而言。

其他在〈紅葉賀〉卷中，源內侍彈琵琶的一段敘述：

源傾耳細聽，妙音泠泠，往昔白樂天在鄂州聽到的女歌者的宛轉珠喉，恐亦不過如此。

這又是指《白氏文集．夜聞歌者（宿鄂州）》那首詩而言。

又作品中人物口吟白詩的例子，見於〈帚木〉卷，「雨夜品評」項下，敘藤式部所說的欲與某博士之女婚媾的事：

他的父親知道了，拿出祝賀的酒杯，同時口吟「聽我歌兩途」這首古詩。但她父親的這種態度，並沒有使我到女家去感到更親熱一些……

文中所謂「兩途之歌」，就是指〈秦中吟〉議婚一詩：

主人會良媒，置酒滿玉壺。四座且勿飲，聽我歌兩途。

又在敘夕顏死後淒涼的情景時，源氏憶起了徹耳的砧聲，不勝依依之情。口裡吟著「正長夜」詩句，隨即睡下了。這裡所說的「正長夜」，就是指的白詩〈聞夜砧〉中句：

八月九月正長夜，千聲萬聲無了時。

又如〈末摘花〉卷中所說：

命婦道：「她是將琴做為她的閨中密友呢。」源氏答道：「將琴做為密友，當然再好不過，但是要知道琴、詩、酒三友中，酒這個密友可要不得呢。」

這是引用〈北窗三友〉毫無疑義了。又在〈玉鬘〉卷中，敘豐后介拋棄了在筑紫的妻子，伴送著夕顏的女兒到京都來：

豐后介想到沒有很好的考慮，不顧妻子，就離開了家門，現在心裡稍微平靜了一些，思前想後，不免難過。於是放聲啼哭起來。口中吟詩道：「胡地妻兒虛棄捐。」

這裡的「胡地妻兒虛棄捐」，是白詩〈縛戎人〉的句子。

當源氏為他的兒子董大將誕生五十日開筵慶賀的時候，有源氏自歎年齒日增的一段描寫：

源氏口吟道：「靜思堪喜亦堪嗟。」按源氏的年齡，較五十八歲尚欠十年，但他覺得自己彷彿已經很衰老了，心裡不免悲戚。並且對自己新生的兒子默默地表示願望道：

「希望你長大後再不要學你父親的樣子了。」

這段文意無疑地是取自白詩〈自嘲〉：

五十八翁方有後，靜思堪喜亦堪嗟。持盃祝願無他語，慎勿頑愚似汝爺。

此外，作者在引用一般人所熟習的詩句時，總要在文中特別提醒一下。如〈幻〉卷中這樣寫道：

風颯然吹來，燈籠裡的蠟燭光也搖搖欲滅，四周突然黝暗下來。源氏口吟「打窗聲」之句。這當然是大家所熟知的一首詩，但對景生情，卻增加了無限的感慨。

這所謂「打窗聲」之句，分明又是根據〈上陽人〉中的「耿耿殘燈背壁影，蕭蕭暗雨打窗聲」。由於這些詩句被採入《物語》中，於是更廣為流傳，加之又選進了《朗詠集》，更加深了對後世文學的影響。

在日本文學中，消化白居易的詩文到達了這樣精純的地步有如紫式部一般的，可說是獨一無二的了。在這以前，「物語」類的文學中，本來已有《宇津穗物語》、《竹取物語》、《落穗物語》等書。在這以後，也有《狹衣物語》、《雙喬裝物語》等書，它們都相當地受了白居易的影響，但這些影響，畢竟不過是步《源氏物語》的後塵，沒有什麼可以特別值得提出的了。

二　武家時代

(一)鎌倉、室町文學與白居易的關係

鎌倉、室町時代，是經過幾次戰亂之後的安定時期，王朝文學由於社會組織的改變，隨之衰落下去了。代之而興的是武家時代的文學，這種文學是以「戰記」、「謠曲」為主的。

「謠曲」多半取材於和漢故事，穿插漢詩和歌，而又以押韻為它的特色，有人說它是從「元曲」脫化出來的。謠曲的辭藻也大半是取材於《和漢朗詠集》；《和漢朗詠集》中的白居易作品很多，那「謠曲」和白詩的關係之深，也就不言而喻了。

「謠曲」傳到今天，約共有二百個曲子。其中有一齣題目叫做「白樂天」，相傳為世阿彌所作。內容大致是說：白樂天的文集傳入日本以後，立即風靡日本文壇。一天，天子忽命白樂天渡海而東，與日本的學者較量一下智慧，白應邀而往，於是日本的住吉明神（和歌神三個神仙的首座）顯聖，化為漁夫，在中途迎著白樂天，舌戰了一番之後，終於將白樂天駁得啞口無言，將他攆回了中國。這可以說是對於白氏詩在日本盛行的一種反抗的表示。但同時也正可以反證白居易在島國文壇中具有極大勢力。

「戰記物語」類，就是指《平家物語》、《源平盛衰記》、《太平記》等書。這類書都是用

和文夾雜漢文寫成的，所謂和漢混淆文體，雄健有力，最宜於記述當時攻戰殺伐的故事。做為這種文學要素的漢詩漢文，主要取材於當時廣泛流行的《史記》、《漢書》、《昭明文選》、《和漢朗詠集》等書，其中尤以《朗詠集》中的白居易詩，使用的次數最多。

「戰記物語」類，以事實為主，故用散文表現；「謠曲」類以形式為主，故用韻文表現。兩者性質不同，但其行文辭藻方面卻有共同的地方。而且這兩者引用的漢詩漢文方式，卻又與《源氏物語》等王朝文學不同。王朝文學是將漢詩漢文溶化在日本國語裡，而這兩者多半直接引用原文。並且在引用的時候，只為語調順溜，或形式的關連，就做為修飾的辭藻引用了。至於內容是否適當，常常並不那麼多考慮。因此，只要一提到美人，就一定是「太液芙蓉未央柳」或「梨花一枝春帶雨」；提到明月，一定要說「三五夜中新月色，二千里外故人心」；一提到雪，總不會忘記「香爐峰雪撥簾看」。由於詩文雜糅成章，加上像「元曲」中一般常用的「襯字」，於是形成了下面的文體。

謠曲——皇帝（謠曲楊貴妃大部是根據〈長恨歌〉而來。）

春從春遊夜長夜，後宮佳麗三千人。三千寵愛在一身。似這般貴妃無比紅顏色。眼見得芙蓉如面消瘦損。未央宮柳渾無力。怕只怕氣息奄奄命如絲……可憐我攬衣推枕渾無力，髮蓬淚凝羞見人……

都只為一代榮華絕千古。君王重色思傾國。遂叫那長城殿外兩誓心。因則是春宵苦短日高起。從此君王不早朝……此願啊天長地久無時盡。（下略）

至於「戰記物語」的寫法，如《平家物語》——〈赦文〉（卷三）：

就在這個時候，正宮娘娘由於產期日近，玉體愈發不快起來。這不由使人想起那回頭一笑百媚生的漢朝李夫人臥病在昭陽院裡，也不過是這般光景罷了。至於那梨花一枝春帶雨的唐朝楊貴妃，雖然風摧露侵，紅粉飄零，但和娘娘相比，娘娘還要加倍惹人憐惜哩。

《平家物語》——〈洲股合戰〉（卷六）：

白河法皇首先觀看了故建春門院（建春門院是白河帝之后）住過的地方，岸邊的青松，水濱的楊柳，都已經經過了漫長的歲月，繁茂成陰了。太液芙蓉未央柳，……對此如何不淚垂，到了現在，才真正體會到古詩中的滋味。

《太平記》——〈立后〉（卷一）：

金屋無人，耿耿殘燈背壁影。薰籠香消，瀟瀟暗雨打窗聲。置身此境中，怎能不觸景傷情，誘人落淚。古時白樂天說得好：「人生勿作婦人身，百年苦樂由他人。」那時安野中將公廉有女，入宮為女官，人稱做三位局……只緣他三千寵愛集於一身，遂叫六宮粉黛，均無顏色。正是：遂令光彩生門戶，不重生男重生女。

……

像這樣因襲香山，摭拾章句，在日本文學作品中可以見得到的例子非常之多，現只將一些主要的作品的名稱舉出如下：

一、引用白居易〈琵琶行〉的作品：

謠曲——〈碇潛〉、〈經政〉、〈猩猩〉、〈岩船〉

《平家物語》——〈大臣流罪〉

《源平盛衰記》——〈大臣以下流罪〉、〈師長熱田琵琶〉

《太平記》——〈笠置囚人死流罪〉

二、引用「新樂府」諸詩的作品：

(1)引用〈上陽人〉的，計有

謠曲——〈竹雪〉、〈善知鳥〉、〈關門小町〉

《平家物語》——〈太后出家〉

《源平盛衰記》——同右

《太平記》——〈立后附三位局事〉

(2)引用〈李夫人〉的，計有
謠曲——〈花筐〉、〈小督〉、〈松山鏡〉
《太平記》——〈太子還宮〉
(3)引用〈太行路〉的，計有
《太平記》——〈攻山崎附久我畷會戰事，直冬與吉野合師〉
(4)引用〈五絃彈〉的，計有
謠曲——〈經政〉、〈蟬丸〉
《太平記》——〈北山殿謀反〉卷十三、〈太子還宮〉卷十八
三、引用〈續古詩〉(古墓春草)的作品：
謠曲——〈隅田川〉
《平家物語》——〈赦文〉(卷三)
四、引用〈凶宅〉的作品：
謠曲——〈錦木〉、〈殺生石〉、〈忠度〉、〈賞月〉等。
《太平記》——〈備後三郎高德〉附吳越戰爭事
五、引用〈香爐峰下新卜居〉的作品：

《平家物語》——〈城南離宮〉

……

「謠曲」及「戰記物語」等用和漢混淆文體寫成的文學作品，與白詩的關係，略如上述。在此時期中，繼承中古文體的作品也不在少數。如《大鏡》之後，又出現了《今鏡》、《水鏡》、《增鏡》等記述史實的作品；也出現了屬於雜纂類的《十洲抄》、《古今著聞集》、《徒然草》、《方丈記》等作品；日記紀行文學方面，則有《東關紀行》、《十六夜日記》等。這些作品都或多或少地受有白居易的影響。……

現在特別提出《徒然草》來談談。

《徒然草》是近古文學中的傑作，最為人所重視。作者兼好，是足利時代的大學者，長於武事，又善和歌，深通神儒老釋之學，對和漢典籍無所不窺。他的作品《徒然草》，據說是模仿《枕草子》而作，其實《徒然草》無論在那一方面它的價值都應該說是在《枕草子》之上的。作者自己說：

> 最好的文章，是：《文選》、《白氏文集》、老子《道德經》。

由此可見他是很重視《白氏文集》的。他在引用白詩的時候，非常自然，比起當時用和漢混淆文體寫的，要高明得多了。……他的思想也和白居易有共鳴之處，根據林羅山所著的《野槌》一書，引了許多白詩來加以考證的結果，更使我們的這種感覺加深了。

(二)江戶時代文學與白居易的關係

江戶時代的初期，德川家康銳意於政治，文學方面也出現了許多人材。首先藤原惺窩、林羅山諸人以儒學起家。此二人又都是喜歡寫漢文的。又深草地方的僧侶元政，特別以漢詩著稱；石川丈山以隱逸詩人知名於時。現在來敘述一下這些人對於白居易的看法。

藤原惺窩曾對於白居易作過這樣的批評：

> ……雖有朱紫陽之所謂口津津地之誚，小家數之白俗元輕之異議，好其為人之蘊藉，愛其集語意之平易真率矣（那波道圓和刻《白氏文集．後序》中所引，此處原為漢文）。

石川丈山，隱居京都城北一乘寺，嘗供漢、晉、唐宋作家三十六人的像於屋內，把那間屋子叫做「詩仙堂」，白居易也是其中的一位「詩仙」。林羅山在〈詩仙堂記〉中說：

> 唐僧皎然《詩品》中有詩仙，又宣宗稱白香山為詩仙，然則此語蓋有所據云。

石川丈山對於白居易的態度，決不像後來的蘐園（荻生徂徠的別號）一派那樣的妄加輕視，從上文也可以看得出來。同時也可以看出林羅山對白居易評價甚高，以「詩仙」相許，其實也還是根據白居易自己寫的〈與元九書〉中所說「非詩仙而何」那句話而來的吧。在林羅山所著的《徒然草野槌》一書中，引證白詩極多，足以說明兼好和白居易思想的近似之處，更可以看出林羅山對白居易的態度了。

僧元政結草庵於深草地方，一時詩名甚高。從他最推崇袁中郎的詩來看，可知他也是宗奉白居易的。

其後《唐詩選》傳到日本，帶去了李（攀龍）、王（世貞）的詩風，很得到詩壇的歡迎。其中如那波道圓諸人，一方面固然深喜這種新傳來的詩風，但另一方面，對於白居易仍然是欣賞不已。並且親自校勘了和刻《白氏文集》，並做了「後序」，大加讚揚說：「讀其集則快活不可言」，由此可知他是如何喜愛《白氏文集》的了。

這種氣運後來逐漸有所轉變，等到荻生徂徠一旦鼓吹李、王的詩風之後，和者甚多，其中輕佻之徒，更開口不離李、王，甚至三尺童子，也都會吟讀幾首《唐詩選》中的詩句，而白詩號稱三千首之多，竟無一首在《唐詩選》中露面，這是因為大家都用「白俗」二字把它輕輕抹煞了的緣故。

此派中如祇園南海，在其所著的《詩訣》一書中，論到詩法的雅俗時，竟認為《白氏文集》中諸詩無一不俗，而大加排斥。但是「蘐園派」的錚錚者服部南郭，則並不完全否認白居易詩的長處，他曾經向人說過：「樂天之詩，雖為人所輕，然其〈琵琶行〉、〈長恨歌〉諸作，非樂天，他人不能為也。余嘗仿樂天上述之詩為〈小督詞〉，始知學樂天之不易也。」（《夜

航餘話》）

山本北山曾一度用《袁中郎集》為根據，進攻了「蘐園派」的陣地，但他的詩論《作詩志彀》，遭到了松村九山的《詞壇骨鯁》的駁斥，而雨森牛山的《詩頌蒲鞭》又反駁了松村。松村在他所著的《藝園鉏莠》中，再度加以反攻。此起彼仆，相持不下。可是大勢所趨，最後的勝利終於歸了徂徠派，而後七子李攀龍、王世貞的詩風，遂占據了詩壇的主流。這樣，白居易在日本漢詩界的勢力便再也不能挽回了。

現在讓我們再來看一下平民文學。江戶時代的平民文學，不外乎是俳諧、戲曲、小說之類。

提到俳諧，首先要談起松尾芭蕉，芭蕉費了畢生之力，確立了俳諧在文學上的地位，被後人當做俳聖來崇敬。所以能夠如是，一方面固然由於他本人的資性卓絕，另一方面也應說是由於修養得來。他對於禪道之學造詣頗深，至於詩學，芭蕉得益於定家、西行、宗祇等人很多，而在中國詩人方面，受李杜陶白諸人的感化也大，他給門人北枝的信裡說：

遙揣定家之骨，體西行之筋，樂天滌腸，杜子入方寸。

又在他所著的《幻住庵記》中說：

樂天滌腸、老杜瘦。

可以看出他是如何想學杜甫、白居易而願深深得其三昧的心情了。但是他只想學這兩人的精神，而並不襲其皮毛，仿其口吻。我們就芭蕉的作品來看，都可了然。某一評者，曾經對芭蕉的：

病雁啊
受不住夜寒的侵襲
中途落下來睡在那裡了啊

這首俳句，認為是從白詩「同病病夫憐病鶴，精神不損翅翎傷」（見白香山詩《長慶集》卷二十）而來的。但作者究竟是否受了白詩的暗示，不得而知。

作者的另一首俳句：

春遊疲倦了
心想找人家借一宿罷
我佇立在紫藤花下

這確實是有「紫藤花下漸黃昏」的意味。（見白集卷十三，題為〈三月三十日題慈恩寺〉，詩云：「慈恩春色今朝盡，盡日徘徊倚寺門。惆悵春歸留不得，紫藤花下漸黃昏。」）但這也許還是情景上的暗合。到了他的門人其角、嵐雪等人的作品裡，卻有許多地方可以看出是有意套用白詩的語句，如其角的作品：

這人間四月
春色將盡了
聲聲悲苦的杜鵑啊

這明是本於白詩「人間四月芳菲盡」之句的。

在這以後，俳句的作者中也出現了許多想從漢詩中吸取靈感的人。如天明時期的蕪村、几董等人。尤以蕪村最能利用漢詩的妙處入俳句中。如：

我在石上題了一首詩
寂寞的
走過了一片冬日的荒郊

這似是從「石上題詩掃綠苔」來的。又他借用〈琵琶行〉中「四絃一聲如裂帛」等句寫出的

湍急的流水
正像裂帛一般的琵琶聲
——這蕭索的秋天啊

這首俳句，是蕪村旅行宇治時所作。在這首俳句之前，有下邊的一段文字：

米貸這個地方，是宇治河河水第一湍急處，水石相搏擊，奔波激浪，如飛雪，如流雲，聲徹天谷，人人對面，亦幾乎不可聞。我想起了白居易形容琵琶的絕唱「銀瓶乍破水漿迸，鐵騎突出刀鎗鳴」、「四絃一聲如裂帛」，因作此句。

由此更可知作者是先想起白詩才寫出這首俳語的。

……

在江戶時代，白居易的影響漸漸沒有從前那麼大了。但如〈長恨歌〉、〈琵琶行〉之類，由於得到了廣泛的流傳，所以只要是粗通文字的人，還都是很熟習的。

總之，德川時代作品中，直接受白詩的影響極少。原因是王朝時代以來，白氏的詩曾經占過很重要的地位，在各種文學作品中，引用得過於頻繁，許多佳句名語，幾乎已變成陳詞濫調了。如果不是運用得極巧妙的話，在修辭上已經不能給人以清新的感覺了。另一方面，也可能由於前述的原因，在當時的漢詩界，盛行李王的詩風，對於白居易的評價，僅以「淺俗」二字，便輕易地給否定了的緣故。

---

❶ 白氏〈春江〉詩云：「不覺忠州已二年。閉閣只聽朝暮鼓，上樓空望往來船。鶯聲誘引來花下，草色勾留坐水邊。唯有春江看未厭，縈砂繞石綠潺湲。」

❷ 〈送蕭處士遊黔南〉云：「能文能飲老蕭郎，身似浮雲鬢似霜。生計抛來詩是業，家園忘卻酒為鄉。

江從巴峽初成字，猿過巫陽始斷腸。不醉黔中爭去得，磨圍山月正蒼蒼。」

❸ 此項出典見《枕草子》第七〇節。大意敘述：作者的一個舊相知頭中將，在給作者寫信時，援用了白詩「蘭省花時錦帳下」一句，作者對出下聯，作者在回答的時候，並沒有寫出這聯的下句「廬山雨夜草庵中」，卻故意續了半句和歌：「草庵寂寂有誰深情來相訪」。當回信帶給了頭中將之後，頭中將將信拿給他的朋友們看，大家都一致讚賞作者的才智，並給作者送了一個綽號「草庵」。〈廬山草堂夜雨獨宿寄牛二、李七、庾三十二員外〉：「丹霄攜手三君子，白髮垂頭一病翁。蘭省花時錦帳下，廬山雨夜草庵中。終身膠漆心應在，半路雲泥跡不同。唯有無生三昧觀，榮枯一照兩成空。」

❹ 此項出典見《枕草子》第二五六節，故事是說：一天，雪下得正緊，作者清少納言在中宮前伺候，中宮（皇后）忽然說道：「香爐峰雪正不知如何的情況呢。」當時清少納言立刻站起來，親手將殿前的御簾捲起。中宮看了，不由得微笑起來。周圍的女官們也都誇讚清少納言的機智，因為她把白詩「香爐峰雪撥簾看」靈活運用了。

❺ 白居易〈大林寺桃花〉詩云：「人間四月芳菲盡，山寺桃花始盛開。長恨春歸無覓處，不識轉入此中來。」

好書推介

■聲韻學

林燾、耿振生

在國學的範疇裡，「聲韻學」一向是最難融會貫通的學科。有鑑於此，本書特別以大學文科學生和其他初學者為對象，對「聲韻學」的基本知識全面的介紹，剖析漢語音系從先秦到現代標準音系的演變脈絡，讓各大方言及歷代古音的構擬過程簡明易懂，堪稱「聲韻學」的最佳入門教材。

■中國文學概論

黃麗貞

內容論述中國從古到今各種文學體類，涵蓋詩歌、散文、楚辭、賦與駢文、小說、詞、散曲、戲劇，並選擇名家的代表作詮釋欣賞。不但呈現中國各類文學發展的歷史源流與脈絡，更凸顯作家在其處身的時代、社會中所感發的情懷思想以及作品成就。本書不但可以提供相關科系研讀使用，愛好中國文學的人士更可以之作為進一步的參考。

■治學方法

劉兆祐

本書作者在大學中國文學系（所）任教長達三十餘年，教學經驗豐富，且著述繁夥。本書旨在為研治文史學者提供正確的治學方法，故將治文史學者所應知的方法，分〈緒論〉、〈治學入門之必讀書目〉、〈研讀古籍的方法〉、〈善用工具書〉、〈重要的文史資料〉、〈治國學所需具備的基礎學識〉、〈撰寫學術論文的方法〉等七章介紹。適合大學及研究所同學閱讀。是有志文史研究者必備的書籍。